ro
ro
ro

Andrea Russo, geboren 1968 in Hessen, ist der Liebe wegen im Ruhrgebiet gelandet: Sie lebt und schreibt in Oberhausen und hat bereits zahlreiche Romane veröffentlicht. Die besten Ideen für diese Geschichte fand sie in ihrer eigenen Familie, ganz besonders bei ihrem (halb)italienischen Ehemann und dessen Verwandtschaft.

ANDREA RUSSO

Nonna Lucia macht Urlaub

Roman

Rowohlt Taschenbuch Verlag

Originalausgabe
Veröffentlicht im Rowohlt Taschenbuch Verlag,
Reinbek bei Hamburg, März 2015

Umschlaggestaltung any.way,
Barbara Hanke/Cordula Schmidt
Illustration Kai Pannen
Satz Scala PostScript, InDesign,
bei Pinkuin Satz und Datentechnik, Berlin
Druck und Bindung CPI books GmbH, Leck, Germany
ISBN 978 3 499 23310 4

Für meine Schwiegereltern
Sigrid und Pino Russo

1.

Benvenuta nella nostra famiglia

WILLKOMMEN IN UNSERER FAMILIE

«*Una falena nera! Una falena nera!*»

Marcellos Tanten und Cousinen sind sich in einer Sache sehr ähnlich: Sie reden viel, meistens laut – und sie unterbrechen einander ständig. Aber gerade ist es still geworden – totenstill, ganz genau genommen.

Alle im Raum schauen mich an. Oder besser gesagt: Sie starren auf mein Knie.

Marcellos Cousine Concetta deutet auf die dicke schwarze Motte, die es sich darauf gemütlich gemacht hat.

«*Nonno* – Opa», flüstert sie ergriffen, und die Frauen nicken synchron.

Ich sitze eingeklemmt zwischen zwei fülligen Italienerinnen auf einer altmodischen braunen Couch und wage nicht, mich zu bewegen. Unter normalen Umständen hätte ich das Flattertier längst verscheucht. Aber so wie es aussieht, gehen alle Anwesenden davon aus, dass der Nachtfalter irgendetwas mit Marcellos verstorbenem Opa zu tun hat. In Anbetracht der Tatsache, dass ich Marcello in drei Wochen heiraten werde, halte ich es für das Beste, die zukünftige Verwandtschaft nicht zu verärgern. Also strecke ich langsam meine Hand nach vorne und lege sie dicht an die dicke schwarze Motte heran. Als sie tatsächlich auf meinen Handrücken krabbelt, nutze ich die Gelegenheit, um mich aus meiner beengten Sitzposition zu befreien. Ich rapple mich vorsichtig auf, um den Nachtfalter in Richtung Fenster und Freiheit zu befördern. Diese Aussicht scheint ihm allerdings nicht zu behagen. Kaum stehe ich, schwingt er seine Flügel, flattert durch die Luft und landet auf der rundlichen Schulter von Nonna Lucia, Marcellos Großmutter, die in einem großen Sessel vor dem Fenster sitzt. Man sieht nur die Silhouette des Insekts, da Nonna Lucia eine schwarze Bluse trägt. Concetta legt in einer theatralisch anmutenden Geste ihre Hände ans Herz und seufzt laut auf. Ehrfurchtsvolles Raunen hallt durch das Wohnzimmer.

«*Caro il mio Patrizio*», sagt Nonna Lucia ergriffen und dreht ihren Kopf in Richtung des fetten Flattertiers. «*Cosa mi voi dire?*»

Gespannt warte ich darauf, was die Motte ihr wohl mitzuteilen hat. Aber da geht polternd die Haustür auf. Die Männer hatten etwas Wichtiges im *Cappuccino*, der kleinen Bar des Dorfes, zu besprechen. Und nun sind sie zurückgekehrt. Ich gehe davon aus, dass es um das Erbe ging und jetzt alles geregelt ist, zumindest sehen die Herrschaften sehr zufrieden aus. Marcello und seine beiden Brüder betreten zuerst den Raum, danach folgen mein zukünftiger Schwiegervater und die angeheirateten Männer seiner Schwestern.

«*Cosa è successo?* – Was ist passiert?», fragt Marcellos Vater, als er in die versteinerten Gesichter ringsum sieht.

«Pssst!», macht Concetta und deutet mit dem Kopf auf Nonna.

Ich stehe bewegungslos da und beobachte fasziniert das Schauspiel, das sich hier gerade wegen einer kleinen schwarzen Motte abspielt. Die scheint sich jetzt doch für die Freiheit zu entscheiden, denn sie flattert noch einmal frech um Marcellos Bruder Antonio herum, um dann in den lichthellen Garten hinauszufliegen.

Augenblicklich ist es vorbei mit der Ruhe, alle fangen gleichzeitig an zu reden.

Dass es in Italien mindestens genauso viele Dialekte wie in Deutschland gibt, war mir bisher nicht klar. Hier in Casamarciano sprechen alle neapolitanisch. Für mich hört es sich an wie eine Mischung aus Spanisch, Griechisch und Arabisch. Meinen VHS-Italienischkurs für Anfänger hätte ich mir also getrost sparen können. Ich verstehe kein einziges Wort. Trotzdem ist es mehr als offensichtlich, dass sie über mich sprechen. Zumindest habe ich mehrmals meinen Namen gehört. Außerdem ist Concettas Zeigefinger gerade zielgenau auf mich gerichtet, und ihre weit aufgerissenen Augen drücken eine Mischung aus Erstaunen und Begeisterung aus. Zumindest Körpersprache und Gestik sind hier leicht verständlich.

«Was ist denn?», frage ich. Concetta lebt seit zehn Jahren mit ihrem Mann Rocco und ihrer Tochter Stella in Duisburg. Sie versteht mich also. Und sie spricht auch ganz gut Deutsch, aber trotzdem antwortet sie mir auf Italienisch.

«*Il nonno ti ha scelto!*», ruft sie aus.

Noch während ich überlege, was das bedeutet, kommt mein baldiger Schwiegervater auf mich zu. Alle Blicke sind auf uns gerichtet.

«Giulia!» Er breitet seine Arme aus und bleibt genau so vor mir stehen. «*Vieni qua, figlia mia!* – Komm zu mir, meine Tochter!» Er zieht mich zu sich heran und küsst meine Wangen, links, rechts, dann schiebt er mich wieder etwas von sich weg.

«*Benvenuta nella nostra famiglia!* – Willkommen in unserer Familie!», ruft er überschwenglich. «Du darfst mich gerne Armando nennen.» Er dreht sich um und winkt seine Frau zu uns herüber. «Und das ist Gabriella.» Meine zukünftige Schwiegermutter nimmt mich fest in die Arme. Sie stammt aus einem kleinen Ort bei Florenz und hat als junges Mädchen während eines Urlaubs am Fuße des Vesuvs Armando kennengelernt und sich Knall auf Fall in ihn verliebt. Nur ein paar Wochen später war Gabriella schwanger, und es wurde sofort geheiratet.

«*Benvenuta!*», sagt Armando noch einmal und streckt mir seine Hand entgegen. Als ich sie ergreife, nickt er mir zu, so als würden wir gerade einen Vertrag schließen.

Hilfesuchend schaue ich mich nach Marcello um. Er steht lässig an den Buffetschrank gelehnt und grinst zu mir herüber. Mein zukünftiger Ehemann sieht umwerfend gut aus in seinem schwarzen Dolce-und-Gabbana-Anzug, den wir eigentlich für unsere Hochzeit gekauft haben. Dass er ihn kurz zuvor bei der Beerdigung seines Opas trägt, war natürlich nicht geplant. Aber zu seiner Begründung «So kann er wenigstens sehen, was ich bei unserer Trauung anhaben werde» fiel mir absolut kein Gegenargument ein. Einen Zweifel an dieser Behauptung anzumelden, wäre absolut herzlos gewesen.

Marcello und ich sind jetzt seit einem guten Jahr ein Paar, aber sein Vater hat mich bisher weitestgehend ignoriert. Nicht weil Herr Esposito, oder, besser gesagt, Armando, mich nicht leiden kann. Er findet sogar, ich sei ein sehr nettes Mädchen, wie er erst letztens seiner Frau beim Espressokochen in der Küche anvertraut hat, und zwar so laut, dass ich es hören konnte. Aber Mariella könne ich nun mal nicht das Wasser reichen. Sie würde viel besser zu Marcello passen. Mariella ist Marcellos Exfreundin und Armandos absolute Traumschwiegertochter. Angeblich ist sie nicht nur umwerfend schön, sie kann auch kochen wie eine Göttin. Und natürlich ist sie Neapolitanerin. Ich hingegen bin eine viel zu schlanke blonde Deutsche, die ihre Wurzeln ausgerechnet in Hessen hat. Aus irgendeinem mir nicht verständlichen Grund befürchtet Marcellos Papa, dass seine Enkelkinder deswegen rote Haare bekommen werden. Aber das scheint er gerade vergessen zu haben. Er hat Tränen in den Augen, als er mich noch ein weiteres Mal an sich drückt.

Mein Blick fällt über seine Schulter hinweg aus dem Fenster. Bestimmt flattert die kleine Motte gerade fröhlich der Sonne entgegen. Mein zukünftiger Schwiegervater reibt seine Wange an meiner, und der Duft seines herben Rasierwassers drängt sich in meine Nase.

«Du riechst wie mein Vater», sagt Marcello kurz darauf zu mir.

«Ich weiß», murmle ich und schmiege mich an ihn.

«Bei dir duftet es jedoch irgendwie besser.» Die Nase meines zukünftigen Ehemannes wandert von meiner Halsbeuge hinauf zu meinem Gesicht.

«Hör schon auf», sage ich lachend. «Erzähl mir lieber, was das gerade bedeutet hat. Was heißt *scelto*?»

«Das bedeutet *ausgewählt*. Mein Großvater war vorhin hier. Zumindest gehen alle davon aus, dass er uns in Gestalt des Nachtfalters einen Besuch abgestattet hat. Das war nämlich die erste schwarze Motte, die jemals in dieser Wohnung aufgetaucht ist, und dann auch noch mitten am Tag. Dass sie ausgerechnet dich zuerst anvisiert hat, hat alle total überrascht. Und die einzige Erklärung dafür sahen sie darin, dass du von meinem Vater endlich offiziell als Familienmitglied anerkannt werden sollst.»

Ich werfe Marcello einen skeptischen Blick zu. Bisher hat er immer behauptet, ich würde mir die Abneigung seines Vaters nur einbilden. Und jetzt kommt raus, dass ich nicht nur recht hatte, sondern alle darüber Bescheid wussten. Mir liegt eine bissige Antwort auf der Zunge, die ich mir aber im letzten Moment verkneife. Stattdessen beschließe ich, die ganze Sache positiv zu sehen. Ich liebe meine zukünftige italienische Verwandtschaft! Da gebe ich mir ein gutes Jahr lang redlich Mühe, mir einen Platz im Herzen des Familienoberhaupts zu ergattern, aber alles, was ich erreiche, ist ab und an ein gefälliges Lächeln. Dann landet durch Zufall eine verwirrte Motte auf meinem Knie, und ich werde herzlich in die Familie aufgenommen. Ist das nicht großartig?

«Schräg, aber auch irgendwie sehr sympathisch», sage ich schließlich. «Oder vielleicht eher *molto italiano*?»

Marcello lächelt mich an, dann streicht er eine meiner blonden Haarsträhnen, die sich aus meinem Zopf gelöst hat, aus meinem Gesicht. «Die Motte wollte meiner Nonna noch was mitteilen, ist aber nicht mehr dazu gekommen, weil wir sie verscheucht haben. Und jetzt überlegen die Tanten, was Nonnos Besuch hier noch bedeuten soll. Deswegen auch die ganze Aufregung. Es muss sich um etwas sehr Wichtiges handeln, wenn Nonnos Seele auf dem Weg nach *oben* extra noch mal hier vorbeikommt.» Marcello lächelt mich schelmisch an. «Meine Familie ist sehr spirituell veranlagt, musst du wissen, besonders Nonna. Manchmal machen die Mädels gerne mal aus einer Mücke einen Elefanten – und aus einer Motte eben ein Drama. Die werden sich schon wieder beruhigen.»

Mein Blick fällt auf die rundliche alte Dame, die am Fenster steht und nach draußen in den Garten schaut. Für ihre achtundsiebzig Jahre ist sie erstaunlich fit. Ihre Haltung ist aufrecht, auch wenn sie sich beim Laufen auf einen Gehstock stützen muss. Ihr schlohweißes, von dunkelgrauen Strähnen durchzogenes und zu einem Dutt hochgestecktes Haar hebt sich kontrastreich von ihrem sonnengebräunten, mit vielen tiefen Falten durchzogenen Gesicht ab. Sie hat die gleichen grauen, sehr wachen Augen wie Marcello.

Ihren Patrizio hat sie mit gerade mal achtzehn Jahren geheiratet. Die beiden waren also sechzig Jahre lang ein Ehepaar, bis Nonno vorgestern gestürzt und im Krankenhaus gelandet ist. Es wurde eine harmlose Oberschenkelprellung diagnostiziert, aber Marcellos Großvater sollte vorsichtshalber einen Tag lang zur Beobachtung in der Klinik bleiben. Niemand rechnete damit, dass er am selben Abend friedlich einschlafen würde und am nächsten Morgen einfach nicht mehr aufwacht.

Marcello ist dreißig, ich bin achtundzwanzig. Wir müssten schon sehr lange durchhalten, um unsere diamantene Hochzeit noch zu erleben.

«Wenn wir so lange verheiratet wie deine Großeltern sind und du vor mir stirbst, kommst du dann auch als Motte zu mir zurück?» Amüsiert greife ich nach seiner Hand.

«Als Ameise. Und dann mache ich es mir in deinem Bauchnabel gemütlich», flüstert Marcello in mein Ohr. Die warme Luft, die er dabei auspustet, zaubert sofort eine wohlige Gänsehaut auf meinen Körper, die sich vom Nacken bis über die Kopfhaut ausbreitet.

Genau in diesem Moment dreht Nonna Lucia sich zu uns und sieht mich durchdringend an. Die Gänsehaut macht einem schlechten Gewissen Platz. Vor gerade mal zwei Stunden wurde Nonno Patrizio zu Grabe getragen, und ich flirte hier vor Augen der gesamten Familie mit seinem Enkelsohn. Verlegen wende ich mich ab.

Leider kannte ich Marcellos Großvater kaum. Ich habe ihn letzten Winter hier in Casamarciano auf der Feier anlässlich seines achtzigsten Geburtstages kennengelernt und ihn sofort ins Herz geschlossen. Er war ein kleiner Mann mit großer Ausstrahlung. Hätte er eine Karriere beim Film eingeschlagen, wäre er mit seinem markanten Gesicht und seiner rauchig klingenden Stimme sicher ein beliebter Frauenschwarm geworden. Und er hatte Charme! Seine Augen schienen ununterbrochen zu lächeln. Im Gegensatz zu Marcellos Vater hat er mich sofort akzeptiert. Bei dem Gedanken, dass er mich tatsächlich mit der jungen Sharon Stone verglichen und mich kurzerhand in *bella bionda – schöne Blonde* umgetauft hat, huscht ein Lächeln über mein Gesicht. Schade, dass wir den alten Herrn nicht noch einmal gesehen haben.

Marcello wollte immer mal wieder seine Familie in Italien besuchen, ganz in Ruhe, ohne den Trubel einer großen Familienfeier. Aber wir waren im letzten Jahr beide beruflich sehr eingespannt. Tagsüber hat Marcello seinen Job als Programmierer in einer Agentur erledigt, für die er ständig Überstunden eingelegt hat. Und abends sowie am Wochenende hat er für Freunde und Bekannte Webseiten erstellt, um nebenbei ein bisschen dazuzuverdienen und unsere Hochzeitskasse aufzubessern. Ich hingegen war in den letzten Monaten mit meinem Referendariat in der Schule, den Unterrichtsvorbereitungen sowie den Prüfungen für das Examen voll beschäftigt, sodass unsere Beziehung ganz schön darunter gelitten hat. Wir haben kaum noch Zeit füreinander gefunden. Aber das ist zum Glück jetzt vorbei. Marcello hat vor zwei Monaten einen Job angenommen, bei dem er keine Überstunden mehr schieben muss. Und ich habe mein Zweites Staatsexamen bestanden. Nach den Sommerferien geht es los. Ich habe eine Stelle in der Schule bekommen, in der ich auch mein Referendariat gemacht habe. Sie ist zwar erst einmal befristet auf ein halbes Jahr, aber wenigstens verdiene ich dann wesentlich mehr, sodass Marcello keine Nebenjobs mehr annehmen muss. Die Wochenenden und die Abende gehören endlich wieder uns.

Marcello hat mich vor einem halben Jahr gefragt, ob ich ihn heiraten möchte. Ich büffelte gerade für eine Prüfung, als er plötzlich im Türrahmen stand und ganz nebenbei sagte: «Was meinst du, *tesoro*? Eigentlich könnten wir doch heiraten ...» Wir waren gerade mal ein halbes Jahr zusammen, und eigentlich habe ich mir meinen Heiratsantrag immer etwas romantischer vorgestellt, aber grundsätzlich fand ich, dass es eine gute Idee war. Es fühlte sich einfach richtig an, dass wir beide heiraten wollten. Wir verstehen uns ausgesprochen gut, und unsere Beziehung läuft entgegen meiner vorherigen Erfahrungen sehr harmonisch. Deswegen schluckte ich die kleine Enttäuschung wegen des recht banalen Antrags hinunter. Ich kenne Marcello mittlerweile gut genug, um zu wissen, dass er kein Mann der großen Worte ist. Er ist Programmierer, und sein Denken folgt logischen Prinzipien. Ich würde ihm sogar zutrauen, dass er ein kleines Programm geschrieben hat, um die Wahrscheinlichkeit des Gelingens unserer Ehe zu berechnen.

Am nächsten Tag gingen wir zum Juwelier und kauften uns schlichte Verlobungsringe. Marcello schob mir meinen mit dem Versprechen über den Finger, mich während unserer Ehe auf Händen zu tragen und mich täglich zu verwöhnen. Wenn er in dieser Hinsicht nach seinem Vater kommt, kann ich mich auf viele wundervolle und aufregende Jahre freuen. Es ist immer wieder schön mit anzusehen, wie mein baldiger Schwiegervater seine schöne geliebte Frau, seine *bella amata moglie*, auch nach dreiunddreißig Jahren Ehe mit glühend heißen Blicken anschmachtet.

«Marcello!», ertönt da die dunkle Stimme von Nonna Lucia, bestimmend, aber trotzdem zärtlich. Ich mag es, wie sie auf besondere Weise das R rollt und das O am Ende des Namens in die Länge zieht. Sie verzichtet auf eine ausufernde Gestik, hält ihre Hände meistens still, die eine auf dem Gehstock, die andere hinter dem Rücken. Dafür aber sind ihre Blicke umso intensiver.

«Ich bin gleich wieder bei dir», sagt Marcello leise und geht zu seiner Großmutter.

Mittlerweile hat sich die Aufregung etwas gelegt, zumindest ist der Lautstärkepegel im Raum zurückgegangen. Die kleine Motte hat ganz schön für Aufsehen gesorgt, und ich bin mir sicher, dass sie immer noch Thema ist. Zumindest stehen die

Tanten nach wie vor eng beieinander und flüstern miteinander. Als Concetta mit einem Tablett voll kleiner Einwegplastikbecher aus der Küche kommt und Kaffeeduft den Raum erfüllt, heben sie erfreut die Köpfe. «*E ora il caffè!* – Und nun Kaffee!»

Dankbar greife ich zu. Wir haben mittlerweile fast fünf Uhr am Nachmittag. Und da wir in der Nacht kaum geschlafen haben und schon früh in Düsseldorf losgeflogen sind, macht sich langsam die Müdigkeit bei mir bemerkbar. Ich nippe am heißen Kaffee und beobachte die Familie, die bald auch zu meiner wird. Dabei entgeht mir nicht, dass ich anscheinend immer noch Thema für Marcellos Tanten bin. Fehlt nur noch, dass eine mit dem Finger auf mich zeigt, denke ich, als sie plötzlich alle gleichzeitig zu mir herüberschauen. Etwas gezwungen lächle ich in die Runde, drehe mich dann aber schnell wieder weg. Nicht dass eine von den Tanten noch auf die Idee kommt, dass ich mich zu ihnen gesellen soll. Die gehen nämlich alle davon aus, dass ich perfekt Italienisch spreche, oder sie ignorieren schlicht meine bruchstückhaften Sprachkenntnisse. *Das habe ich nicht verstanden* heißt *non ho capito*. Ich weiß nicht, wie oft ich diesen Satz heute schon gesagt habe, aber das ist auch völlig unwichtig, denn interessanterweise überhören sie ihn einfach.

Ich kann die fünf Frauen nicht auseinanderhalten, obwohl sie sich überhaupt nicht ähnlich sehen. Ständig verwechsle ich ihre Namen. «Sag doch einfach Zia, das heißt Tante», riet Marcello mir augenzwinkernd. «Damit liegst du immer richtig. Und die Männer nennst du dementsprechend Zio, vorausgesetzt, es handelt sich wirklich um einen Onkel und nicht um einen Nachbarn.»

Marcellos Großeltern haben ihre Kinder in der Reihenfolge des Alphabets getauft. Der Erste war Armando, der einzige Junge. Danach kamen die Mädchen: Bernardetta, Camilla, Donatella, Enrica und Flora. Und die wiederum haben auch diverse Kinder bekommen. Marcello hat insgesamt dreizehn neapolitanische Cousins und Cousinen und sechs Großcousinen. Dazu kommen dann noch die Familienmitglieder der toskanischen Seite. Gabriella hat zwei Schwestern mit jeweils zwei Kindern. Insgesamt sind das sieben Tanten, siebzehn Cousins und Cousinen, acht Großcousins und -cousinen, zwei Großmütter – und ein Großvater. Gabriellas Eltern erfreuen sich noch bester Gesundheit. Wenn alle Familienmitglieder zusammentreffen, so wie das bei unserer Hochzeit bald der Fall sein wird, braucht man zwischen vierunddreißig und einundfünfzig Sitzplätze allein für die Erwachsenen, je nachdem, ob die Cousins und Cousinen mit ihren Partnern erscheinen.

Zu unserer Hochzeitsfeier haben sechsundvierzig italienische Gäste zugesagt. Von der ganzen Organisation abgesehen, hat uns allein der Plan für die richtige Sitzordnung einige schlaflose Nächte gekostet. Es mussten unterschiedlichste Befindlichkeiten berücksichtigt werden, und nicht jeden in der Familie kann man x-beliebig platzieren. Es existieren kleinere bis mittelschwere Familienstreitigkeiten zwischen bestimmten Personen, denen Rechnung getragen werden muss. Ständig klingelte das Telefon bei uns, nachdem wir die Einladungskarten verschickt hatten. Sobald ich die italienische Vorwahl auf dem Display sah, habe ich den Hörer an Marcello weitergegeben. So möchte Grazia auf keinen Fall neben Ornella sitzen, da diese erst kürzlich ihre Tochter beleidigt habe. Rosella komme mit Adaras Mann Santino überhaupt nicht klar und würde liebend gerne neben Stefania sitzen, da man sich so selten sehe, aber auch möglichst weit weg von Chiara. Stefania wiederum hat andere Vorlieben …

Dann hatten wir das Prinzip der freien Platzwahl überlegt, aber Marcello meinte, damit hätten wir garantiert das absolute

Chaos vorprogrammiert. Also hat er Höchstleistungen vollbracht und einen Sitzplan erstellt, der alle Wünsche berücksichtigt. Er hat dafür tatsächlich extra ein kleines Sitzordnungsprogramm mit festen und variablen Plätzen geschrieben. Mittlerweile haben Ornella und Grazia sich wieder vertragen und sind so dicke miteinander, dass sie jetzt doch unbedingt nebeneinandersitzen möchten, aber Marcello ist stark geblieben. Der Plan steht. Ab jetzt gibt es keine Sonderwünsche mehr. Auch das Essen hat uns einiges an Kopfzerbrechen bereitet. Mein Schwiegervater in spe ist nicht leicht zufriedenzustellen, was kulinarische Genüsse angeht. Er isst zum Beispiel keine Sahne. Und schon beim Anblick von Butter bekommt er schlechte Laune. Er schmeckt sie sofort überall heraus, sogar wenn man nur die Backform damit einfettet. Im Hause Esposito wird mit Olivenöl gekocht und gebacken. Nachdem auch der achte Vorschlag des Caterers kein Erbarmen in Armandos Augen gefunden hatte, haben wir kurzerhand entschieden, ihn zum Buffetchef zu ernennen und die Speisen für uns auszusuchen. Unser Essen wird nun vom Lieblingskoch seines Stammrestaurants geliefert.

Auf meiner Seite sieht es eher mager und übersichtlich aus. Zu meiner Familie gehören meine Eltern, in zweifacher Ausführung. Sie sind geschieden und haben neue Partner, das macht vier Personen. Zum Glück pflegen sie mittlerweile einen freundlichen Umgang miteinander, sodass wir sie ohne Probleme an denselben Tisch setzen können. Daneben kommt meine große Schwester Steffi samt Mann und Tochter und meine kleine Schwester Lisa mit ihrem Freund – wenn er bis dahin noch aktuell ist. Außerdem gibt uns noch Tante Moni die Ehre, die etwas schräge Schwester meiner Mutter, und natürlich Opa. Zu dem Rest meiner Verwandtschaft väterlicherseits habe ich keinen Kontakt. Das liegt wahrscheinlich daran, dass meine Eltern sich getrennt haben, als wir noch Kinder waren. Außerdem ist Papas Verwandtschaft auch nicht gerade groß. Er ist Einzelkind. Seine Eltern, meine Großeltern, habe ich nie kennengelernt. Sie sind weit vor meiner Geburt bei einem Autounfall ums Leben gekommen. Da meine Familie aus gerade mal zehn Erwachsenen und zwei Kindern besteht, wurde in Marcellos Familie ernsthaft darüber diskutiert, ob es aus praktischen Gründen nicht sinnvoller wäre, gleich in Neapel zu heiraten, da gerade für Marcellos Großeltern die Reise nach Deutschland zu anstrengend sei und sie deswegen nicht kommen wollten. Aber da wir auch Freunde und Nachbarn eingeladen haben und wir die dann samt meiner Familie nach Italien hätten schaffen müssen, wäre es zahlenmäßig ungefähr auf das Gleiche rausgelaufen. Zum Glück hat Marcello die Sache dann geklärt. «Dann hättest du eben nicht nach Deutschland auswandern dürfen», sagte er seinem Vater und traf damit einen wunden Punkt. Armando ist Vollblutitaliener. Und er würde nichts lieber tun, als nach Casamarciano zurückzukehren, wenn die finanziellen Voraussetzungen dafür gegeben wären. Marcello hat mir außerdem anvertraut, dass seine Mutter diejenige ist, die dort nicht wohnen will. Warum in Casamarciano, wo es doch in Fiesole, ihrem Heimatort, viel schöner sei.

Es herrschte zwei Wochen Funkstille zwischen Marcello und seinem Vater, sodass ich beinahe schwach geworden wäre und einer Hochzeit in Neapel zugestimmt hätte. Aber da hat Gabriella ein Machtwort gesprochen. Sie hat kurzerhand mehrere, sehr kostengünstige Zimmer in dem Gasthaus des Familienbildungswerks reserviert, in dem ihre beste Freundin Ulla arbeitet. Unsere italienischen Gäste werden also in der Nähe meiner zukünftigen Schwiegereltern in Düsseldorf untergebracht. Ulla hat uns nicht nur einen Sonderpreis ausgehandelt, sie hat auch einen befreundeten Busunternehmer engagiert, der alle italienischen Gäste vom Flughafen abholt und auch den Transfer zu unserer Hochzeit übernimmt, die in Essen stattfinden wird. Unsere Gäste treffen einen Tag vor unserer Hochzeit ein und reisen einen Tag danach wieder ab. Und ich bin heilfroh, wenn wir alles ohne größere Pannen über die Bühne kriegen. Mir wäre eine kleine Feier im engsten Familienkreis lieber gewesen. Wenn ich alleine hätte entscheiden können, wären wir mit gepackten Koffern zum Standesamt marschiert, hätten uns das Jawort gegeben und wären dann sofort in die Flitterwochen geflogen. Aber das habe ich von Anfang an für mich behalten. Man kann keinen Italiener ohne seine Verwandten heiraten.

2.

Attenta al cane bianco

ACHTE AUF DEN WEISSEN HUND

Von unseren sechsundvierzig italienischen Gästen sind noch fünfzehn hier in Casamarciano, um Nonna Lucia in ihrer Trauer beizustehen. Freunde und Nachbarn haben morgens schon kondoliert. Nonnos Ableben hat sich wie ein Lauffeuer herumgesprochen. Außerdem wurde die Nachricht im ganzen Dorf plakatiert, und groß gedruckte Anzeigen informieren an Hauswänden und Mauern über Patrizio Espositos Tod. Viele der Dorfbewohner haben sich daraufhin sofort auf den Weg gemacht, um Nonna Lucia beizustehen und sich von Patrizio zu verabschieden.

Dabei gab es nur ein kleines Problem ... Nonno ist spät am Abend im Krankenhaus von Nola, dem nächstgrößeren Ort, verstorben. Damit sich die Trauernden angemessen von ihm verabschieden können, musste er am nächsten Morgen nach Casamarciano transportiert werden, und zwar *lebend*, da der Rücktransport von Toten nicht erlaubt ist.

Wir bekamen die Nachricht von Nonnos Tod per Anruf um kurz nach Mitternacht. Wir wussten beide, dass irgendetwas passiert sein muss, wenn um diese Uhrzeit das Festnetztelefon klingelt. Darauf rufen normalerweise nur meine Mutter, mein Opa und Marcellos Eltern an, aber auch nie um diese Uhrzeit. Da es Mitte Juli im Süden Italiens sehr heiß ist, sollte die Beisetzung noch am selben Tag stattfinden. Zum Glück haben wir den ersten Direktflug nach Neapel um kurz nach sieben buchen können, sodass wir um Viertel nach neun bereits gelandet sind, und dank Mietwagen um halb elf in Casamarciano ankamen – zeitgleich mit einem altertümlichen Krankenwagen. Zu der Zeit war das ganze Dorf schon auf den Beinen und hatte sich vor dem Haus der Espositos versammelt.

Ich staunte nicht schlecht, als der scheinbar schlafende Nonno auf einer Bahre *ins* Haus getragen wurde und der *villaggio medico*, der Dorfarzt, nur noch seinen Tod feststellen konnte. Wie sich herausstellte, hatte Armando die Ärzte im Krankenhaus mit einem großzügigen Trinkgeld bestochen, Nonno *lebend* zu entlassen. Der alte Herr ist offiziell also erst früh am Morgen verstorben, und zwar zu Hause in seinem frisch bezogenen Bett, gekleidet in seinen besten Anzug.

Nachdem sich die Familienangehörigen von ihm verabschiedet hatten, waren die an der Haustür schlangestehenden Dorfbewohner an der Reihe. Nonno war sehr beliebt. Es wurde laut klagend geschluchzt, gejammert und viel geweint.

Ich stand neben Marcello, als der sich von seinem Großvater verabschiedete, und konnte den Blick nicht von dem alten Mann abwenden, der so friedlich vor uns dalag. Ich hatte bis dahin noch nie einen Toten gesehen und hatte ehrlich gesagt Angst davor, wollte aber in diesem Moment bei Marcello sein, um ihm beizustehen. Doch als er anfing zu weinen, liefen auch meine Tränen. Und Marcello hat letztendlich mich getröstet, anstatt ich ihn, was mir im Nachhinein leidgetan hat. Aber ich war auf einmal total überfordert. Der Anblick des leblosen Körpers hat in mir ein mir bisher unbekanntes Gefühl ausgelöst, das schwer zu beschreiben ist. Mir ist klargeworden, dass wir alle irgendwann gehen müssen – und im Gegensatz dazu habe ich mich plötzlich so wahnsinnig lebendig gefühlt, in einer Intensität, die mich fast umgehauen hat.

Patrizio Esposito wurde auf dem kleinen Friedhof in Casamarciano im Beisein seiner Familie, von Freunden und unzähligen Nachbarn in einem überirdischen Schiebegrab beigesetzt. Die Nische, in die Nonnos Sarg der Länge nach geschoben wurde, wurde in der Nacht zuvor eigenmächtig mit Hammer, Meißel und ein wenig Zement vergrößert, damit später einmal Nonnos geliebte Ehefrau neben ihrem Patrizio zur letzten Ruhe gebettet werden kann. Und so tauchte der Pastor entrüstet eine Stunde vor der Trauerzeremonie bei Nonna Lucia auf, die Hände über dem Kopf zusammenschlagend ob der Dreistigkeit der Espositos. Gegen ein wenig Vergrößern hätte er ja nichts einzuwenden gehabt, aber gleich Verdoppeln? Die Täter zeigten sich reuig, und nach einer großzügigen Geldspende für die Kapellenrenovierung zog *il parroco* besänftigt wieder ab.

Auch wenn die Stimmung dem Anlass entsprechend traurig und melancholisch ist, wird ab und an gelacht, nämlich dann, wenn einer der Angehörigen eine Anekdote über den alten Mann erzählt. So gibt gerade Donatella eine Geschichte zum Besten. Wenn ich das richtig verstehe, hat Nonno seinen eigenen Wein im Keller gekeltert, obwohl er selbst nicht davon getrunken hat. Ihm hat der billige, süße Perlwein aus dem Supermarkt besser geschmeckt. Der saure Kellerwein blieb den Gästen vorbehalten. Donatella verzieht das Gesicht, so als wäre sie gerade in den Genuss dieses Weines gekommen, dann lacht sie laut auf. Sie ist die einzige Tante, die ich überall erkennen würde, sogar wenn sie mir irgendwo an einem anderen Ort völlig überraschend über den Weg laufen würde. Sie fällt nicht nur durch ihre hennarot gefärbten Haare und die markante, leicht gebogene Nase auf. Mit ihrer Ausstrahlung nimmt sie den kompletten Raum ein, und sofort versammeln sich alle in ihrer Nähe.

Marcello meint, sein Vater gäbe vor, als einziger Sohn das

Sagen in der Familie zu haben, aber alle wissen, dass in Wahrheit Donatella die Fäden zieht. Mit ihren Vorahnungen ist sie den anderen immer einen Schritt voraus. Und so ist es nicht verwunderlich, dass sie zwei Tage früher als geplant von einer Reise an die Amalfiküste in ihr Heimatdorf zurückgekehrt ist. Als hätte sie gewusst, was passieren würde. Dass Armando und Gabriella zu der Zeit auch gerade zu Besuch in Casamarciano waren und Donatella eigentlich nur früher eintraf, um ihren Bruder zu sehen, spielt dabei für den Rest der Familie keine große Rolle. Sie hatte eine Vorahnung, so viel steht für alle fest!

Der Kaffee ist stark, fast dickflüssig und unheimlich süß. Bei uns zu Hause konnte ich Marcello mittlerweile davon überzeugen, die Zuckermenge bei einem Schnapsglas voll Kaffee auf einen gestrichenen Teelöffel zu reduzieren. In dem Minibecher stecken mit Sicherheit mindestens zwei.

«Kann ich dir vielleicht helfen?», frage ich Concetta, die gerade wieder an mir vorbeigeht. Mir wäre lieber, ich hätte jetzt irgendwas zu tun, bevor eine von den Tanten tatsächlich noch auf die Idee kommt, sich mit mir unterhalten zu wollen. Marcello spricht noch mit Nonna. Seine Brüder haben sich zu den Onkels gesellt, die gestenreich miteinander diskutieren. Ich glaube aber nicht, dass es hier auch um die Motte geht. Der Lautstärke nach zu urteilen handelt es sich um Politik oder Fußball.

Concetta drückt mir das leere Tablett in die Hand. «Ja, das wäre gut», sagt sie und seufzt auf. «Ich habe wahnsinnige Kopfschmerzen und müsste mal frische Luft schnappen. Stella ist in der Küche. Sie kocht neuen Kaffee und kümmert sich um die *biscotti*. Sie freut sich bestimmt, wenn sie Hilfe bekommt.»

Ich nicke ihr zu und mache mich auf den Weg in die Küche. Concettas Tochter Stella nimmt gerade die *caffettiera* vom

Herd, die ein fauchendes Geräusch von sich gibt. Auch Marcellos Eltern bereiten ihren *caffè* in einer dieser altmodischen Aluminiumkannen zu. Wir haben uns kürzlich einen sündhaft teuren, schicken Vollautomaten zugelegt, der einen herrlichen Espresso mit genialer *crema* zaubert. Für die Maschine ist die komplette Steuerrückerstattung draufgegangen. Aber die Anschaffung hat sich trotzdem gelohnt, der Kaffee schmeckt köstlich. Trotzdem hat Armando uns letztes Weihnachten eine Bialettikanne für den Herd geschenkt, nur so aus Prinzip, falls wir mal Lust auf einen «richtigen» Kaffee bekämen. Die Kanne haben wir bisher genau zweimal benutzt, und zwar als Armando und Gabriella uns besucht haben. Öfter haben sie den Weg von Düsseldorf nach Essen bisher nicht geschafft. Bei den Espositos spielt sich alles in der Wohnung der Eltern ab. Es wird erwartet, dass die Kinder sich regelmäßig dort einfinden, und dem wird auch Folge geleistet.

«Nicht erschrecken, Stella», sage ich und trete zu ihr an den Herd. «Ich wollte nur fragen, ob ich dir helfen kann.»

«Helfen? Beim Kaffeekochen?» Stella dreht sich zu mir um, zieht eine Augenbraue in die Höhe und sieht mich mit ihren dunklen, fast schwarz wirkenden Augen ernst an.

Sie ist gerade mal neun Jahre alt, sieht aber aus wie eine kleine Erwachsene, wie eine bildhübsche kleine Erwachsene, ganz genau genommen. Sie trägt ihr langes, glänzendes schwarzes Haar offen. Eine längere Haarsträhne hat sie zu einem kleinen Zöpfchen geflochten und mit einer schwarzen Glitzerspange an der Seite befestigt. Ihr schwarzes Leinenkleid ist schlicht und mit einer Blumenbrosche passend zur Haarspange verziert. Ähnliche Glitzersteinchen finden sich auch auf den Schnallen ihrer Sandalen wieder.

«Deine Mama hat was von *biscotti* gesagt. Die könnte ich ja schon mal rausbringen», schlage ich vor.

«Die liegen hier auf dem Küchentisch und müssen noch mit Puderzucker bestäubt werden.»

Die herrlich duftenden *biscotti* sehen aus wie kleine Gebäckberge, in denen Rosinen und Pinienkerne stecken.

«Hast du die gebacken? Sie sehen sehr lecker aus.»

«Sind sie auch.» Stella holt ein kleines Sieb aus der Schublade und bestäubt die *biscotti* mit einer dicken Schicht Puderzucker. «Meine Mutter hat sie gebacken. Das Rezept ist aber geheim. Das bekommen nur Familienmitglieder.»

«Ich gehöre ja bald auch offiziell dazu. Vielleicht verrät sie mir es dann. Was meinst du?» Ich lächle Stella an, aber sie reagiert nicht, sondern widmet sich schweigend wieder der *caffettiera*. Schließlich sagt sie: «Das wirst du bestimmt nicht bekommen. Du bist ja dann nur angeheiratet und gehörst nicht wirklich zur Familie.» Dabei lächelt sie mich zuckersüß an.

Ich weiß absolut nicht, was ich darauf erwidern soll. Hat sie das nur gesagt, um mir eins auszuwischen, oder hat sie sich vielleicht gar keine Gedanken darüber gemacht, wie das alles auf mich wirken könnte?

«Soso, ein altes Familienrezept», sage ich diplomatisch. «Das sind ja meistens die besten.»

«Du kannst ja Zio Armando seinen Kaffee servieren. Er hatte noch keinen.» Stella gießt die heiße Flüssigkeit in die kleinen Becher, die sie der Reihe nach auf der Arbeitsplatte positioniert hat.

«*D'accordo*.» Ich greife nach dem erstbesten, da guckt sie mich ganz entsetzt an.

«Zio trinkt doch nicht aus Plastikbechern!»

«Was du alles weißt», scherze ich. Ich habe mich sowieso schon darüber gewundert, warum Kaffee und Wasser hier in Einwegbehältnissen serviert werden. Es liegt auf jeden Fall nicht daran, dass kein normales Geschirr vorhanden ist. Auf den Wandregalen stapeln sich viele bunte Tassen in unterschiedlichen Formen und Größen. Dass mein Schwiegervater in spe sich weigert, aus den die Umwelt belastenden Einwegbechern zu trinken, macht ihn mir geradezu sympathisch.

«Dann sehen wir mal zu, dass wir eine echte Tasse für ihn bekommen. Was meinst du, können wir eine davon nehmen?», frage ich und zeige auf die Tassenansammlung.

«Ich dachte, du bist so eine oberschlaue Lehrerin, die sonst auch immer alles weiß», antwortet Stella schnippisch. «Das sind Pötte! Die Dinger sind viel zu groß. Außerdem habe ich schon längst eine Porzellantasse geholt – und zwar eine kleine!»

Was war das denn? Ich überlege gerade noch, wie ich auf diese offensichtliche Spitze reagieren soll, da setzt sie noch einen drauf. «Ist ja nicht so schlimm. Du kannst ja nichts dafür. Es liegt einfach daran, dass du nicht zur Familie gehörst, sonst wüsstest du das.»

Ich beschließe spontan, nicht auf Konfrontation zu gehen. Den Spruch mit der Familienzugehörigkeit hat sie jetzt zum zweiten Mal, diesmal ganz absichtlich, losgelassen. Das kann man an dem Tonfall ihrer Stimme und dem Blick, mit dem sie mich jetzt von oben bis unten betrachtet, ganz genau erkennen. Aus irgendeinem Grund will Stella gerade einen kleinen Machtkampf mit mir führen. Dabei kennt sie mich gar nicht. Wir haben uns erst ein paarmal gesehen, an Armandos und Gabriellas Geburtstagen – und dann, als sie etwa vor drei Monaten mit ihrer Mutter vor unserer Haustür stand, um ihre Kommunioneinladung persönlich abzugeben. Stella hat dabei kaum ein Wort gesagt. Ich wollte die Situation damals etwas auflockern und habe sie gefragt, ob sie auf unserer Hochzeit den Job als Blumenmädchen übernehmen würde, aber mehr als ein *Ich weiß nicht* ist ihr dazu nicht eingefallen. Damals bin ich davon ausgegangen, sie sei einfach nur ein wenig schüchtern. Aber da habe ich mich wohl getäuscht.

«Es dauert ja nicht mehr lange. In zwei Wochen heirate ich Marcello. Dann gehöre ich gewissermaßen zur Familie, wenn auch nur angeheiratet. Dann lerne ich bestimmt alles, was ich noch wissen muss», lenke ich ein.

«Wenn du meinst.» Stella drückt mir die Tasse in die Hand. «Mariella wäre aber nie auf so eine komische Idee gekommen. Zio und Plastikbecher ...»

Aha, daher weht der Wind. Marcellos Ex!

«Du mochtest Mariella wohl sehr?», hake ich nach.

«Ja, klar. Ich mag sie immer noch. Sie ist total nett. Und sie näht ganz tolle Kleider.»

«Das habe ich auch schon gehört. Sie muss eine richtig gute Modedesignerin sein.»

«Die Brosche hat sie selbst gemacht.» Stella zeigt stolz auf die schwarze Glitzerblume. «Mariella hat sie mir geschenkt, nachdem Mama ihr das mit Nonno Patrizio erzählt hat. Sie war auch total traurig deswegen und hat sogar geweint.»

Ich spüre einen kleinen Stich in meiner Herzgegend und kämpfe gegen die Eifersucht an, die sich in mir breitmachen möchte, obwohl ich gar keinen Grund dazu habe. Gegen Mariellas Beliebtheitsgrad komme ich zwar nicht an, aber immerhin bin ich diejenige, die Marcello heiraten wird. Und außerdem hatte ich auch ein Liebesleben vor seiner Zeit. Meine Mutter und auch meine beiden Schwestern schwärmen immer noch von Jens, mit dem ich vor Marcello liiert war. Er war gar nicht der mediterrane Typ, sondern sah aus wie eine etwas kleinere Kopie von Henning Baum, mit weizenblonden Haaren, Dreitagebart und schönen stahlblauen Augen. Wir haben ein paar leidenschaftliche Monate miteinander verbracht. Aber leider nahm er es mit der Treue nicht so genau, weswegen ich mich letztendlich von ihm trennte. Trotzdem denke ich noch gerne an ihn. Wir hatten viel Spaß miteinander.

Marcello hat mir erzählt, dass Mariella ursprünglich aus einem der Nachbarorte hier in der Gegend stammt. Aber kennengelernt haben die beiden sich ganz zufällig in Düsseldorf, wo sie Modedesign studiert hat. Sie waren drei Jahre ein Paar, dann hat Mariella sich für einen Job in Mailand entschieden. Eine große Chance für sie – und Glück für mich. Ich schiebe die unangenehmen Gefühle zur Seite und nehme die Brosche genauer in Augenschein.

«Sie ist wirklich toll. Ist Mariella wieder in Mailand oder noch hier? Vielleicht lerne ich sie ja mal kennen.» Ich habe zwar keine große Lust, der tollen Wunderfrau, von der alle so offensichtlich begeistert sind, zu begegnen, aber wie sagt mein Opa immer: *Gespenster kann man nur vertreiben, indem man ihnen geradewegs in die Augen schaut.*

Stella guckt mich ganz verwundert an. «Wieso denn hier? Die Brosche hat Stella mir zu Hause geschenkt.»

«In Duisburg?»

«Klar, wo sonst? Sie arbeitet doch wieder in Deutschland und entwirft ganz tolle Hochzeitskleider für irgendeine bekannte Firma in Düsseldorf. Wusstest du das etwa auch nicht?»

Sofort ist dieses blöde Gefühl wieder da. Wahrscheinlich haben es wirklich alle gewusst, nur ich nicht. Stella beobachtet mich ganz unverfroren, ohne das kleine selbstgefällige Grinsen zu verbergen, das ihr über das Gesicht huscht. Dann greift sie an ihre Blütenbrosche und seufzt theatralisch auf. Der Apfel fällt nicht weit vom Stamm. Genauso überzogen hat ihre Mutter eben bei der Mottengeschichte auch reagiert.

«*Bisnonno*, Urgroßvater, mochte alle Pflanzen, aber am liebsten die mit Blüten. Aber das wusstest du bestimmt auch nicht, oder?»

Marcellos Opa war Gärtner, seine Liebe zu Pflanzen groß. Er hat mir selbst erzählt, seine besondere Hingabe gelte den Zitronen- und Orangenbäumen mit ihren duftenden weißen Blüten. Aber das ist jetzt unwichtig, denn Stellas Augen füllen sich mit Tränen. Die Kleine ist erst neun. Es ist bestimmt nicht leicht für sie, den Verlust ihres Urgroßvaters zu verkraften. Ich war sieben Jahre älter, als meine Großmutter plötzlich verstarb, und ich weiß noch, wie es mir damals komplett den Boden unter den Füßen weggezogen hat. Ich habe tagelang nur geheult, war wütend und wollte einfach nur für mich sein. Bestimmt ist Stella ebenso überfordert mit der ganzen Situation und lässt ihre Wut jetzt an mir aus.

Ich unterdrücke das Bedürfnis, sie einfach in den Arm zu nehmen, um ihr mein Mitgefühl zu zeigen. Das würde sie ganz bestimmt nicht zulassen.

«Leider kannte ich deinen Bisnonno nicht sehr gut», sage ich. «Aber vielleicht hast du ja irgendwann Lust, mir von ihm zu erzählen.»

«Ganz bestimmt nicht! Ich kann Lehrerinnen nämlich nicht ausstehen.»

Meine Schüler behaupten, ich sei die netteste Lehrerin der ganzen Schule. Aber damit kann ich Stella nun bestimmt nicht beeindrucken. Ich komme nicht mehr dazu, etwas darauf zu erwidern, denn die Tür wird schwungvoll aufgestoßen, und Concetta kommt in die Küche.

«*Principessa, quando arriva il caffè?* – Prinzessin, wann kommt der Kaffee?»

«Ich habe einen für Armando», antworte ich für Stella, die sich wieder der *caffettiera* widmet, und halte die kleine Porzellantasse hoch.

«Den kannst du Zio aber schlecht anbieten.» Stella hat sich schnell wieder gefangen und setzt ihr zuckersüßes Lächeln auf. «Der ist bestimmt schon ganz kalt. Und Zio trinkt ihn nur, wenn er sehr heiß ist. Das wissen alle hier. Du kannst auch meine Mutter fragen, wenn du mir nicht glaubst.»

«Natürlich glaube ich dir. Warum sollte ich nicht?» Ich schaue Concetta an. «Geht es dir besser?»

«Nein, es wird immer schlimmer.» Concetta setzt sich an den Küchentisch und schließt ihre Augen. Dann seufzt sie filmreif auf und hält ihre Zeigefinger an die Schläfen.

«Soll ich Zia Donatella holen?», fragt Stella.

«Nein, Schatz. Zia hat jetzt andere Sorgen.»

«Möchtest du vielleicht eine Kopfschmerztablette?», frage ich. «Ich habe welche dabei.»

«Nein, danke.» Concetta öffnet die Augen und schüttelt energisch den Kopf, um im nächsten Moment zusammenzuzucken. Sie scheint wirklich Schmerzen zu haben. Sie steht auf und wendet sich an Stella. «Du hast recht, *principessa.* Da kann wohl doch nur Zia Donatella helfen.»

Mich würde ja brennend interessieren, wie Zia Donatellas Wunderwaffe gegen Kopfschmerzen aussieht, traue mich aber nicht zu fragen. Dass ich keine Ahnung habe, weil ich nicht zur Familie gehöre, habe ich jetzt schon oft genug gehört. «Ich hoffe, Donatella kann dir helfen», sage ich zu ihr.

«Sicher! Aber jetzt zeig mal den Kaffee.» Concetta nimmt mir die Tasse aus der Hand, nippt daran und verzieht kurz darauf das Gesicht. Dann läuft sie durch die Küche und stellt das lauwarme Getränk in die Mikrowelle. «Gut, dass wir Nonna letztes Jahr endlich überreden konnten, so ein Ding anzuschaffen.»

«Und der schmeckt jetzt noch?», frage ich, als es Pling macht und sie mir die verdammt heiße Tasse in die Hand drückt.

«*Perché non dovrebbe?* – Warum sollte er nicht?»

Ich mache mich auf den Weg ins Wohnzimmer und reiche

meinem baldigen Schwiegervater die Tasse. Aus den Augenwinkeln sehe ich Marcello bei seinen Brüdern.

«*Grazie,* Giulia.» Armando nimmt einen Schluck des aufgewärmten Kaffees, dann schnalzt er laut mit der Zunge. «*Così deve essere un caffè!* – So muss ein Kaffee schmecken!» Er trinkt den Rest der heißen tiefbraunen Flüssigkeit in einem Zug aus und drückt mir die leere Tasse wieder in die Hand. Das heißt wohl, dass ich sie zurück in die Küche bringen soll.

Da greift Donatella nach meiner freien Hand, dreht die Innenfläche nach oben und schaut sich ein paar Sekunden lang mit zusammengekniffenen Augen die Linien darin an. Als sie den Kopf hebt, sieht sie mich ganz eigenartig an und sagt mit ihrer tiefen, fast männlich klingenden Stimme: «*Attenta al cane bianco* – Achte auf den weißen Hund.»

Bestimmt habe ich sie falsch verstanden. «*Un cane bianco?*», frage ich nach und habe absolut keinen Schimmer, was sie mir damit sagen will.

«*Sì, sì, il cane bianco!*» Donatella tätschelt mir die Hand und nickt mir bedeutungsschwer zu. «*Sei una brava ragazza* – Du bist ein gutes Mädchen.» Dieses eigenartige, fast verschwörerisch wirkende Nicken scheint den Espositos gemein zu sein. Nonna hat mir vorhin auf eine ganz ähnliche Art zugenickt. Und Armando, ich versuche mich an den Vornamen meines zukünftigen Schwiegervaters langsam zu gewöhnen, hat seinen Kopf genauso bewegt. Bei Marcello ist es mir bisher noch nicht aufgefallen. Aber das kann ja noch kommen. Meine Mutter hat mir erzählt, dass man bestimmte Eigenarten seines Partners erst nach jahrelangem Zusammenleben entdeckt. Wer weiß schon, was Marcello später noch für Überraschungen bereithält.

Donatella sieht mich unergründlich mit ihren stark geschminkten Augen an. Dass sie grün sind, ist mir bisher gar nicht aufgefallen. Ob sie wirklich Dinge vorhersehen kann? Ich glaube nicht an spirituellen Hokuspokus, bin aber überzeugt davon, dass es Menschen gibt, die besonders empfindsam sind und intuitiv bestimmte Ereignisse vorausahnen können.

«*Dov'è Concetta?* – Wo ist Concetta?», fragt mich Donatella.

Das trifft sich gut! Die wollte doch sowieso zu ihr. Ich zeige in Richtung Küche. «Concetta hat …» Was zum Teufel heißt Kopfschmerzen? Ich deute auf meinen Kopf und verziehe das Gesicht. «*Dolore* – Schmerzen.»

Donatella nickt. *«Mal di testa.»*

«*Molto forte!* – Sehr stark!» Ich greife mir an die Schläfen, um Concettas Leiden zu verdeutlichen. Dass ich nicht richtig italienisch sprechen kann, ist wirklich schade. Aber ich hatte absolut keine Zeit, Vokabeln und Grammatik zu büffeln.

«*Lo so* – Ich weiß.» Donatella macht sich auf den Weg in die Küche, und ich folge ihr mit der leeren Tasse in der Hand.

Concetta sitzt mit geschlossenen Augen am Küchentisch, Stella steht hinter ihr und massiert ihr die Schläfen.

Concetta seufzt, als sie ihre Tante bemerkt, die die Hände in die Hüften gestemmt hat.

«*Hai parlato con Franca!* – Du hast mit Franca gesprochen!», sagt Donatella missbilligend.

«*Sì, ma …* – Ja, aber …»

«*Ma no!* – Kein Aber!» Donatella wühlt in ihrer Handtasche und zaubert ein Stück Kordel hervor. Ich schaue fasziniert zu, wie sie ein paar kleine Knoten in die Schnur knüpft und dabei etwas vor sich hin murmelt. Dann legt sie für ein paar Augenblicke ihre Hand auf Concettas Stirn, und diese schließt andächtig ihre Augen. Aus den Augenwinkeln sehe ich, wie Stella mit ihrem Daumen ein Kreuz auf ihre Brust zeichnet, dann ist der Zauber vorbei.

«Grazie, Zia!» Concetta bindet sich die Kordel wie eine Kette um den Hals.

«*Il malocchio*», sagt Donatella mit einem Lächeln zu mir, dann geht sie hinaus.

«Kommt ihr alleine klar?», fragt Concetta und steht vom Tisch auf. «Ich müsste jetzt was Wichtiges klären.»

«Natürlich, geh nur. Oder, Stella?»

Das Mädchen nickt und verfällt wieder in Schweigen.

Ich bin mir sicher, dass ich eine schnippische Antwort bekommen werde, aber ich kann nicht anders, ich muss sie einfach fragen.

«Erklärst du mir, was da gerade passiert ist? Was bedeutet *il malocchio*?»

Stella überlegt einen Augenblick und macht dabei eine ernsthafte Miene. Anscheinend ist mit der Sache nicht zu spaßen. Dann erklärt sie mir wichtig: «Zia schützt Mama vor den bösen Gedanken, die Franca beherrschen. Das ist Mamas beste Freundin hier in Casamarciano. Aber sie ist eifersüchtig, weil es uns so gutgeht – sie gönnt Mama das Glück nicht. Deswegen die Kopfschmerzen, wenn sie hier ist. Zia hat Mama gesagt, sie solle Franca aus dem Weg gehen, aber die war vorhin hier, um Nonna ihr Beileid auszusprechen – und da haben sich die beiden gesehen. *Il malocchio* heißt *der böse Blick*.»

«Aha ... Und die Kordel? Die hilft deiner Mutter jetzt?»

«Ja, Zia hat sie mit einem Knotenzauber besprochen. Die Kopfschmerzen sind bestimmt bald weg.»

«Cool!», sage ich. Wenn es wirklich hilft, ist das eine tolle Sache. Der Glaube versetzt ja sozusagen Berge.

Stella greift nach einem der duftenden *biscotti*.

«Die sehen wirklich verdammt lecker aus», sage ich und greife spontan zu – um schon im nächsten Moment schmerzerfüllt zusammenzuzucken.

«Aua!», rufe ich aus. «Spinnst du? Du kannst mich doch nicht einfach so treten.»

«Oh, habe ich dir etwa weh getan?», fragt Stella und sieht mich unschuldig an.

«Was meinst du denn, wenn dir jemand mit voller Wucht gegen den Knöchel tritt? Natürlich tut das weh!» Ich werfe Stella einen strengen Blick zu. Den habe ich auf Abruf ganz gut drauf, denn für die Arbeit in der Schule ist er unerlässlich. Aber die Kleine lässt sich anscheinend nicht davon beeindrucken.

«Das wollte ich nicht, ehrlich», säuselt sie. «Aber da war eine Mücke, ein riesiges Monstervieh. Die sind hier in Italien viel größer als in Deutschland. Und wenn sie zugestochen hätte, hättest du eine fette, unheimlich juckende Pustel bekommen.»

Stella hat es faustdick hinter den Ohren. Eben hat sie noch ganz normal mit mir geredet, und ich habe einen kurzen Moment geglaubt, sie habe ihre Vorbehalte mir gegenüber abgelegt. Und jetzt wird sie noch nicht einmal rot bei dieser fadenscheinigen Ausrede.

Ich hebe meinen Fuß an und reibe mir den schmerzenden Knöchel. Das mit der Mücke stimmt nie im Leben. Das kleine Luder hat mich einfach so, ohne Vorwarnung, mit voller Wucht getreten! Das gibt mit Sicherheit einen ordentlichen blauen Fleck. Was sagte Donatella noch gleich? Ich solle auf den weißen Hund achten. Sie hätte mir besser auch eine Schutzkette knoten und mich vor dem kleinen Biest warnen sollen, das mich nun wieder zuckersüß und unschuldig anlächelt, so als wäre nichts geschehen.

3.

La falena lo vuole

DIE MOTTE WILL ES SO

Als ich mit den *biscotti* ins Wohnzimmer komme und den Teller auf dem Tisch abstelle, unterhält sich Marcello immer noch angeregt mit seinen beiden Brüdern. Die drei geben in ihren schwarzen Anzügen ein stattliches Trio ab. Sie sehen allesamt sehr gut aus, haben markante Gesichter mit etwas zu großen Nasen, die aber die Optik nicht schmälern, sondern sie interessanter machen. Da ihre dunklen Haare schon etwas lichter werden, tragen sie sie kurz rasiert, genauso wie Papa Armando. Leider hat keiner von ihnen das Glück gehabt, Nonnos volles Haar zu erben. Er ist ohne einen Ansatz von Pläte gestorben.

Als ich mich umdrehe, steht eine der Tanten vor mir. Ich weiß gerade nicht, welche es ist.

«*Come le canne dell'organo.*» Lächelnd deutet sie mit dem Kopf in Richtung der drei Jungs. Dann hebt sie die Hand, und Daumen und Zeigefinger nähern sich meinem Gesicht. Ich habe keine Chance. Ihre Finger vergraben sich tief in meiner linken Wange. Und zu allem Überfluss zieht sie die Haut in meinem Gesicht jetzt auch noch vor und zurück, so als würde sie sie auf Elastizität prüfen wollen.

«*Cara ragazza, e così bella!* – Liebes Mädchen, und so schön!»

Die Wangenkneife der Tanten ist eine unschöne Angewohnheit. Es hat mich heute schon ein paarmal erwischt. Ich bedanke mich für das Kompliment und sehe zu, außer Greifweite zu kommen, bevor sie noch auf die Idee kommt, auch an meiner anderen Wange die Beschaffenheit der Haut zu testen.

«Wie die Orgelpfeifen», das habe ich heute in Bezug auf die drei Jungs schon mehrmals gehört. Concetta hat mir erklärt, mein zukünftiger Schwiegervater habe sein Pulver der Reihe nach verschossen. Antonio sei der größte der Brüder, Marcello sei etwas kleiner, Ottavio noch kleiner und dafür breiter – und dann habe Armando nur noch ein Mädchen zustande gebracht, Rebecca. Die ist allerdings hochschwanger und kann deswegen heute nicht hier sein.

Antonio, **M**arcello, **O**ttavio, **R**ebecca **E**sposito: *AMORE*. Es war Armando, der eine große Familie wollte und deswegen auf die Idee kam, die Anfangsbuchstaben seiner Kinder so zu wählen, dass sie das ausdrücken, was er für seine Gabriella empfindet, Liebe! Und so hat Gabriella alle zwei Jahre ein Kind bekommen, nur um das Wort abzuschließen, mussten sie etwas länger üben, es hat ganze sieben Jahre bis zum R gedauert. Rebecca kam als Nachzüglerin auf die Welt, sie ist erst einundzwanzig.

Ich mag Marcellos Geschwister, besonders seine Schwester. Sie ist nicht nur die Jüngste, sie ist auch die Verrückteste von allen, sozusagen das bunte Schaf der Familie. Nach dem Abitur hat Rebecca eine Ausbildung in einer Werbeagentur begonnen, die sie kurzerhand nach gerade mal zwei Monaten wieder geschmissen hat, weil sie einen Studienplatz für Kommunikationsdesign bekommen hat. Und jetzt ist sie schwanger, verrät aber keinem, wer der Vater ist. Armando hat ihr sogar gedroht, sie zu Hause rauszuwerfen, wenn sie nicht mit der Sprache herausrückt. Aber alles, was er damit erreicht hat, war, dass seine Frau nicht mehr mit ihm gesprochen hat – bis er klein beigegeben hat und sie wieder volles Wohnrecht bei den Eltern genießt.

Ottavio ist das genaue Gegenteil. Er hat blitzschnell sein

BWL-Studium durchgezogen, arbeitet als Dozent an der Uni und schreibt gerade seine Doktorarbeit. Er ist zielstrebig, ehrgeizig und legt sehr viel Wert auf seine Kleidung. Ich habe ihn immer nur mit gebügeltem Hemd gesehen. Am Wochenende trägt er dazu Jeans und auch mal Turnschuhe, aber das Hemd ist obligatorisch. Seine Freundin Fiona ist nicht sehr groß, dafür sehr hübsch mit langen blonden Haaren, einem püppchenhaften Gesicht und großen blauen Kulleraugen. Wegen ihres Äußeren wird sie oft unterschätzt, aber sie hat Biss und kann sich gut gegen ihre männlichen Kollegen durchsetzen. Sie arbeitet in der Wertpapierabteilung einer Bank und konnte sich nicht mal eben so für zwei Tage frei nehmen, was ich sehr schade finde. Ich mag sie, und außerdem wäre es angenehmer für mich, wenn ich hier etwas Unterstützung hätte. Außerdem wäre dann alle Aufmerksamkeit auf sie gerichtet, denn sie sieht wirklich aus wie ein blonder Engel und entspricht sämtlichen Klischees einer Deutschen.

Antonio habe ich noch nicht oft getroffen, da er nur kurz nach unserem Kennenlernen aus beruflichen Gründen nach Frankreich gegangen ist. Er arbeitete ein Jahr lang als Koch in einem Pariser Sternerestaurant, um Erfahrungen für ein eigenes Restaurant zu sammeln, das er irgendwann in Deutschland eröffnen möchte. Dass er dafür nicht nach Italien gegangen ist, sorgte für heiße Diskussionen mit Papa Esposito, der Antonios Vorhaben überhaupt nicht verstehen konnte. Die besten Köche gäbe es nun mal in Italien, genauso wie die besten Fußballer, Schauspieler – und natürlich die weltbesten Sänger. Antonio zog sich damals geschickt aus der Affäre, indem er seinem Vater sagte, er müsse gar nicht nach Italien, da er alles, was er über das Kochen weiß, bereits von ihm gelernt hätte.

Seit drei Wochen ist Antonio wieder da, den Kopf voller Ideen und Pläne, aber ohne festen Job. Deswegen wohnt er momentan auch wieder bei seinen Eltern, bis er sich eine eigene Wohnung leisten kann.

Und Marcello? Der ist wie gesagt mittendrin. Er ist einen Meter achtzig groß und recht ordentlich gebaut. Früher hat er regelmäßig in einem Fitnessstudio trainiert, um noch etwas mehr Muskelmasse aufzubauen, aber das schafft er zeitlich nicht mehr. Deswegen geht er regelmäßig laufen oder fährt Fahrrad. Da er beruflich fast den ganzen Tag sitzt, zieht er zu Hause konsequent sein Sportprogramm für die Rückenmuskulatur durch. Das sieht dann so aus, dass er über seinem Handy Liegestütze macht und dabei von einer blechern klingenden Frauenstimme angefeuert wird: «Nur noch drei Liegestütze bis zum nächsten Rekord, drei ... zwei ... eins.» Marcello hantiert von Berufs wegen täglich mit Formeln und Zahlen, ist aber trotzdem wahnsinnig kreativ. Nicht mit Pinsel und Farbe, er zaubert mit dem PC und überrascht mich dabei immer wieder. Seine Webseiten sind wirklich originell.

Ich schlängle mich zu den Jungs durch und stelle mich zu ihnen.

«Hat Enrica dich mit der Wangenkneife erwischt?» Ottavio grinst mich an.

«Ja, ist mein Gesicht etwa immer noch rot?»

«Es gibt eine ganz gute Ausweichtechnik – wenn man denn groß genug ist», sagt Antonio.

«Ja, ja, hab ich verstanden!» Ottavio spielt beleidigt und rollt seine Augen. Mit seinen gerade mal einen Meter siebzig ist er wirklich nicht sehr groß. Ich überrage ihn um ganze fünf Zentimeter.

«Die Tanten haben jedenfalls kurze Arme, du musst nur immer genügend Abstand halten», sagt Antonio.

«Und dich nicht im Sitzen erwischen lassen», ergänzt Marcello. «Denn sonst bist du ihnen ausgeliefert.»

«Was wollte Zia Enrica denn?», fragt Ottavio. «Hat sie wieder von der irrlichternden schwarzen Motte angefangen?»

«Nein, sie hat mir gesagt, dass ich ein liebes Mädchen bin – und dass ich schön bin.» Irgendwie hat mich ihr freimütiges Kompliment doch gefreut, und ich habe keine rechte Lust, damit hinter dem Berg zu halten.

Bevor Marcello etwas dazu sagen kann, schiebt Antonio seinen Zeigefinger unter mein Kinn, hebt es etwas an und betrachtet mich abschätzig. «Mit der Schönheit hat sie wohl recht.»

Ich drücke seinen Arm weg. «Danke, und du meinst, mit dem anderen etwa nicht?»

«Ich weiß nicht.» Antonio grinst mich frech an. «Der Spruch ist abgedroschen, aber wie sagt man so schön: Liebe Mädchen kommen in den Himmel, böse überallhin.»

Da legt Marcello seinen Arm um meine Schultern. «Enrica hat absolut recht. Julia ist sehr schön. Seit wir in Italien sind, muss ich die ganze Zeit auf sie aufpassen. Die Männer verschlingen sie mit Blicken. Und wohin sollte sie überhaupt, wenn ich ihr den Himmel auf Erden bereiten kann?»

Seine Brüder stöhnen belustigt auf, doch ich schmiege mich an Marcello. Es stimmt tatsächlich. Schon am Flughafen in Neapel habe ich bemerkt, dass die Männer mir hinterhersehen. Sogar der Frau beim Mietwagenverleih bin ich aufgefallen. Sie hat Marcello gefragt, ob ich seine Frau sei. Er hat genickt, und sie hat «*Lei è bella* – Sie ist schön» gesagt. Ich muss zugeben, solche Sprüche polieren mein Selbstwertgefühl gleich um ein paar Nuancen auf. Mit meiner Figur habe ich glücklicherweise noch nie Probleme gehabt, zumindest nicht, was das Gewicht angeht. Ich habe schöne lange Beine, bin aber obenrum nicht gerade weiblich gebaut. Als ich Marcello kennengelernt habe, hatte ich dazu noch recht kurzes Haar, das ich ihm zuliebe aber habe wachsen lassen. Mittlerweile trage ich es schulterlang, meistens zu einem schlichten Mittelscheitel frisiert. Die verschiedenen Blondtöne, die mir meine Friseurin bei meinem letzten Termin ins Haar gezaubert hat, lassen es noch lebendiger erscheinen. Und die großen Lockenwickler, kurz nach dem Föhnen ins Haar gedreht, geben die nötige Fülle. Ich bin zum ersten Mal richtig zufrieden mit meiner Frisur – und mit mir. Nach den Sommerferien werde ich als verheiratete Frau meine erste feste Stelle antreten. Meine Schüler werden mich also gar nicht mehr als Frau Spickermann kennenlernen, für sie werde ich von Anfang an Frau Esposito sein.

Ich verlagere mein Gewicht von einem Fuß auf den anderen und reibe mir den immer noch schmerzenden Knöchel. «Sagt mal, hat Stella eigentlich euren Nonno sehr geliebt? Sie war vorhin in der Küche so angriffslustig. Sie hat mich gegen das Bein getreten.»

«Stella hat dich getreten? Mit Absicht? Nie im Leben!» Marcello schüttelt den Kopf. «Tut mir leid, Julia, das kann ich mir absolut nicht vorstellen.»

«Doch, das hat sie. Zum Glück war es das linke.» Letztes Jahr bin ich so unglücklich gestürzt, dass ich mir den rechten Knöchel gebrochen habe. Es ist zwar gut verheilt, aber wenn ich mich daran stoße, tut es immer noch empfindlich weh, weil sich Narbengewebe in Nähe des Nervs gebildet hat. Durch den ständigen Druck ist die Stelle sehr schmerzempfindlich.

Marcello schaut mich ungläubig an. «Aber warum sollte sie so etwas machen? Stella ist doch sonst immer total lieb. So kenne ich sie gar nicht.»

«So ist das eben mit den offensichtlich lieben Mädchen. Da glaubt man ...»

Ich lasse Antonio gar nicht erst ausreden. «Sie hat mich getreten, ohne dass ich ihr einen Grund dafür gegeben habe.

Vielleicht musste sie ja ihrer Trauer Luft machen – und ich war zufällig in der Nähe. Dann hat sie mich mit Mariella verglichen, und da habe ich ganz schlecht abgeschnitten. Mariella hat ihr zu Hause in Duisburg noch eine schöne selbst entworfene Brosche für ihr schwarzes Kleid geschenkt.»

Es wird einen Moment still in der Runde, und schon in dem Moment, in dem meine Worte raus sind, bereue ich es. Eigentlich wollte ich das Thema überhaupt nicht ansprechen. Und schon gar nicht im Beisein von Marcellos Brüdern. Wenn überhaupt, dann wollte ich in Ruhe mit Marcello darüber reden. Womöglich wusste er von Mariellas Rückkehr nach Düsseldorf und hat mir nichts davon erzählt.

«Mariella war bei Stella?» Antonio zieht fragend eine Augenbraue nach oben. «Dann ist sie also wieder in Deutschland? Das wusste ich ja gar nicht. Seit wann denn? Oder war sie nur zu Besuch?»

Gut, dass Antonio die Fragen gestellt hat, deren Antwort mich so brennend interessiert.

Abwartend gucken wir Marcello an.

«Ach, sie arbeitet seit zwei Monaten wieder in Düsseldorf.» Marcello klingt ganz normal, fast unbeteiligt, als er das sagt, so, als wäre es eine nebensächliche Information.

«Ist ja ein Ding!», stellt Antonio fest.

Das finde ich allerdings auch. Ob Marcello sie vielleicht sogar schon getroffen hat? Er arbeitet schließlich auch in Düsseldorf. Da würde sich die Gelegenheit ja geradezu anbieten. Schon wieder macht sich diese blöde Eifersucht in mir breit. Ich verstehe mich selbst nicht mehr. Marcello trifft sich immer mal wieder mit einer Arbeitskollegin oder einer Freundin aus Studientagen, auch mal mit einer Exfreundin. Das bereitet mir nie Probleme. Im Gegenteil, ich freue mich, wenn ich auch mal Zeit für mich habe. Aber bei Mariella ist das anders. Vielleicht liegt es daran, dass Marcello nie viel über sie gesprochen hat. Normalerweise redet er wie ein Wasserfall, aber wenn ihn wirklich etwas beschäftigt oder berührt, schweigt er, und ich muss ihm alles aus der Nase ziehen.

«Ich hab schon immer gesagt, Stella hat es faustdick hinter den Ohren. Wie sollte es auch anders sein? Sie kommt ganz nach ihrer Mutter.» Ottavio weicht geschickt vom Thema ab. Er hat anscheinend mitbekommen, dass da zwischen mir und Marcello noch Erklärungsbedarf besteht. Er ist eindeutig der Cleverste der Espositos und durchschaut Zusammenhänge sofort, für die die beiden anderen manchmal etwas länger brauchen.

Antonio springt auf den Zug auf. «Immer noch besser, als nach ihrem Vater zu kommen. Wo ist der eigentlich?»

Ottavio grinst. «Rocco hatte was Wichtiges zu erledigen, einen Job, der sich angeblich nicht aufschieben ließ. Bestimmt ist irgendwo wieder irgendwas vom LKW gefallen.»

«Hoffentlich sind es Notebooks, ich könnte ein neues gebrauchen», sagt Antonio. «Mein altes habe ich in Paris gelassen, als es mit Muriel auseinanderging.»

«Du brauchst ein Notebook?», bringt sich Marcello wieder ein. «Warum sagst du denn nichts? Wir haben mindestens noch drei zu Hause rumliegen, die wir nicht benutzen. Meine alte Firma hat sie aussortiert. Sie sind noch absolut in Ordnung. Ich kann dir eins neu aufsetzen, wenn du willst.»

«Das wär natürlich super. Was willst du dafür?»

Marcello grinst. «Eine Ladung *sfogliatelle ricce*?»

«Mmh, lecker. Gute Idee!» Ich liebe die kleinen kegelförmigen Blätterteigtaschen mit Ricottafüllung, Zimt- und Orangenblütengeschmack. Sie sehen aus wie dicke Hummerschwänze und sind süß, knusprig und aromatisch. Man kann sie hier in jeder guten *pasticceria* kaufen. Am besten schmecken sie, wenn sie noch lauwarm sind.

«Wenn es weiter nichts ist. Ich backe euch eine ganze Fuhre voll.»

«Wow», sage ich beeindruckt, «die Dinger sehen wirklich kompliziert aus. Wie kriegt man das denn hin, dass die Teigschichten so gefächert sind?» Dann fällt mir Stella wieder ein. «Oder handelt es sich hier auch um ein wohlbehütetes Familienrezept?»

«Quatsch, wie kommst du denn darauf? Das geht ganz einfach, wenn du willst, zeig ich es dir.» Antonio grinst mich an. «Der Caterer für die Hochzeit eines Freundes ist kurzfristig abgesprungen. Jetzt müssen sie improvisieren. Er hat mich gefragt, ob ich wenigstens für ihn die Desserts zubereiten kann. Wenn du Lust hast, kannst du mir ja helfen. Es soll auch *sfogliatelle* geben.»

«Gerne, wann denn?», sage ich spontan. Es würde mich wirklich reizen, Antonio bei der Arbeit über die Schulter zu schauen. «Allerdings, in zwei Wochen kann ich nicht. Da ist ja unsere eigene Hochzeit.» Ich werfe Marcello einen zärtlichen Blick zu.

«Mein Freund heiratet am Sonntag vor eurer Hochzeit», sagt Antonio.

«Was, das ist ja schon nächstes Wochenende!» Marcello sieht richtig entrüstet aus. «Julia, wir müssen noch eine ganze Menge organisieren bis zu unserer Hochzeit – es wird bestimmt total stressig. Und für die Flitterwochen packen möchte ich auch nicht in letzter Minute. Das solltest du dir nicht antun.»

«Ich hab doch Sommerferien, also Zeit ohne Ende. Die Koffer sind schnell gepackt. Wir fliegen ja auch nur eine Woche nach Lanzarote. Und außerdem haben wir doch das meiste schon organisiert.» Ich streiche Marcello beruhigend über den Arm, dann wende ich mich wieder Antonio zu. «Was muss denn alles gemacht werden?»

«Ach, ganz klassische *dolci* – wie gesagt, nur die Süßspeisen. Die Sachen kann man sehr gut einen Tag vorher zubereiten.» Er zwinkert mir zu. «Die *sfogliatelle* sind echt lecker.»

«Okay, dann bin ich dabei», sage ich.

Er streckt mir die Hand hin, und ich schlage ein.

«Ich helfe dir, und dafür weihst du mich in das Familienrezept ein», sage ich.

Bevor Marcello Anstalten machen kann, unsere Vertraulichkeiten zu beenden, lasse ich seine Hand los. Augenblicklich ertönt ein schepperndes, metallisch klingendes Geräusch. Erschrocken zucke ich zusammen. Es erinnert mich an die ohrenbetäubenden Schläge beim Topfklopfen, das wir früher immer an Geburtstagen gespielt haben. Und tatsächlich: Armando steht mitten im Raum und schlägt mit einem Holzlöffel gegen einen Metallkrug. So lange, bis alle still sind und ihn gespannt anschauen, um zu hören, was er Wichtiges zu verkünden hat. Aber nicht er ergreift das Wort, sondern es ist Nonna Lucia, die ihm zuvorkommt.

«Armando ...» Die alte Dame erhebt sich schwerfällig aus dem Sessel, in dem sie die ganze Zeit gesessen hat, und zieht sofort alle Aufmerksamkeit auf sich. *«Ho deciso di andare in Germania. La falena lo vuole»*, sagt sie laut und bestimmt.

Wenn mich nicht alles täuscht, hat Nonna gerade bekannt gegeben, dass sie entschieden hat, nach Deutschland zu kommen – weil die Motte das so will.

4.

Dille che non è possibile!

SAG IHR, DASS ES NICHT GEHT!

«Du hast doch nichts dagegen?», fragt mich Marcello leise.

«Quatsch, warum sollte ich? Ist doch schön, wenn deine Nonna bei unserer Hochzeit dabei sein wird. Wir sollten nur gucken, dass wir die Unterbringung besser organisieren. Sie möchte doch bestimmt bei deinen Eltern schlafen. Vielleicht kann Rebecca die zwei Tage zu uns ziehen. Hoffentlich bekommen wir überhaupt noch einen Flug für Nonna. Es wäre gut, wenn sie gemeinsam mit den anderen anreisen könnte. Oder schafft sie es eventuell auch alleine?»

Marcello fährt sich über die kurzen Haare. Das macht er immer, wenn etwas kompliziert wird.

Stirnrunzelnd hake ich nach. «Was ist?»

Ottavio grinst von einem Ohr zum anderen, Antonio macht eine wischende Handbewegung. «Oh, oh!»

Ich gucke Marcello abwartend an.

«Also, so wie ich es verstanden habe, möchte Nonna mit uns beiden nach Deutschland reisen», sagt Marcello, und seine beiden Brüder nicken ihr Esposito-Nicken.

«Mit uns beiden? Morgen Abend schon?»

Marcello deutet mit dem Kopf auf seine Großmutter, die gerade lebhaft mit Armando diskutiert.

«*Ora basta, è deciso!* – Genug jetzt, es ist entschieden!», sagt Nonna Lucia gerade und fährt mit der Hand durch die Luft, als würde sie ein Hindernis wegwischen wollen.

Als sie uns bemerkt, lächelt sie. «*I miei figli* – Meine Kinder ...»

Armando schüttelt verzweifelt den Kopf. «Marcello! *Dille che non si può fare!* – Sag ihr, dass es nicht geht!» Dann wendet er sich wieder Nonna zu: «*Mama, è un'idea stupida!* – Mama, eine dumme Idee!»

«*Stupida, io?*», fragt Nonna Lucia und fuchtelt mit dem Gehstock herum, sodass Armando in Deckung gehen muss. So energisch kenne ich die alte Dame gar nicht. Auf mich hatte sie bisher immer einen eher gutmütigen Eindruck gemacht.

«Nonna ...», beginnt Marcello, aber sie ignoriert ihren Enkelsohn und wendet sich stattdessen mir zu.

«*Che ne dici, Giulietta?* – Was sagst du?» Nonna Lucia greift nach meiner Hand und hält sie fest. Ihre Hand ist trocken und warm. Sie sieht mir tief in die Augen, fast beschwörend. Da haben wir den Salat! So wie es aussieht, scheint Armando nicht gerade begeistert von Nonnas Reiseplänen zu sein. Egal, was ich jetzt sage, es ist auf jeden Fall falsch. Entweder ziehe ich seinen Groll gegen mich oder Nonnas. Was wohl das kleinere Übel wäre? Ich versuche es auf die diplomatische Art, und weil ich das auf Italienisch nicht hinbekomme, spreche ich deutsch: «Ich würde mich natürlich freuen, wenn du nach Deutschland kommst. Vorausgesetzt, das wird nicht zu viel für dich. Aber das kann Armando bestimmt besser einschätzen.» Ich will Marcello gerade bitten, dies für mich zu übersetzen, als Nonna sagt: «Siehste du, sie freute sich!»

Armando schlägt die Hände über dem Kopf zusammen.

«Du sprichst Deutsch? Das wusste ich ja gar nicht!», rufe ich überrascht aus und ignoriere Armandos Kopfschütteln, das immer heftiger wird. Warum hat mir Marcello nie davon erzählt?

«*Sì, sì,* ein bisschen.» Nonna Lucia schenkt mir ein entwaffnendes Lächeln, so breit, dass man ihren Goldzahn blitzen sehen kann. «Ihr habte doch eine ... *come si dice* – wie sagt man ... *stanza per gli ospiti*?»

«Ein Gästezimmer?», fragen Marcello und ich gleichzeitig.

«*Sì*, eine Gastezimma!»

«Und jetzt?» Während Antonio und Ottavio fast schon dümmlich vor sich hin grinsen, gucke ich ratlos Marcello an. Doch der zuckt nur mit den Schultern.

«Nonna hat nicht ohne Grund dich gefragt, Julia ...»

«Gibst du mir jetzt etwa die Schuld?» Wütend blitze ich ihn an. «Du hättest dich ja einmischen können. Aber du hast den Mund nicht mehr aufgekriegt.»

«*Amore*, ich kenne sie. Sie hätte sowieso nicht auf mich gehört. Sie hat auch meinen Vater ignoriert.»

«Eben! Aber was hätte ich denn sagen sollen? Dass ich nicht will, dass sie mit uns nach Deutschland fliegt? Dann wäre ich die Böse gewesen. Außerdem konnte ich ja nicht wissen, dass sie bis zur Hochzeit bei uns wohnen will. Ich bin davon ausgegangen, dass sie bei deinen Eltern unterkommt und nur zwei bis drei Tage bleibt, so wie die anderen eben auch.»

Antonio lächelt mich mitfühlend an. «Ganz egal, was du gesagt hättest, Julia, wenn Nonna sich was in den Kopf gesetzt hat, bekommt sie es auch. Sie ist schlimmer als Armando. Und das heißt was!»

«Außerdem ist es sowieso mehr als unwahrscheinlich, dass sie so kurzfristig noch einen Flug bekommt», wirft Ottavio ganz pragmatisch ein. «Wartet mal ab, vielleicht löst sich das ganze Spektakel von alleine wieder in Luft auf.»

Aber daran habe ich so meine Zweifel.

Wir befinden uns noch in einer Art Schockstarre, als plötzlich Concetta vor uns steht. «Nonna kann meinen Flug nehmen. Wir haben doch auch Tickets für achtzehn Uhr morgen. Und ich sehe zu, dass ich einen für den nächsten Tag bekomme. So ist es am besten. Dann könnt ihr alle zusammen fliegen.»

«Und Stella?», frage ich.

«Die fliegt mit euch. Die Tickets sind ja schon gebucht. Es ist bestimmt kein Problem, meines auf Nonna umzuschreiben. Rocco holt euch dann vom Flughafen ab. Er weiß schon Bescheid.» Concetta legt ihre Hand auf meine Schulter. «Das ist echt unheimlich lieb von dir, dass du dich die nächste Zeit um Nonna kümmern willst. Ich ruf direkt mal am Flughafen an und frage, wie wir das machen mit der Änderung.»

Es ist also schon beschlossene Sache. Antonio und Ottavio können ihre Belustigung nicht verbergen, Marcello fährt sich wieder irritiert über die Haare. Er sieht ganz und gar nicht begeistert aus. Und auch mir bereitet die Vorstellung, zwei Wochen vor unserer Hochzeit einen ständigen Hausgast zu haben, ehrlich gesagt keine rechte Freude. Außerdem haben wir auf der Heimreise zudem noch das kleine Biest am Hals.

«Ich verstehe ehrlich gesagt nicht, dass sie unbedingt bei uns wohnen will.» Ich werfe einen Blick auf die zufrieden dreinblickende alte Dame.

«Vielleicht ist es ja ganz gut, wenn sie gerade jetzt nach Nonnos Tod ein wenig Ablenkung hat», wirft Marcello ein. «Sich nach sechzig Jahren auf einmal allein zurechtzufinden, muss verdammt schwierig sein. Es sind ja nur zwei Wochen.»

«Genau, gebt euch einen Schubs!» Ottavio knufft Marcello in die Seite. «Wenn es ihr bei euch gut gefällt, bleibt sie bestimmt für immer.»

«Nun, wenn ihr Pech habt, begleitet sie euch tatsächlich erst mal in die Flitterwochen», sagt Antonio. «Habt ihr nicht sowieso eine Suite gebucht? Da fällt sie dann gar nicht weiter auf.»

Wenigstens können wir uns auf Lanzarote von dem ganzen Familienstress erholen, denke ich. Wir werden eine Woche in einem schönen Fünf-Sterne-Hotel verbringen und uns richtig verwöhnen lassen. Da sich Marcellos Jobwechsel schon längere Zeit angekündigt hat, haben wir vorsichtshalber nur eine Woche gebucht, was sich im Nachhinein als richtig erwiesen hat. Der neue Arbeitgeber wäre bestimmt nicht begeistert, wenn Marcello gleich zu Beginn der Probezeit drei Wochen Urlaub beantragt hätte.

«Ha, ha, sehr komisch», sagt Marcello. «Noch so ein Spruch, und wir quartieren Nonna bei den Eltern in Düsseldorf ein, zumindest solange die beiden noch in Italien sind. Rebecca und dir tut es bestimmt ganz gut, wenn eine erwachsene Person auf euch aufpasst, damit ihr keinen Blödsinn anstellt.»

«Das kannst du vergessen. Nonna will zu euch», wiegelt Antonio ab und nickt in Richtung des leeren Sessels. «Sie packt bestimmt schon.»

Auf einmal bekomme ich ein schlechtes Gewissen. Marcello hat recht. Nonnas Mann ist gerade gestorben. Sie ist bestimmt sehr traurig und hat Angst vor der Einsamkeit. Im Grunde genommen ist es doch schön, dass sie eine Weile bei uns wohnen wird. Marcello sieht seine Großmutter ja auch nicht so oft, und wer weiß, wie lange er sie noch hat ...

«Wisst ihr, was?», sage ich und wische meine Bedenken mit einer Handbewegung einfach zur Seite. «Ich freue mich auf eure Nonna. Ich finde es schön, dass sie uns besuchen kommt.»

«Ja, das ist nett, dass du das sagst ... Es ist nur ... Nonna kann manchmal echt anstrengend sein, weil sie so rechthaberisch ist», sagt Marcello. «Schau mal ... Dein Kleid ist doch schwarz, oder?»

«Ja, natürlich, immerhin waren wir gerade auf einer Beerdigung, Schatz.» Ich habe absolut keine Ahnung, worauf Marcello hinauswill.

«Es könnte passieren, dass Nonna in ein paar Tagen behauptet, dein Kleid sei weiß gewesen, und du hättest mit der Kleiderwahl furchtbar danebengelegen. Auch wenn alle anderen definitiv wissen, dass es schwarz war.»

«Genauso ist es», pflichtet Ottavio bei. «Dann bist du auf Nonnos Beerdigung mit einem weißen Kleid aufgetaucht. Und wenn du es Nonna zum Beweis zeigen wolltest, würde sie glatt behaupten, du hättest es nachträglich eingefärbt. Und auch Fotos können ja heutzutage nachbearbeitet sein.»

Antonio nickt. «Nonna ist absolut rechthaberisch. Und sie will alles bestimmen. Sie ist die absolute Patriarchin.»

«Patriarchin, gibt es das eigentlich?», frage ich. «Ich dachte, Patriarchat sei Männersache. Müsste es dann nicht wenigstens Matriarchin heißen?»

Antonio zuckt mit den Schultern. «Keine Ahnung, ob es die richtige Bezeichnung ist, aber es passt. Wie gesagt, Nonna ist schlimmer als Papa. Der hat auch immer recht. Das hat er definitiv von ihr geerbt. Nonno war ganz anders.»

«Ach so, ich verstehe», sage ich mit einem Seitenblick auf Marcello. «Das muss dann wohl in der Familie liegen. Dieses Rechthaber-Gen wird anscheinend von Generation zu Generation weitergegeben.»

Marcello mault ein bisschen und rempelt mich spielerisch an.

Damit keine Zweifel aufkommen, ich liebe Marcello. Er hat viele positive Seiten, darunter auch sehr charmante. Aber dass er sich ständig im Recht fühlt, nervt manchmal ganz gewaltig. Wenn wir uns streiten, was zum Glück nicht oft vorkommt, geht es oft gar nicht um die Sache an sich, wegen der es sich meist auch gar nicht zu streiten lohnt. Es geht Marcello darum, nicht klein beigeben zu müssen.

«Allerdings ist die Sache bei uns Söhnen ein bisschen anders», sagt Ottavio und grinst mich an. «Wir haben tatsächlich immer recht.»

Ich verdrehe die Augen. «Wie konnte ich mich nur in einen Italiener verlieben!»

Ottavio und Antonio fliegen morgen Vormittag um elf zurück, unser Flug geht erst abends um achtzehn Uhr. Eigentlich wollten Marcello und ich die beiden zum Flughafen bringen, den Mietwagen abgeben und dann noch einen Bummel durch Neapel unternehmen. Aber das geht jetzt leider nicht mehr. Wir können ja schlecht mit Nonna Lucia und Stella im Schlepptau die Stadt unsicher machen. Zum Glück bietet sich einer der Onkel an, Marcellos Brüder morgen früh zum Flieger zu bringen.

Ich denke darüber nach, ob wirklich der Blindflug einer schwarzen Motte der Auslöser dafür gewesen sein kann, dass Nonna Lucia sich spontan für eine Reise nach Deutschland entschieden und innerhalb einer Stunde ihren Koffer gepackt hat. Die alte Dame hat sich immerhin gerade erst für immer von ihrem Ehemann verabschiedet, zumindest was das irdische Leben angeht. Dass die Espositos spirituell veranlagt sind, ist ja gut und schön. Aber für den Fall, dass es wirklich Nonno war, der da in Gestalt des kleinen Flattermanns alle in Aufregung versetzt hat, hat er viel zu kurz auf Nonnas Schulter gesessen, wie ich finde, um ihr etwas ins Ohr flüstern zu können. Meiner Meinung nach hat Nonna Lucia ganz alleine für sich entschieden, dass sie mit uns nach Deutschland kommen will. Ich frage mich, was sie wohl antreibt.

Es ist spät am Abend, und wir haben uns am Esstisch versammelt. Verstohlen werfe ich einen Blick auf Nonna Lucia. Sie sitzt vor ihrem Gedeck am Kopfende und spricht mit Stella, die neben ihr steht und aufmerksam zuhört. Ihren Gesichtern nach zu urteilen, führen die beiden ein ernstes Gespräch miteinander. Stella hängt an den Lippen ihrer Urgroßmutter und nickt ihr in regelmäßigen Abständen zu. Sie scheinen eine gute Verbindung zu haben, was mich darin bestärkt, dass wir Marcellos Großmutter mit auf die Reise nehmen. Sicherlich wird sie Concetta und ihre Familie auch mal besuchen.

Ich lasse meinen Blick über die Gesellschaft schweifen. Der Küchentisch wurde kurzerhand ins Wohnzimmer getragen und als Verlängerung an den Esstisch gestellt, sodass alle Platz haben, die fünf Tanten und ihre Männer, Concetta und Stella, meine zukünftigen Schwiegereltern, Antonio, Ottavio, Marcello – und ich. Armando sitzt seiner Mutter gegenüber am anderen Kopfende, ich wurde zwischen Marcello und Antonio platziert. Auf dem Tisch steht Wein, der saure aus dem Keller, Flora und Camilla hantieren noch in der Küche herum.

Langsam kann ich den Namen Gesichter zuordnen. Flora ist Concettas Mutter und Stellas Großmutter. Bei Enrica muss ich rechtzeitig in Deckung gehen, sie ist die Wangenkneiferin. Donatella kann böse Geister vertreiben, und Floras Muttermal sieht aus wie eine Blume ...

«Was ist? Warum grinst du so?», fragt mich Marcello.

«Das muss der Aperitiv sein», sage ich. «Der zieht ganz schön rein und bringt mich auf komische Gedanken. Was meinst du, wie viele Umdrehungen hat das Zeug?»

«Bestimmt vierzehn», sagt Marcello.

«Aperol hat fünfzehn», kommt es da von der anderen Seite. Die Espositos haben ihre Ohren überall. Obwohl Antonio sich gerade lebhaft mit Ottavio über den Tisch hinweg unterhält, hat er unsere Unterhaltung mitbekommen.

«Du bist anscheinend genauso multitaskingfähig wie dein Bruder», sage ich.

Antonio zuckt mit den Schultern. «Bei drei Geschwistern bleibt das nicht aus.»

«Ich habe auch zwei Schwestern, und bei uns zu Hause

war immer total viel Trubel. Trotzdem bekomme ich meistens nicht mit, was um mich rum passiert.»

«Julia kann sich total eintunneln», sagt Marcello. «Ich wünschte, ich könnte mich so auf etwas konzentrieren, wie sie das kann. Sie bekommt manchmal noch nicht einmal mit, wenn ich sie anspreche. Dann ist sie mit ihren Gedanken ganz woanders. Am schlimmsten ist es, wenn sie malt. Dabei könnte die ganze Bude abfackeln, und sie würde sich nicht mal wundern, warum es auf einmal so warm wird. Nicht wahr, *tesoro*?»

Ich weiß natürlich gleich, worauf Marcello anspielt, und spüre unwillkürlich einen Schmerz im rechten Knöchel. Letzten Dezember brachte mir unser brennender Adventskranz einen unfreiwilligen Aufenthalt im Krankenhaus ein. Marcello lag in der Badewanne. Und ich hatte seit langem mal wieder Staffelei und Malutensilien ausgepackt, war guter Dinge und spachtelte Farben in verschiedenen Grüntönen auf eine große Leinwand. Als Hintergrundmusik hatte ich Peter Gabriel aufgelegt, der gerade laut *Biko, Biko, Bikos, Biko* röhrte. Ich war so versunken in meine Arbeit, dass ich nicht bemerkte, wie die Kerzen auf dem Adventskranz herunterbrannten und die trockenen Zweige schließlich Feuer fingen. Ich registrierte weder den knisternden Duft noch die sich ausbreitende Wärme. Erst als der Feueralarm losging, fuhr ich erschrocken zusammen. Ich wollte ins Bad rennen, um einen Eimer voll Badewasser zum Löschen zu holen, aber da kam Marcello mir auch schon triefend nass entgegen. Ich war in Strümpfen und rutschte auf seiner Wasserspur aus, segelte durch die Luft und knallte mit dem rechten Fuß gegen die Türzarge.

Heute weiß ich, dass man brennende Adventskränze nicht mit Wasser löscht. Man schmeißt eine Decke oder ein feuchtes Handtuch darüber, um die Flammen zu ersticken, so wie Marcello das schließlich gemacht hat.

«Ich hab ja auf dich aufgepasst.» Marcello greift nach meiner Hand und drückt sie fest.

In dem Moment stellen Flora und Enrica zwei große Schüsseln voll mit duftender Pasta auf den Tisch und verteilen sie mit Zangen auf die Teller.

Es gibt *pasta e piselli* – Nudeln mit Erbsen, Armandos Leibgericht. Die kleinen frisch geernteten Hülsenfrüchte aus Nonnos Garten werden in Olivenöl mit Knoblauch angedünstet, mit Pfeffer und Salz abgeschmeckt und dann gleich mit den Nudeln vermischt. Ein einfaches Gericht, aber unheimlich lecker, wie Armando mir gerade quer über den Tisch hinweg erklärt, besonders wenn die Erbsen in Casamarciano gewachsen seien, wo das Klima ein ganz besonderes sei.

«*È troppo* – Es ist zu viel», sage ich zu Flora, aber es ist schon zu spät. Ich schiele auf Marcellos Teller, in der Hoffnung, mit ihm tauschen zu können, aber er ist genauso voll beladen. Die Pasta ist zudem nur der erste Gang, das weiß ich mittlerweile. Danach kommt in der Regel noch Fisch oder Fleisch, und dann Salat.

«*Un po di vino?* – Etwas Wein?», fragt Marcellos Vater, der jetzt mit einer geöffneten Flasche hinter mir steht.

«*Con piacere!* – Gerne!», antworte ich freudig.

Als ich Armandos Eltern kennenlernte, war ich gesundheitlich gerade etwas angeschlagen. Ich hatte mir eine fette Erkältung eingefangen und musste ein Antibiotikum einnehmen. Aber da ich die erste Einladung nicht gleich ausschlagen wollte, ging ich mit. Ein Fehler, wie sich im Nachhinein herausstellte. Armando hatte vorher extra bei Marcello nachgefragt, ob ich Fisch essen würde. Und als dieser bejahte, hat er einen bunten Meeresfrüchtesalat gezaubert, bestehend aus allerlei Meereskrabbelgetier wie Scampi, Pulpo mit dicken Saugnäpfen – und Muscheln. Fisch ist für mich irgendwas mit Schuppen, Flosse und Gräten, und ich esse ihn liebend gern in allen Varianten, aber bei Muscheln muss ich passen. Nachdem ich während eines Griechenlandurlaubs mal in den Genuss von verdorbenen gekommen bin, wird mir schlecht, sobald ich die Dinger auch nur sehe.

Ich stand also vor dem Dilemma, Gefahr zu laufen, mich bei Tisch übergeben zu müssen, wenn ich sie trotzdem essen würde – oder Herrn Esposito zu enttäuschen, der die große Schüssel voll Meeresfrüchte stolz präsentierte. Ich entschloss mich für die weniger peinliche Variante und lehnte dankend ab. Herr Esposito hielt sich tapfer und verbarg seine Enttäuschung – bis ich auch den berühmten Hauswein ablehnte, gekeltert von seinem Vater und vorgesehen für besondere Momente, wie er damals erklärte. Dass ich das nur machte, weil ich ein Antibiotikum einnahm, interessierte ihn nicht. Er hat mir nie wieder Wein angeboten, sondern mir immer nur wortlos ein Glas Wasser vor die Nase gestellt, wenn wir zu Besuch waren.

Dass er mir heute den Hauswein anbietet, verstehe ich als Friedensangebot. Armando scheint mich nun wirklich als seine zukünftige Schwiegertochter zu akzeptieren. Und scheinbar ist er mir auch wegen der Sache mit Nonna nicht böse. Schließlich kann ich nichts dafür, dass sie diesen Entschluss gefasst hat.

Ich schwenke die rubinrote Flüssigkeit einmal im Glas herum, dann lehne ich mich vor und stoße mit Armando an.

«*All'amore!* – Auf die Liebe!», sagt er.

«*All'amore!*» Ich nehme einen großen Schluck – und kämpfe augenblicklich gegen das Gefühl an, mich schütteln zu müssen. Das Zeug schmeckt wirklich sauer! Aber ich schaffe es, mein Gesicht nicht zu verziehen. Alle Augen sind auf mich gerichtet. Tapfer lächle ich in die Runde. «*Delizioso!*» Vor Verlegenheit laufe ich an wie eine rote Tomate – und sorge damit für allgemeines Gelächter.

«*Buon appetito a tutti* – Guten Appetit, alle zusammen», wünscht Armando nun in die Runde, und alle greifen zu den Gabeln. Ich sehe aus den Augenwinkeln, wie er mich genau beobachtet, als ich von dem hellgrünen Pastagericht probiere. Der leicht süßliche Geschmack der Erbsen verbindet sich ganz hervorragend mit dem Olivenöl und dem Aroma des Knoblauchs. Armandos Leibgericht ist wirklich ein Gedicht! Diesmal muss ich mich nicht verstellen, sondern kann voller Überzeugung «*Buona!* – Wie lecker!» sagen.

Armando nickt zufrieden, dann widmet er sich seiner extragroßen Portion.

«Meinst du, das bekommt man auch mit tiefgefrorenen Erbsen hin?», frage ich Marcello leise, sodass mich sonst niemand hören kann. Allein die Frage würde wahrscheinlich schon als Todsünde angesehen werden.

Marcello schüttelt vehement den Kopf. «Das kann ich mir nicht vorstellen, frisch schmeckt es doch immer besser.»

Da stupst mich Antonio vor der Seite an. «Da täuscht er sich aber gewaltig, mein kleiner Bruder. Das funktioniert super mit gefrorenen Erbsen», flüstert er und grinst verschwörerisch. «Und es schmeckt genauso gut wie hier. Die Erbsen aus dem Garten hätten nämlich gar nicht gereicht für so viele Leute. Also hat Flora kurzerhand welche im Supermarkt gekauft – tiefgekühlt. Aber pssst, nichts verraten.»

«Echt?» Ungläubig schaue ich ihn mit großen Augen an.

Antonio nickt, und wir müssen beide lachen. Aufgewärmter Kaffee, Erbsen aus der Tiefkühltruhe. Die Espositos legen sich mächtig ins Zeug, um Armando zufriedenzustellen. Ich schaffe es, meinen Teller komplett leer zu räumen. Danach gibt es hauchdünn geschnittene und nur ganz kurz gegrillte Rindfleischscheiben, die heiß auf vorgewärmten Tellern serviert werden. Mein Fleischstück ist so groß, dass es an beiden

Seiten über den Teller lappt. Und es blutet noch, als ich es anschneide. Ich bin sowieso kein großer Fleischfan und esse es, wenn überhaupt, am liebsten durchgebraten.

«Probier doch mal, es schmeckt wirklich saftig», sagt Marcello, obwohl er weiß, dass ich das nie im Leben runterbekomme.

In dem Moment kommt mir unerwartet Gabriella zu Hilfe.

«Armando!», ruft sie aus. «*La mia carne è ancora viva!* – Mein Fleisch lebt noch!»

Mein zukünftiger Schwiegervater schaut durch das geöffnete Fenster vom Garten herein. Er grillt das Fleisch draußen, auf einem Grill Marke Eigenbau, der aus zwei kleinen Mauern und einem Rost besteht.

«*Dev'essere così* – Das muss so sein», brummelt er und taucht wieder ab.

«Armando!», ruft ihn Gabriella streng zurück. Und als er wieder am Fenster erscheint, zeigt sie wortlos auf ihren Teller.

Armando kommt ins Wohnzimmer.

«*Grazie*», sagt Gabriella und lächelt zufrieden, als er sich kopfschüttelnd ihren Teller schnappt.

Schnell ergreife ich die Gelegenheit und sage laut: «Ich mag meins ehrlich gesagt auch lieber ein bisschen weniger lebendig.»

«*Sempre queste donne!* – Immer diese Weiber!», ruft Armando aus.

«*Grazie, che bello* – Danke, das ist nett», sage ich und schenke ihm ein hinreißendes Lächeln, als er auch meinen Teller mitnimmt.

Ein paar Minuten später steht Armando wieder vor mir. «*Solo per te* – Nur für dich.»

Die Rindfleischscheibe, die nun vor mir liegt, ist etwa um ein Drittel in der Größe geschrumpft. Marcello betrachtet sie angewidert. Sie ist braun gegrillt und knusprig, sehr knusprig, wie ich feststelle, als ich den ersten Bissen kaue, der sehr trocken ist und leicht verbrannt schmeckt.

«Alles gut jetzt?», fragt Armando und beobachtet mich gespannt beim Kauen.

«Sehr gut!», sage ich und esse tapfer auf.

Nach dem Fleisch wird der Salat serviert. Zum Glück darf man sich selbst nehmen, also häufe ich anstandshalber eine kleine Portion auf meinen Teller. Ich bin wirklich satt, und der Salat trieft geradezu vor Olivenöl. Als ich nach einem Stück Brot greife, um das Öl damit aufzusaugen, nehme ich aus den Augenwinkeln einen kleinen dunklen Schatten an der Wand wahr. Der Falter ist wieder da! Fröhlich flattert er um eine kleine Tischlampe herum.

Doch gerade als ich mit dem Finger auf ihn deuten will, nimmt die Motte tragischerweise ein jähes Ende. Sie fliegt zu nah an die Glühbirne heran und fällt leblos auf den Beistelltisch.

«Mist», entfährt es mir leise.

«Was ist?», fragt Marcello und folgt meinem Blick.

«Der Falter hat sich an der Lampe verbrannt.»

«Nonno? Das ist gar nicht gut», flüstert Marcello. «Vielleicht sollten wir ihn lieber unauffällig entsorgen, sonst ist das Geschrei gleich wieder groß.»

«Ich mach das.» Antonio hat unser Gespräch mitbekommen. Er schiebt seinen Stuhl nach hinten, während uns Ottavio verschwörerisch zunickt.

Ich frage mich, wie er das unbemerkt hinbekommen will. Doch Antonio geht einfach rüber zu dem Tischchen, beugt sich unauffällig zur Lampe runter und greift mit zwei Fingern vorsichtig nach der Motte. Dann verschwindet er damit im Badezimmer.

Dass das arme Flattertier, dem die Damen der Familie eine

so große symbolische Bedeutung auferlegt haben, jetzt einfach in der Toilette verschwinden soll, tut mir doch irgendwie leid. Auch wenn ich an den ganzen Hokuspokus so recht nicht glauben kann.

Antonio kommt zum Tisch zurück, mit strahlendem Gesicht. «Stellt euch vor, sie hat noch gelebt. Ich hab sie aus dem Fenster gelassen, und sie ist weggeflogen», flüstert er uns zu.

Erleichtert atme ich auf.

«Hat sie dir wenigstens vorher noch irgendwas mitgeteilt?», fragt Marcello grinsend.

Antonio nickt. «Aber ich musste ihr versprechen, keinem ein Sterbenswörtchen davon zu verraten.»

5.

Il cuore, a volte fa strani percorsi

DAS HERZ GEHT MANCHMAL SELTSAME WEGE

«Mama, ich will morgen mit dir fliegen, *basta*!»

Es war ja irgendwie klar, dass Stella Stress machen würde, wenn sie erfährt, dass sie mit uns zurück soll und ihre Mutter nachkommen wird. Das Mädchen sieht zwar mit ihren langen seidigen Haaren und dem unschuldigen Blick aus wie ein Engel, ist aber weit davon entfernt, sich wie einer zu benehmen. Concetta seufzt in ihrer theatralischen Art auf. Ich beobachte interessiert das Ränkespiel zwischen Mutter und Tochter, das sich gerade vor meinen Augen abspielt, und tunke mein *cornetto* in den *caffè*. Dass die Italiener nicht viel Wert auf ihr Frühstück legen, wundert mich. Wo sich doch sonst auch immer alles ums Essen dreht. Nur nicht morgens, da wird einfach ein trockenes Hörnchen in einen Becher Kaffee oder ein paar Plätzchen in warme Milch gestippt, meistens im Stehen oder mal eben so zwischendurch, während man nebenbei andere Dinge erledigt.

«Das geht nicht, *principessa*. Der Flug ist schon bezahlt.» Concetta kneift ihrer Tochter liebevoll in die Wange. Sie hat die Angewohnheit der Tanten also übernommen.

«Mama, flieg du doch heute mit uns», bettelt Stella. «Und dafür kommt Marcello dann morgen nach – oder besser Julia. Die hat doch noch Ferien.» Stella dreht sich zu mir um und sagt mit zuckersüßer Stimme: «Das wäre doch kein Problem für dich, oder? Ich würde nämlich viel lieber mit meiner Mutter fliegen.»

Hilfesuchend schaue ich mich nach Marcello um. Eben noch war er in der Küche, aber er hat von der Unterhaltung wohl nichts mitgekriegt. Auf seinen Beistand kann ich also nicht hoffen. Aus der Nummer muss ich alleine raus.

«Oder gefällt es dir etwa nicht in Casamarciano?», fragt Stella. «Hier ist es doch total schön. Und du hast selbst gesagt, dass du unbedingt mal auf den Vesuv rauf willst.» Jetzt klingt sie ganz weinerlich, so als würde sie gleich anfangen zu heulen. «Und das wäre doch jetzt die Gelegenheit.»

«Natürlich gefällt es mir hier, Stella.» Ich mag das malerische Dörfchen mit den engen Gassen und den verwinkelten Häusern wirklich sehr. Es liegt etwa dreißig Kilometer nordöstlich von Neapel, und der Weg zum Ort ist mit herrlichen Haselnussplantagen gesäumt. In den Gärten leuchten Zitronen und Orangen zwischen dunkelgrünen Blättern heraus. Ich kann Nonnos Liebe zu diesen Bäumen verstehen, sie sehen wundervoll aus. Tagsüber scheint die Dorfbevölkerung nur aus älteren Menschen, Kleinkindern und ein paar herumlungernden Jugendlichen zu bestehen. Einige Einwohner pendeln täglich zur Arbeit in den umliegenden Städten, aber die Arbeitslosenquote ist hoch, besonders unter den Jugendlichen. Sie finden nach dem Schulabschluss in der näheren Umgebung keine Jobs.

Dass die Armut in der südlichen Provinz Italiens so groß ist, wusste ich bisher nicht. Mindestens genauso groß ist allerdings die Gastfreundschaft, das ist mir schon bei unserem letzten Besuch aufgefallen. Die Menschen in Casamarciano geben und teilen gerne. Und sie sind stolz auf ihr Dorf, das neben einem Friseursalon, einem Blumenladen, einem Obstladen, einer Metzgerei und einem kleinen Lebensmittelladen auch mit einem Kastell aufwarten kann, das etwas außerhalb auf einer Anhöhe thront. «*Hai visto il nostro castello?* – Hast du schon unser Schloss gesehen?», wurde ich bestimmt schon zwanzigmal gefragt. Und mein «*Sì, sì, molto bello*» zauberte jedes Mal ein Lächeln ins Gesicht meines Gegenübers.

Stella sieht mich immer noch flehentlich mit ihren dunklen Augen an. Dieser berechnende Hundeblick zieht bei mir normalerweise nicht. Allerdings ist sie erst neun, der geliebte Urgroßvater ist gerade gestorben, da ist es doch völlig normal, dass die Kleine sich nicht von ihrer Mutter trennen möchte. Und außerdem hat sie recht. Ich würde wirklich gerne mal auf den Vulkan, der die Landschaft ringsum so beeindruckend überragt. Als wir das letzte Mal da waren, haben wir es zeitlich auch nicht geschafft, obwohl wir es uns fest vorgenommen hatten. Stella muss gehört haben, wie ich mit Marcello darüber geredet habe.

«Meinst du denn, man könnte eventuell mein Ticket noch auf den nächsten Tag umbuchen?», frage ich Concetta, und Stellas Augen blitzen freudig auf.

«Es ist schon ziemlich knapp, aber die Namensänderung mit Nonna hat schließlich auch geklappt. Bist du dir wirklich sicher, Julia?»

«*Che cosa?* – Was?», ruft eine dunkle Stimme herrisch in den Raum.

Überrascht schaue ich auf. Nonna Lucia steht plötzlich in der Küche. Sie hat sich trotz ihres hölzernen Gehstocks einen überraschend lautlosen Zutritt verschafft.

Concetta geht auf ihre Großmutter zu und unterbreitet ihr Stellas Umbuchungsvorschlag, damit diese mit ihr reisen kann, aber Nonna ist davon gar nicht begeistert. Sie mustert ihre Urenkelin unnachgiebig. Stella versucht trotzig, dem Blick standzuhalten, gibt aber nach wenigen Sekunden auf und sieht zu Boden.

Nonna Lucia wendet sich mir zu. «*Tu voli con noi* – Du fliegst mit uns», sagt sie entschieden. Dann dreht sie sich um und verlässt den Raum. Diesmal hallt der Gehstock bei jedem Schritt, den sie auf den Steinfußboden setzt. Beeindruckt schaue ich ihr nach.

«Aber Mama ...», setzt Stella an, und diesmal laufen ihr die Tränen wirklich über die Wangen.

Doch Concetta lässt ihre Tochter gar nicht erst ausreden. «Du hast gehört, was Nonna gesagt hat. Du fliegst heute mit den anderen, ich komme morgen nach.»

«Tut mir echt leid», sage ich zu ihr, aber Stella reagiert nicht darauf. Wortlos gibt sie klein bei und geht schniefend in den Garten. Damit hat sich das Thema wohl erledigt.

Concetta greift sich laut seufzend an die Schläfen.

«Hast du immer noch Kopfschmerzen?», frage ich.

«Kopfschmerzen? Nein. Die hat Zia Donatella verschwinden lassen. Franca wird mir nichts mehr anhaben können.»

«Habt ihr eure Unstimmigkeiten klären können? Ich meine, ihr wart doch mal beste Freundinnen.»

Concetta sieht mich mit unergründlichem Blick an. «Ja, es steht nichts mehr zwischen uns.»

«Schön, das freut mich.»

«Aber dieses Kind ... Meine Stella, sie will alles bestimmen. Ich weiß gar nicht, von wem sie das hat. Von mir bestimmt nicht!»

«Hm», mache ich, weil ich darauf jetzt lieber nicht antworten möchte. Aber mir fallen da auf Anhieb gleich mehrere Personen aus der Familie ein. «Dafür ist sie aber auch sehr selbständig für ihr Alter – und clever. Wenn ich da an meine Schüler denke ... Die können teilweise noch nicht mal einen Apfel in Spalten schneiden, weil sie nicht wissen, wie sie das Messer halten sollen. Stella hingegen hat ganz alleine Kaffee gekocht, sich um die Kekse gekümmert, sie mit Puderzucker bestäubt. Das hat sie echt toll gemacht.»

«Dafür können deine Schüler bestimmt alle lesen.»

«Und Stella nicht? Sie müsste doch jetzt in die vierte Klasse kommen.»

«Sie liest ganz schlecht. Die Buchstaben kennt sie natürlich, aber sie schafft es nicht, sie zu verbinden. Es hört sich fürchterlich an. Ich meine, ich bin ja auch nicht gerade eine Leseratte, aber zumindest habe ich das Lesen in der Schule gelernt.»

«Ach, mit ein bisschen Üben wird sie es schon hinbekommen. Bei manchen Kindern dauert es einfach etwas länger. Vielleicht lest ihr beide jeden Tag ein wenig zusammen, vor dem Schlafengehen, nur eine Viertelstunde oder so.»

«Das geht nicht, da bin ich im Supermarkt putzen. Und außerdem würde sie da sowieso nicht mitmachen. Sie weigert sich, mit mir zu lernen oder Hausaufgaben zu machen. Lieber diskutiert sie eine halbe Stunde mit mir oder ihrem Vater.»

«Vielleicht hat Stella ja Lust, mit mir zu üben. Ich bin sowieso einmal die Woche bei meiner Nichte in Mülheim. Das ist nicht weit von Duisburg entfernt.» Steffi und ich haben einen festen Tag vereinbart, an dem ich nach der Schule gleich zu ihr fahre, um etwas mit Carlotta zu unternehmen. Der Tantentag macht mir ausgesprochenen Spaß, und Steffi hat Zeit, sich mal um sich zu kümmern. Manchmal stößt auch Lisa zu uns, und wir unternehmen gemeinsam etwas. Theoretisch könnte ich also danach noch bei Stella vorbeifahren.

Doch in dem Moment, in dem ich meinen Vorschlag ausgesprochen habe, bereue ich es auch schon. Einfach wird es mit ihr bestimmt nicht werden. Aber zurücknehmen kann ich mein Angebot auch nicht mehr, denn Concetta strahlt mich dankbar an.

«Das wäre natürlich super. Dann bekommt sie Nachhilfe von einer echten Lehrerin!»

«Mach ich wirklich gerne, vorausgesetzt, Stella möchte es überhaupt. Sie dazu zu zwingen, funktioniert nicht.» Ich bin mir fast sicher, dass sie mir eine Abfuhr erteilen wird, um ihren Willen wieder einmal durchzusetzen. Dann hätte ich ein Problem weniger, wobei das aus pädagogischer Sicht natürlich nicht tragbar ist. Außerdem gehört Stella bald zu meiner Familie, auch wenn sie davon nichts wissen will. Vielleicht würden wir uns aber durch regelmäßige Treffen sogar etwas näherkommen.

«Am besten, wir fragen sie», schlägt Concetta vor.

Durch das Fenster sehe ich Stella draußen auf der Bank unter dem Zitronenbaum sitzen. Sie hat ihre Ellbogen auf die Knie gestützt, den Kopf in die Hände genommen und starrt vor sich hin. Die Lehrerin kommt in mir durch. Vielleicht schaffe ich es ja, Stella davon zu überzeugen, mit mir lesen zu üben.

Als ich gerade zu ihr raus in den Garten will, höre ich Marcellos Mama nach mir rufen: «Julia, kommst du mal?» Gabriella ist die einzige Italienerin, die meinen Namen richtig ausspricht. Ob es daran liegt, dass sie aus der Toskana kommt? Da ticken die Uhren anders, wie sie selbst immer sagt.

«Nonna möchte dir etwas zeigen.»

Marcellos Großmutter wartet an der breiten Steintreppe auf uns, die in die obere Etage führt. Dort befinden sich zwei Gästezimmer, die früher für die Kinder vorgesehen waren. In einem davon haben Marcello und ich geschlafen, in dem anderen Ottavio und Antonio. Gabriella und Armando wurden in das kleine Gartenhaus einquartiert, das sogar über eine Kochnische verfügt und eigens für Gäste umgebaut wurde. Von der Etage aus führt eine weitere Treppe nach oben, direkt in eine Art großen Abstellraum hinein. Es ist vollgestellt mit Schränken, Regalen und gestapelten Kartons. Nonna Lucia hat sich langsam nach oben gearbeitet und öffnet jetzt wortlos einen der Schränke. Sie zieht ein großes Paket aus schlichter grauer Pappe heraus, um das eine cremeweiße Schleife gewickelt ist.

«Für dich, Giulietta», sagt sie und überreicht mir die Schachtel.

«Für mich?» Ich weiß gar nicht, was ich sagen soll.

«Sì, sì.»

Ich lege das Paket ab, ziehe vorsichtig an der alten Schleife und hebe den Deckel an.

«Ist das etwa ... ein Hochzeitskleid?»

Nonna Lucia nickt. *«Sì, un abito da sposa.»*

Das Kleid ist ein Traum in Weiß, wie sich herausstellt, als ich es behutsam aus dem weißen Seidenpapier hebe, in dem es eingeschlagen ist. Es ist sehr schlicht gehalten, ohne ausufernden Reifrock oder großartigen Schnickschnack. Der obere Teil scheint nur aus Spitze zu bestehen. Es ist hochgeschlossen, mit einem kleinen Stehkragen, ist bis zur Taille eng geschnitten, dann fällt es etwas weiter.

Ich habe mir für die Hochzeit ein schlichtes weißes Etuikleid zugelegt und dafür gerade mal neunundachtzig Euro investiert. Und Marcello hat sich seinen Anzug im Outlet gekauft. Wir waren uns einig, dass wir unsere Hochzeit zwar schön, aber ohne viel Aufwand und möglichst günstig feiern wollen. Deswegen gibt es nach der standesamtlichen Trauung auch nur eine große Party im Garten meiner Mutter, bei der meine Freundinnen den Getränkeausschank übernehmen werden.

Aber jetzt, wo ich das schöne schlichte Kleid in Händen halte, verspüre ich auf einmal doch so etwas wie Sehnsucht nach Romantik. Und im Geiste sehe ich Nonna Lucia Hand in Hand mit ihrem Patrizio die Treppe des Castellos hinuntergehen. In ihrem schwarzen Haar ein weißer Kranz aus duftenden Zitronenblüten ...

«Es ist wunderschön», sage ich ergriffen. Und auf einmal laufen mir die Tränen über das Gesicht.

Nonna Lucia riecht nach Zimt und Orange und ein bisschen nach Nelke. Der Duft schleicht sich in meine Nase, als sie mich kurz in den Arm nimmt und drückt.

«Alles wirte gute», sagt sie.

Ich halte mir das Kleid an und drehe mich zu Gabriella, die die ganze Zeit schweigend danebengestanden hat. «Meinst du, das passt mir?» Ich bin ein ganzes Stück größer als Nonna Lucia und trage Kleidergröße 38.

Gabriella guckt mich skeptisch an. «Es ist viel zu kurz, aber daran könnte man bestimmt etwas ändern. Nur ...» Sie lässt den Satz in der Luft hängen und wendet sich an Nonna Lucia. «*Che razza di vestito é questo?* – Was ist das für ein Kleid?»

Irritiert schaue ich von einer zur anderen. Hat Nonna nicht gerade gesagt, es sei ihr Hochzeitskleid? Nonna Lucia streckt den Arm nach dem Kleid aus, und ich gebe es ihr. Sie faltet es wieder sorgfältig zusammen und legt es zurück in den Karton.

«*E?* – Und?» Gabriella gibt sich nicht so leicht geschlagen. Auf ihre sanfte und unaufdringliche Art erreicht meine zukünftige Schwiegermutter immer, was sie will. Sie hat ihren Ehemann und ihre vier Kinder voll im Griff und lässt sich auch nicht von ihrer eigenen Schwiegermutter beeindrucken. Für mich steht fest, dass sie eigentlich diejenige ist, die bei den Espositos das Sagen hat – auch wenn sie nur angeheiratet ist.

«*Non l'ho mai indossato* – Ich habe es nie getragen», erklärt Nonna Lucia und zwinkert verschwörerisch mit den Augen. «*E non mi si adattava, perché ero già incinta ...*»

Was Nonna nun erzählt, verstehe ich leider nicht, weil sie viel zu schnell spricht. Aber Gabriella hört gespannt zu und übersetzt mir dann mit großer Gestik ihre Worte: «Sie hat das Kleid nie getragen, weil es ihr nicht mehr passte, da sie schon mit Armando schwanger war», sagt sie. «Also musste ein neues, großzügiger geschnittenes her. Ich habe mich schon gewundert, weil ich die Hochzeitsfotos natürlich kenne. Und darauf sieht das Kleid ganz anders aus. Und von einer Schwangerschaft sieht man auch nicht viel.» Gabriella sieht Nonna skeptisch an. «*In che mese eri?* – Wie weit warst du?»

Nonna hält ihre Hände vor den Bauch. «*Nel sesto mese* – Im sechsten Monat.» Dann grinst sie und sagt: «*Le foto del matrimonio sono state scattate dopo la nascita* – Die Hochzeitsfotos wurden nach der Geburt gemacht. *Con un nuovo vestito* – Mit einem neuen Kleid.»

Gabriella schüttelt den Kopf. Sie sieht verärgert aus, als sie zu mir sagt: «Weißt du, Julia, was eigenartig ist? Als ich mich in Armando verliebte, wurde ich auch sehr schnell schwanger. Und du kannst dir nicht vorstellen, was für einen Ärger wir deswegen von Nonna bekamen, weil wir noch nicht verheiratet waren. Dabei war sie selbst vor der Hochzeit schwanger. Ich weiß wirklich nicht, was ich von alldem halten soll.»

Nonna Lucia steht lächelnd neben uns und wartet, bis Gabriella sich wieder beruhigt hat. Dann sagt sie: «*Gli errori non devono essere ripetuti* – Fehler sollten nicht wiederholt werden», und greift nach Gabriellas Hand. «*Il cuore, a volte fa strani percorsi* – Das Herz geht manchmal seltsame Wege.»

Ich spüre intuitiv, dass hier gerade etwas Großes passiert. Anscheinend hatte es Gabriella auch nicht immer leicht mit ihrer Schwiegermutter, denn jetzt ist sie es, der die Tränen über die Wangen kullern. Aber der Moment hält nicht lange, denn Nonna klopft schon in der nächsten Sekunde entschlossen mit dem Gehstock auf den Holzfußboden. «*Questo è un segreto. E deve rimanere tale!* – Das ist ein Geheimnis. Und das muss auch so bleiben!»

«*Non ti preoccupare* – Keine Sorge», sagt Gabriella, und ich nicke andächtig. Gerade wurde ich von Nonna Lucia in ein Familiengeheimnis eingeweiht. So etwas wie Stolz macht sich in mir breit, weil sie es auch mir anvertraut hat. Und zum ersten Mal habe ich das Gefühl, dass ich dazugehöre.

Als wir wieder unten im Wohnzimmer stehen, blitzt plötzlich ein Gedanke in mir auf. «Was ist, wenn deine Schwägerinnen auch merken, dass sie das Kleid nie getragen hat?», frage ich Gabriella. «Wenn es dir aufgefallen ist, könnte es doch auch ihren Töchtern so gehen.»

«Darüber mach dir mal keine Gedanken. Nonna weiß immer, was sie tut. Sie überlässt nichts dem Zufall. Bei Nonna hat alles einen Sinn. Wenn es also einer von ihnen auffällt, dann soll es so sein.»

Ich beschließe, nicht weiter nachzufragen. Aber ich werde das Gefühl nicht los, dass die ganze Sache merkwürdig ist und noch mehr dahintersteckt.

6.

Nonna Lucia è in vacanza

NONNA LUCIA MACHT URLAUB

Antonio und Ottavio sitzen bereits im Flieger nach Düsseldorf, als Marcello und ich gemeinsam mit seinen Eltern und seiner Großmutter noch einmal auf den Friedhof gehen, um Nonno Patrizio vor unserer Abreise die letzte Ehre zu erweisen. Danach machen wir die Runde und verabschieden uns von Tanten, Onkel und Cousinen.

Ein letzter Abstecher führt uns zum Metzger, um Salami zu kaufen, die ich meiner Mutter und meinem Großvater mitbringen möchte. Auf dem Rückweg zum Familienhaus kommt uns eine zierliche, auf den ersten Blick sehr hübsche Frau entgegen. Sie trägt enge Jeans zu hohen Pumps und ein sehr luftig geschnittenes weißes Top, das einen tiefen Einblick in ihr Dekolleté gewährt. Ihr schwarzes Haar fällt lockig bis über ihre Schultern.

«Ciao, Franca», sagt Marcello.

Aha, denke ich, das scheint die Freundin mit dem bösen Blick zu sein.

«Ciao, Marcello», sagt sie.

«*Questo è Julia, la mia fidanzata* – Das ist Julia, meine Verlobte.»

Franca gibt mir die Hand und nickt mir zu. Mein Blick bleibt dabei an ihrem Gesicht hängen, das über und über mit kleinen roten Pickelchen übersät ist. So wie es aussieht, hat sie sich einen ziemlich unangenehmen Ausschlag eingefangen.

«*Ciò é colpa di Concetta*», sagt Franca, als sie meinen Blick bemerkt.

«*Non capisco*», erwidere ich, aber da zieht Marcello mich auch schon weiter.

«*Non abbiamo tempo* – Keine Zeit», ruft er Franca über die Schulter zurück zu.

«Was war das denn? Was hat sie da eben gesagt?», frage ich nach ein paar Schritten.

«Ach, die spinnt doch! Sie meint, an ihrem Ausschlag sei Concetta schuld.»

Concettas eindringlicher Blick fällt mir wieder ein. Sie hatte so einen merkwürdigen Ausdruck in den Augen, als sie gesagt hat, die Sache mit Franca sei geklärt. Es ist verrückt, aber ich bin mir fast sicher, dass Franca mit ihrer Schuldzuweisung recht hat und Concetta tatsächlich irgendwie ihre Finger im Spiel hatte. Oder vielleicht Donatella? Die eine bekommt Kopfschmerzen, die andere Hautausschlag ... Da kann ich wohl froh sein, dass ich keinen Stress mit einer italienischen Freundin habe.

Als wir an Nonna Lucias Haus ankommen, bleibt Marcello plötzlich wie angewurzelt stehen und reibt sich verzweifelt über den Kopf.

«Das ist ein Mietwagen!», ruft er seinem Vater zu.

Armando zuckt mit den Schultern. «Na und? Wo ist das Problem?»

Das Problem ist der große altertümliche Koffer, den Armando gerade gemeinsam mit einem der Onkel mittels einer grünen Wäscheleine auf dem Dach des roten Minis befestigt. Die Fenster sind geöffnet, sodass sie die Schnur durch das Auto hindurchziehen, um das Gepäckstück sozusagen damit zu umwickeln.

Armando gibt dem Koffer demonstrativ von allen Seiten

einen Stoß. «Das hält», sagt er. «Im Kofferraum ist nicht genügend Platz für das ganze Gepäck.»

«Wenn deswegen etwas passiert, bekommen wir garantiert Ärger mit der Versicherung», wendet Marcello ein, doch sein Vater winkt ab.

«Was soll schon passieren? Du bist ein guter Autofahrer. Hast du von mir geerbt.»

Ich hoffe, dass Marcello nicht noch mehr Talente von seinem Vater geerbt hat. Sein Fahrstil gleicht dem eines Rennfahrers. Und dabei ist er ständig am Schimpfen. Aus irgendeinem mir nicht begreiflichen Grund geht Marcello davon aus, dass alle anderen Autofahrer auf der Straße nur unterwegs sind, um ihn persönlich zu ärgern. Sie fahren zu langsam, nur damit er zu spät zur Arbeit kommt. Sie fahren an der Ampel zuerst an und geben Gas, weil sie ihn provozieren wollen, oder sie wechseln unangekündigt die Fahrspur, sodass er bremsen muss. Und das nur, weil sie ihm zeigen wollen, dass sie in dem Moment der Chef sind, was Marcello keinesfalls auf sich sitzen lassen kann. Aber das Beste ist, dass er sich über diejenigen ärgert, die bei Geschwindigkeitsbegrenzung zu schnell fahren, dabei hält er selbst seinen Fuß ständig etwas zu stramm auf dem Gaspedal.

«Fährst du halt langsam», sagt Armando, und ich finde, das ist eine gute Idee.

Marcello brummelt irgendetwas vor sich hin. Dann überprüft er fachmännisch, ob der Koffer auch wirklich fest sitzt.

Ich beschließe, mich da schön rauszuhalten und schnell im Haus zu verschwinden. Am Ende wollen sie noch meine Meinung zum Koffertransport, und einer von ihnen ist dann sauer. Dass ich es war, die Nonna Lucia zu ihrer Spontanreise motiviert haben soll, hat mir gereicht.

Wie sich herausstellt, ist auch der Kofferraum bis oben hin mit Nonnas Sachen vollgepackt. Zum Glück haben wir nicht viel Gepäck. Ich sitze auf der Rückbank zwischen Stella, unseren zwei Sporttaschen und mit Nonnas Pappkleiderschachtel auf dem Schoß. Nonna Lucia hat vorne neben Marcello Platz genommen. Wir haben halb vier, also genügend Zeit, um in Ruhe nach Neapel zu fahren, den Mietwagen abzugeben und vielleicht noch einen Kaffee in der kleinen *pasticceria* im Flughafen zu trinken, in der es auch herrliche *sfogliatelle* gibt, wie ich bei der Ankunft schon gesehen habe.

Dass Nonna Lucia mit uns abreist, hat sich, wie nicht anders zu erwarten, schnell im Dorf herumgesprochen: *Nonna Lucia è in vacanza!* – Nonna Lucia macht Urlaub! Natürlich erscheinen alle, um sich gebührend von ihr zu verabschieden. Ein paar der Nachbarinnen weinen sogar und wünschen Nonna ein weiterhin gutes Leben, so, als ob Nonna für immer nach Deutschland gehen würde.

Als wir endlich losfahren, ist der Mini mit noch mehr Gepäck beladen. Eine Plastiktüte voll Zitronen, eine mit Orangen, in Zeitungspapier eingewickeltes Brot, Tomaten, Fenchelsalami, *biscotti* in allen möglichen Variationen und hausgemachter Limoncello ... Die Bewohner Casamarcianos scheinen zu befürchten, dass Nonna Lucia im hohen Norden Hunger leiden wird.

«Wenigstens haben wir was zu essen, falls wir aus irgendeinem Grund nicht am Flughafen ankommen», scherzt Marcello, hupt noch einmal und fährt los.

«Mit so was macht man aber keine Scherze», sagt Stella ernst. «Damit provozierst du nur, dass wirklich etwas passiert.»

«Okay, dann haben wir eben zu Hause genug zu essen und müssen nicht gleich einkaufen gehen», erwidert Marcello und dreht sich lächelnd zu uns um. «Ist doch auch gut.»

Stella hält die Arme vor der Brust verkreuzt und schaut demonstrativ aus dem Fenster. Sie antwortet nicht. Vorhin hat sie sich an ihre Mutter geklammert und mich noch einmal wütend angeblitzt. Auch Nonna Lucia ist in Schweigen verfallen. Sie schaut aus dem Fenster und hängt ihren Gedanken nach. Marcello wirft mir über den Rückspiegel einen Blick zu, und ich schicke ihm einen Kuss durch die Luft. Nur noch zwei Wochen, dann bin ich seine Frau. Ich habe mich dazu entschieden, den Namen Esposito anzunehmen. Es klingt schöner als mein Mädchenname, und von Doppelnamen halte ich nichts. Da bin ich eher altmodisch. Ich habe meine Unterschrift schon geübt und ganze DIN-A4-Seiten vollgeschrieben. Als ich daran denke, muss ich lächeln.

Die Landschaft zieht an uns vorüber. Dass am Straßenrand so dermaßen viel Müll liegt, ist mir bei der Hinfahrt gar nicht aufgefallen. Wir sind noch nicht weit gekommen und fahren gerade auf einer schmalen Straße an einer Haselnussplantage vorbei, als Marcello wie aus heiterem Himmel auf die Bremse tritt und zu fluchen anfängt.

«Was zum Teufel war das denn?», schimpft er, als das Auto mit quietschenden Reifen stehen bleibt und der Koffer wie in Zeitlupe vorne an der Windschutzscheibe vorbeisegelt, um mit einem lauten Rumms auf der Straße zu landen.

Stella quietscht erschrocken auf. Und Nonna Lucia fasst sich an ihr Herz. Meins ist mir gerade in die Hose gerutscht, und meine Stimme zittert, als ich nach vorne rutsche und frage: «Seid ihr in Ordnung?»

Marcello wirft einen prüfenden Blick auf seine Großmutter, die sich gerade bekreuzigt, aber außer dem Schrecken anscheinend nichts abbekommen hat.

Stella hat sich als Erste wieder gefasst. «Was ist denn passiert?», fragt sie.

«Da ist so ein riesiger blöder Köter knapp vor dem Auto über die Straße gelaufen. Er ist wie aus dem Nichts zwischen den Haselnussbäumen aufgetaucht.»

«*Un cane?* – Ein Hund?» Nonna Lucia macht die Beifahrertür auf und steigt mühsam aus.

«*Dove?* – Wo?», fragt sie Marcello, als wir alle am Straßenrand stehen.

«Er ist in diese Richtung ...» Marcello zeigt auf einen verwahrlosten Garten mit einem zerfallenen Haus und macht sich schimpfend daran, den Koffer aufzuheben. Ich schaue die Straße hinauf und hinunter, in den Garten hinein, doch ich kann nichts entdecken. Da bemerke ich, dass Stella und Nonna Lucia beide gebannt in dieselbe Richtung starren.

«Papa Clemente», sagt Nonna Lucia und bekreuzigt sich schon wieder.

Auf einmal taucht am Straßenrand der riesige Hund auf. Er ist bestimmt achtzig Zentimeter hoch, hat ein struppiges helles Fell – und sieht neugierig zu uns herüber.

«Sieht aus wie ein irischer Wolfshund», sage ich. «Der Freund meiner Mutter hatte mal so einen. Die sind zwar riesengroß, aber total lieb.» Ich schaue noch etwas genauer hin. «Und ein Halsband trägt der Kerl auch.» Es ist weiß, deswegen sieht man es kaum. «Er scheint also zu irgendwem zu gehören. Zum Glück ist ja nichts passiert.»

«Ja, aber nur, weil ich voll auf die Bremse gestiegen bin. Blödes Vieh!», schimpft Marcello schon wieder und hebt den Koffer an. Aber er kommt nicht weit. Noch bevor er ihn zum Auto tragen kann, ertönt ein unscheinbares «Klack», und eine Hälfte des Koffers fällt auf die Straße, gefolgt von seinem Inhalt. Das alte Gepäckstück ist einfach so in zwei Teile auseinandergefallen. Marcello fährt sich über die Haare. Auf seinem linken Fuß liegt eine von Nonna Lucias dunklen Nylonstrumpfhosen.

Der Rest ihrer Garderobe befindet sich auf einem großen Haufen neben ihm. Zum Glück kommt gerade kein Auto.

«Ich hab dir doch gesagt, dass man keine Späße mit so was macht. Du hast das Ereignis damit heraufbeschworen», sagt Stella.

Ich verkneife mir mein Grinsen, als ich Marcellos verdutztes Gesicht sehe.

«Jetzt mach mal halblang», sagt er, sichtlich genervt, und wirft einen Blick auf die Uhr. «Noch ist es ja nicht zu spät. Wir sind rechtzeitig losgefahren, haben also noch genügend Zeit.» Dann sieht er sich das Dilemma auf der Straße an. «Wir könnten Nonnas Sachen einladen und am Flughafen einen neuen Koffer kaufen.»

Aber Nonna hat es sich anders überlegt. Sie sieht nachdenklich dem großen Hund hinterher, der jetzt langsam in den Garten hineintrottet.

«Noi non voliamo!», ruft sie.

«Was soll das denn heißen, wir fliegen nicht?», fragt Marcello.

«Il cane bianco ci ha avvertiti.» Ich horche überrascht auf. Von dem weißen Hund hat Donatella gestern doch auch schon geredet. Ich solle auf ihn achten, hat sie gesagt.

«Was meint deine Großmutter?», frage ich.

«Dass der weiße Hund uns gewarnt hat», sagt Stella. «Also, ich fliege auf keinen Fall – wenn Nonna das sagt.»

«Na ganz toll! Dann fahren wir euch jetzt nach Hause und fliegen alleine.» Marcello hält die hintere Tür auf. «Am besten setzt ihr beiden euch wieder hinten rein, und ich gebe euch Nonnas Sachen. Den Koffer können wir vergessen.»

Armando und Gabriella staunen nicht schlecht, als wir eine Viertelstunde später wieder vor der Tür stehen. Und auch die Nachbarn scheinen irgendwie mitbekommen zu haben, dass etwas geschehen sein muss. Oder sie sind gar nicht erst weggegangen. Auf jeden Fall ist noch ordentlich Betrieb vor dem Hause der Espositos.

«Was ist passiert, Marcello?», fragt Gabriella besorgt und läuft auf den Mini zu, noch bevor wir ausgestiegen sind.

«Ach, so ein Hund ist über die Straße gelaufen, ich musste bremsen, der Koffer hat sich selbständig gemacht, und jetzt will Nonna nicht mehr mit uns fliegen, weil sie meint, Papa Clemente sei in Gestalt des Hundes aufgetaucht, um uns vor dem Flug zu warnen. Und Stella zickt auch rum.»

«*Il cane bianco? Quello della collana di perle?* – Der weiße Hund? Der mit der Perlenkette?», ruft eine ältere Frau.

Nonna Lucia nickt. «*Era enorme* – Er war riesig», sagt sie, «*due metri di lunghezza* – zwei Meter lang.»

«*E occhi neri* – Und schwarze Augen», fügt Stella hinzu. Dann wirft sie sich in die Arme ihrer Mutter. «Siehst du, deswegen wollte ich nicht fliegen.»

Nun gut, das stimmt so nicht ganz. Stella wollte, dass ihre Mutter mit mir tauscht. Dann wäre sie also heute auf jeden Fall geflogen. Das mit den schwarzen Augen ist allerdings richtig. Das ist mir auch aufgefallen. Aber der Hund war meines Erachtens grau und nicht weiß. Und die Perlenkette sah mir verdächtig nach einem Hundehalsband aus. Aber das würde mir hier sowieso niemand glauben.

Die Nachbarn sprechen nun alle aufgeregt durcheinander. Über den großen weißen Hund mit der Perlenkette hat fast jeder etwas zu berichten. Concetta erzählt mit glänzenden Augen, dass er immer dann auftauche, wenn Gefahr in Verzug sei. So habe er zum Beispiel das Baby des Ehepaars Colombo gerettet, das sich nachts im Schlaf übergeben habe und beinahe erstickt wäre – wenn nicht lautes Bellen die Mutter aus dem Schlaf gerissen hätte. Und Enzo, dem Dorffriseur, wäre beinahe die schwere Dachrinne seines Hauses auf den Kopf gefallen, wenn er nicht in der Tür stehen geblieben wäre, weil er den riesigen weißen Hund beobachtet habe, der mindestens so groß gewesen sei wie ein kleines Pony. Ich bin mir sicher, dass der Hund nach weiteren Geschichten mindestens drei Meter lang und zwei Meter hoch war.

«Julia, kommst du mal bitte?» Marcello rückt von seinem Vater ab, er hat die ganze Zeit mit ihm geredet. Bestimmt gibt es Stress, weil wir beide jetzt alleine fliegen werden.

«Meinst du nicht, wir sollten alle versuchen, unseren Flug auf morgen umzubuchen?» Auf einmal tut Nonna Lucia mir leid. Sie hat sich doch so darauf gefreut, mit uns nach Deutschland zu kommen. «Vielleicht kriegen wir ja noch was.»

«Und unsere Flüge komplett verfallen lassen? Überleg doch mal, was das kostet. Außerdem kann Nonna doch morgen mit Concetta nachkommen.»

Damit hat Marcello natürlich recht. Bei Concetta ist Nonna gut aufgehoben. Und wir könnten sie dann am Flughafen abholen.

«Die ganze Aufregung nur wegen eines Hundes», sagt Marcello. «Papa Clemente amüsiert sich bestimmt gerade königlich, wenn er aus dem Himmel auf uns herabschaut.»

«Wer ist eigentlich Papa Clemente?» Das wollte ich die ganze Zeit schon fragen.

«Clemente, also Clemens, ist der Schutzpatron Casamarcianos.»

«Aha.» Ich bin evangelisch und habe es ehrlich gesagt nicht so mit der Kirche, was ich hier bei meinen zutiefst katholischen Verwandten natürlich niemals zugeben würde.

«Jedes Dorf hat seinen eigenen Schutzpatron hier in Italien.» Während Gabriella und Armando Nonna Lucias Kleidung aus dem Auto holen und die Stapel ins Haus tragen, schaut Marcello auf die Uhr. «Jetzt müssen wir uns aber beeilen. Sonst verpassen wir den Flieger letztendlich doch noch.»

«Wie meinst du das?», fragt Gabriella. «Ihr wollt bei den Vorzeichen doch nicht etwa fliegen?»

«Ich muss morgen arbeiten», antwortet Marcello.

«Das kannst du nicht mehr, wenn das Flugzeug abstürzt», kontert seine Mutter.

«Fängst du jetzt auch noch damit an? Es wird schon nichts passieren.»

Aber da scheint Gabriella anderer Meinung zu sein. «Das kannst du nicht wissen. Vielleicht soll es einfach nicht sein. Fliegt nicht, mir zuliebe, bitte. Hör auf deine Mutter. Sonst sterbe ich vor Sorge.»

Gabriella hat die Mutterkarte gezogen – jetzt hat Marcello keine Chance mehr. Ich warte gespannt auf seine Antwort und atme erleichtert auf, als er einlenkt: «Mama, also weißt du ... Na gut, aber nur, weil du es bist.»

Ich glaube ja auch nicht daran, dass bei dem Flug irgendwas passieren würde, hätte jetzt aber ein mulmiges Gefühl dabei. So bin ich eigentlich ganz froh, dass wir unsere Sporttaschen wieder ins Haus tragen.

«Ich ruf eben meine Schwester an und sag ihr Bescheid, dass wir morgen nicht zurückkommen.»

«Okay, und ich versuch dann schon mal, ob wir die Flüge noch irgendwie umbuchen können.»

Ich lasse mich auf das große Doppelbett fallen und greife nach meinem Handy. Dabei schweift mein Blick durch das Zimmer. «Wie gut, dass du auch hier bist», murmele ich, als mein Blick auf das vergilbte Bild von Papa Clemente fällt, das über einer Vase mit Plastikblumen hängt. Dann wähle ich Steffis Nummer und erzähle meiner Schwester in allen Einzelheiten, was sich in den zwei Tagen hier zugetragen hat. Sie hört gespannt zu, ab und zu kichert sie. «Ich hätte zu gerne dein Gesicht gesehen, als du erfahren hast, dass Marcellos Oma euch zwei Wochen lang beglücken will.»

«Begeistert war ich anfangs wirklich nicht, aber dann habe ich mich mit dem Gedanken angefreundet. Marcello hatte eher Schwierigkeiten damit. Die gute Nonna Lucia scheint nicht ohne zu sein, alle haben einen Heidenrespekt vor ihr.» Ich bin drauf und dran, Steffi von Nonna Lucias Geheimnis zu erzählen. Meiner Schwester kann ich absolut vertrauen, und außerdem haben die beiden sowieso nichts miteinander zu tun. Aber Nonna Lucia hat es mir anvertraut, damit ich es für mich behalte. Also sage ich: «Ich dachte immer, nur unsere Familie sei so chaotisch. Aber bei den Espositos wird auch so manches Problem unter den Teppich gekehrt.»

Wir drei Schwestern sehen uns nicht unbedingt ähnlich. Das liegt daran, dass unsere Mutter drei Töchter von drei verschiedenen Männern bekommen hat. Das dürfte ich bei meiner neuen italienischen Familie wahrscheinlich gar nicht an die große Glocke hängen. Mit meinem Vater und mit Lisas war Mutti verheiratet. Steffis Vater war Musiker und Muttis große Liebe. Sie war erst zwanzig, als sie sich Hals über Kopf in ihn verliebt hat. Aber er hat sie am Tag vor der geplanten Hochzeit hochschwanger sitzenlassen. Da war sie einundzwanzig, und eine Welt ist für sie zusammengebrochen. Sie hat es nie überwunden, deswegen spricht sie immer noch sehr häufig davon. Alle anderen Männer konnten ihrer großen Liebe Hardy in keiner Weise das Wasser reichen, auch wenn ihre sogenannte große Liebe sie einfach hat sitzenlassen. Und so scheiterte die Ehe mit meinem Vater und danach die von Lisas Vater. Muttis Männer haben alle eins gemeinsam, wofür sie sehr dankbar ist, wie sie immer wieder betont: Jeder hat ihr eine Tochter geschenkt, jeweils im Abstand von vier Jahren. Steffi und Lisa sind also acht Jahre auseinander.

«Apropos Familie», sagte Steffi. «Ich wollte es dir eigentlich sagen, wenn du wieder da bist, aber ich glaube, es ist besser, dich schon mal vorzuwarnen ... Es könnte sein, dass Mutti dich anruft. Sie hat sich nämlich von Hartmut getrennt.»

«Ach du Scheiße! Warum das denn? Ich dachte, die beiden verstehen sich so gut.»

Steffi lacht. «Ja, in gewisser Hinsicht schon. Aber nicht in allen Bereichen. Sagen wir mal so, Mutti fühlt sich unbefriedigt. Willst du Details wissen?»

«Was? Nein, bloß nicht!»

«Schade, sie hat es mir nämlich in allen Einzelheiten erzählt. Ich habe ganz schön gelitten dabei. Und du weißt ja, geteiltes Leid ist halbes Leid.»

«Dann teil das Leid doch mit Lisa.»

«Geht nicht, der hat Mutti auch schon ihr Leid geklagt. Die Arme hat sie gestern nichtsahnend besucht. Und bei Kaffee und Kuchen fing Mutti dann an ...»

«Ach herrje!» Ich sehe Lisa vor mir, wie sie mit ihren kurzen blonden Haaren und ihren schönen großen Augen völlig entsetzt dreinschaut. Und wie sie dann sagt: «Mann, Mama, hör auf mit dem Kram! Du weißt doch, dass ich das nicht hören will.» Aber unsere Mutti lässt sich von dieser Abwehrhaltung nicht beeindrucken. Aus irgendeinem Grund hat sie keine richtig guten Freundinnen, mit denen sie über ihre Männerprobleme reden kann. Also müssen wir dran glauben. Das ist an sich ja auch völlig in Ordnung, aber es gibt eben Dinge, die Töchter nicht von ihren Müttern hören möchten.

«Und wie geht's Mutti damit?», frage ich Steffi.

«Ach, du weißt doch, wie sie ist. Sie leidet ganz fürchterlich. Dabei ist sie diejenige, die ihn verlassen hat. Sie meint, mit ihren dreiundfünfzig Jahren bekommt sie jetzt keinen gescheiten Kerl mehr ab. Und dabei stehen die nächsten schon Schlange. Sie hat einen Tanzkurs für Singles belegt, damit sie bei eurer Hochzeit Walzer tanzen kann. Fragt sich nur, mit wem.»

«Sie will Walzer tanzen? Wie kommt sie denn darauf?»

«Na, ganz einfach. Sie denkt, du eröffnest mit Marcello den Brauttanz, und dann steigen die Brauteltern ein. So wie sich das bei einer ordentlichen Hochzeit eben gehört. Ich wette mit dir, dass sie extra deswegen bis dahin einen Ersatz für Hartmut gefunden hat.»

«Aber wir tanzen doch gar nicht, zumindest keinen Walzer.» Ich gebe es nicht gerne zu, aber ich bin komplett unmusikalisch und tänzerisch die absolute Niete. Das liegt daran, dass ich den Takt weder hören noch fühlen kann. Wenn ich während eines Konzerts begeistert mitklatsche, dann gelingt mir das nur, weil ich mich am Rhythmus der anderen Hände um mich herum orientiere. Ich brauche gewissermaßen eine optische Hilfe. Das liegt wahrscheinlich daran, dass ich generell eher visuell veranlagt bin. Ich muss Dinge sehen, um sie zu begreifen. Deswegen habe ich ja auch Kunst und nicht Musik studiert. Steffi wiederum hat das Musiker-Gen ihres Vaters geerbt. Und Lisa hat komischerweise beides, und dazu noch das absolute Talent für Sprachen. Sie spricht fast fließend Italienisch. Und das nur, weil sie es in der Schule als Wahlfach hatte und ein paarmal Urlaub in Italien gemacht hat. Da bin ich wirklich neidisch.

«Wir haben für den Abend einen DJ engagiert, der ein bisschen Tanzmusik auflegt. Das mit dem Walzer kann Mutti vergessen.»

Steffi lacht. «Das kannst du ihr ja dann erzählen, wenn sie dich anruft. Ich hab dich auf jeden Fall vorgewarnt.»

«Das ist echt lieb, danke. Sagst du Lisa Bescheid, dass ich erst morgen komme?»

«Klar, weißt du doch.»

«Stimmt.» Ich muss grinsen. Bei uns funktionieren die Buschtrommeln ganz prima. Ich erzähle es Steffi, Steffi dann Lisa. Und in anderen Konstellationen funktioniert es auch. Deswegen beginnen unsere Telefonate auch oft mit der Frage: «Hat Lisa dich schon angerufen?», oder: «Hat Steffi es dir schon erzählt?»

«Und meld dich, sobald du weißt, wann ihr zurückkommt, damit ich rechtzeitig planen kann.»

Ich habe gerade aufgelegt, als die Tür aufgeht und Marcello ins Zimmer gerauscht kommt.

«Das glaubst du mir nie!», sagt er und lässt sich auf das Bett fallen. Dann verschränkt er die Arme hinter dem Kopf und starrt die Decke an.

«Wieso? Was denn?»

«Wir fahren mit dem Auto nach Deutschland, alle zusammen.»

«Mit dem Auto? Wie – alle zusammen?» Irritiert sehe ich ihn an.

Marcello dreht sich zu mir. «Wir beide, Concetta, Stella und Nonna Lucia. Meine Großmutter hat alle so dermaßen verrückt gemacht, dass keiner mehr fliegen will. Concetta übrigens auch nicht.»

«Und deine Eltern?»

«Die kommen wie geplant in einer Woche mit dem Flugzeug nach. Bis dahin sieht alles schon wieder ganz anders aus, meint Donatella. Die Geschichte mit dem Hund hat sich schon bis in ihren Nachbarort herumgesprochen.»

«Ich weiß nicht, ob das eine so gute Idee ist», werfe ich ein. «Mit welchem Auto fahren wir denn? Zu fünft wird das ja ganz schön eng.» Concetta ist nicht gerade schmal gebaut, und Nonna Lucia auch nicht. Ich kann mir beim besten Willen nicht vorstellen, dass wir beide gleichzeitig auf dem Rücksitz unterbringen können. Und Stella ist ja auch noch da.

«Das weiß ich noch nicht. Aber mein Vater organisiert uns eins.»

«Hoffentlich ein vernünftiges. Bis nach Düsseldorf sind es immerhin über 1600 Kilometer. Da sind wir locker fünfzehn Stunden unterwegs.»

«Das wird schon werden. Mein Vater ist das absolute Organisationstalent, wenn es darum geht, irgendwas zu beschaffen.»

«Na, da bin ich ja mal gespannt.»

Marcello überhört meinen Einwand und plant gedanklich schon unsere Fahrt. «Am besten, wir fahren morgen ganz früh los. Wir müssen genug Pausen einplanen. Concetta hat keinen Führerschein. Das heißt, dass wir beide uns abwechseln müssen.»

Es klopft an der Tür, die im selben Moment jedoch schon aufgerissen wird. Armando steht im Türrahmen.

«Marcello, kommst du? Wir müssen die Eiskühlung hinten aus dem Wagen bauen, damit ihr genug Platz zum Sitzen habt.»

Marcello richtet sich auf und fährt sich mehrmals über den Kopf. «Das ist jetzt nicht dein Ernst», sagt er.

«Welche Eiskühlung?», frage ich.

Armando strahlt uns an. «Ihr fahrt mit dem Eiswagen, der ist noch absolut topp in Schuss.»

7.

Papà gli ha insegnato

PAPA HAT ES IHR BEIGEBRACHT

«Das ist ja ein Oldtimer!» Mit offenem Mund stehe ich vor dem altertümlichen Wagen.

«Ja, das ist ein VW T1 Samba mit geteilter Frontscheibe, der hat Seltenheitswert.» Armando tätschelt den linken Scheinwerfer des alten Stücks. «Mein Vater hat ihn sehr gepflegt. Er ist noch bis vor zwei Jahren damit durch die Dörfer gefahren und hat Eis verkauft. Gutes Eis, mit echtem Ei, nicht so wie in Deutschland, wo alles nur noch aus Pulver besteht, das in Wasser eingerührt wird. Dazu eine Portion Fett als Geschmacksträger. Das ist kein Genuss mehr, sondern eine Zumutung! Aber das wird sich bald ändern. Wenn ich wieder zurück bin, werde ich mit meinem Freund Pino sprechen, der macht nämlich gutes Eis. Und das verkaufen wir dann mit dem Eiswagen. Ich hab ja jetzt Zeit.»

Aha, daher weht der Wind. Der Eiswagen sollte so oder so nach Deutschland. Armando will also zwei Fliegen mit einer Klappe schlagen. Schon merkwürdig, wie sich auf wundersame Weise letztendlich alles so fügt, dass sowohl Nonna Lucia als auch Armando zufrieden sind. Skeptisch trete ich etwas näher an den alten grün-weiß-rot gestrichenen VW-Bus heran.

«Und dann machen wir extra für dich ein besonders leckeres Zitroneneis», sagt Armando gut gelaunt und legt mir den Arm um die Schultern. «Du wirst sehen, dann willst du kein anderes mehr!»

Ich liebe Zitroneneis. Gegen das verlockende Angebot komme ich natürlich nicht an. Und gegen Armandos offensichtliche Freude auch nicht.

«Hört sich gut an», sage ich und lächle schief.

Armando ist vor einem halben Jahr in Frührente gegangen. Er hat lange Jahre als Dreher gearbeitet und sich dabei den Rücken kaputt gemacht. Er hat mal erwähnt, dass er sich zu Hause ein bisschen langweilt, zumal Gabriella noch in einem kleinen Lädchen für Kinderbekleidung aushilft und oft erst am späten Nachmittag heimkommt.

«Dann passt es ja ganz gut, dass wir jetzt nicht fliegen.» Die Bemerkung kann ich mir einfach nicht verkneifen.

«Ja, genau so, als hätte Gott es gewollt.»

Ich würde ja sagen, es waren Nonna Lucia und Stella, die den Flug boykottiert haben, aber das lasse ich lieber. Während Armando richtig glücklich aussieht, hält sich Marcello auffallend zurück.

Wir haben mittlerweile neun Uhr abends. Unser Flieger ist in der Zwischenzeit sicher gelandet, ohne besondere Vorkommnisse, wie mir Steffi per SMS mitteilt. Aber das habe ich auch nicht anders erwartet.

«Das heißt nichts», hat Concetta hingegen gesagt. «Wenn ihr mitgeflogen wärt, wäre bestimmt was passiert.»

Misstrauisch nehme ich das Vehikel in Augenschein, das uns den langen Weg bis nach Hause bringen soll. Damit wird Armando auf jeden Fall in Düsseldorf Aufmerksamkeit erregen. Nonno Patrizio hat es in den Farben seiner Heimat farblich gestaltet: Vorne ist es grün, die Mitte ist weiß und das Hinterteil rot. *Patrizio Gelati* steht in geschwungener Schrift darauf. Ich schieße ein Beweisfoto, das ich gleich unbedingt an meine Schwestern und an meine Freundin Conny schicken muss.

Bin ab morgen früh in diesem italienischen Flaggenauto unter-

wegs zurück nach Deutschland – unfassbar ☺, schreibe ich, hänge das Foto an und drücke auf Senden. Dabei fällt mir auf, dass der Bus an der Seite überhaupt keine Fenster hat. So wie es aussieht, wurden die Scheiben ausgebaut und durch eine Klappe ersetzt, die man zum Verkauf nach oben hin öffnen kann. Ich schrecke zurück, da sich wie auf Kommando die Klappe öffnet.

«Hallo, schöne Frau», sagt Marcello und grinst mich an. «Die Eisfabrikation ist leider noch nicht wieder angelaufen, aber wie wäre es mit einer Mitfahrgelegenheit nach Deutschland?»

Ich muss lachen. «Einverstanden, mir bleibt ja nichts anderes übrig! Aber sag mal, ist das nicht wahnsinnig dunkel da hintendrin? Meinst du, das kann man überhaupt aushalten?»

«Auf der anderen Seite sind ja noch Fenster. Es fällt also genug Licht rein. Das wird schon gemütlich für uns werden, wirst sehen.»

Für uns? Ich werfe einen Blick durch die Klappe in das Wageninnere. Bisher habe ich mir überhaupt keine Gedanken über die Sitzplatzverteilung gemacht. Ich bin automatisch davon ausgegangen, dass ich mit Marcello vorne sitze, da wir beide fahren. Dabei ist es ja eigentlich selbstverständlich, dass Nonna die Fahrt nicht auf dem Matratzenlager verbringen kann, das ich gerade irritiert betrachte. Das heißt, dass ich hinten bei Concetta und Stella sitze, wenn Marcello mit Fahren an der Reihe ist.

«Wir haben noch ein paar alte Polster aufgetan, die an den Seiten befestigt werden. Dann ist es richtig bequem. Nonnas Koffer können wir auch als Sitzbank nutzen. Mit einer Decke darüber klappt das ganz gut. Und außerdem wechseln wir uns mit dem Fahren ja ab. Das wird schon.»

«Meinst du nicht, das ist ein bisschen zu gefährlich? Immerhin können wir uns hinten nicht anschnallen.» So ganz wohl ist mir bei der Sache nicht.

Armando hat meine Zweifel mitbekommen. «Ach, früher gab es auch weder Kopfstützen noch Gurte. Du bist jetzt sozusagen fast eine Italienerin, Giulia. Da musst du die Sachen nicht immer so eng sehen.»

«Na gut», gebe ich klein bei und werde dafür mit einem herzlichen Lächeln von Armando belohnt. «Wird schon schiefgehen. Aber vorher machen wir eine kleine Probefahrt, okay? Ich hab noch nie so einen Bus gefahren.» Ich bin stolze Eigentümerin eines kleinen Polos und schätze meine Fahrkünste als ganz gut ein – mit einem Wagen, der ungefähr nur halb so groß ist wie dieser Eiswagen und keinen Oldtimerwert hat. Mit dieser Familie muss man sich auf einiges gefasst machen, denke ich.

«Der Wagen ist schon etwas älter», erklärt Marcello und schwingt sich auf den Beifahrersitz. «Du musst ein bisschen spielen mit dem Gas, sonst würgst du ihn ab.»

Dass der Wagen älter ist, ist nicht zu übersehen. Den Spruch hätte Marcello sich sparen können. «Danke übrigens, dass ich wieder diejenige war, die entscheiden musste. Was hast du denn erwartet? Dass ich nein sage und mir den ewigen Groll deines Vaters aufhalse?»

«Du hättest ehrlich sein können. Wir können die ganze Sache immer noch abblasen.»

«Nein, aber du hättest mir wenigstens beipflichten müssen. Aber lass uns jetzt nicht streiten. Ich muss mich auf den Wagen konzentrieren.» Der eigenartige Schaltknüppel sieht aus wie eine lange Stange mit Golfball. Aber so schwer wird das schon nicht sein, denke ich. Nachdem ich ordnungsgemäß den Rückspiegel eingestellt habe, starte ich. Zum Glück springt das alte Schätzchen sofort an.

«Geht doch!», sage ich, komme aber schätzungsweise nur zwei Meter weit. Dann geht ein Ruck durch den Wagen, und der Motor stirbt ab. Das passiert mir genau viermal. Na super, das kann ja was werden!

«Du darfst nicht so viel Gas geben, wie gesagt, du musst ein bisschen damit spielen», sagt Marcello. Er hält sich krampfhaft am Seitengriff fest und bemüht sich, ein Lächeln hinzubekommen.

Damit spielen? Wumms, ich schieße gefühlte drei Meter auf einmal nach vorne.

Marcello schaut mich zweifelnd an. «Das ist jetzt echt nicht böse gemeint, aber ich glaube, das macht keinen Sinn. So kommen wir nie im Leben mit dem Ding heil in Düsseldorf an. Vielleicht sollten wir es doch lassen. Du wolltest es ja von Anfang an nicht.»

Geduld war noch nie Marcellos Stärke. Außerdem macht er mich gerade total nervös. Ich mag es nicht, wenn er jeden meiner Handgriffe so kritisch beobachtet. Dann habe ich automatisch das Gefühl, als würde ich etwas falsch machen – und prompt passiert es dann auch.

«Weißt du was, am besten, du steigst aus, und ich mache die Probefahrt alleine.»

«Meinst du?» Marcello sieht mich beunruhigt an.

Ich nicke ihm zu und versuche, Zuversicht auszustrahlen.

«Na gut, aber pass bloß auf.»

Marcello klettert aus dem VW-Bus. Ich schaue ihm hinterher, bis er sich zu dem Grüppchen Schaulustiger gesellt, das sich mittlerweile am Straßenrand versammelt hat. Schweißperlen bilden sich auf meiner Stirn. Es ist sowieso den ganzen Tag schon so verdammt heiß – und jetzt muss ich mich auch noch vor versammelter Mannschaft beweisen!

Ich greife gerade nach dem Zündschlüssel, da wird die Beifahrertür aufgerissen. Marcellos Vater schwingt sich neben mich. Das wird ja immer besser.

«Giulia», sagt er, «das musst du machen wie in der Liebe. Aber nicht die heftige Liebe, wenn du verstehst, was ich meine. Eher so, als würdest du Marcello einen Kuss geben wollen. Aber der hat sich gerade erst um dich geprügelt, und jetzt ist seine Lippe geschwollen. Verstehst du? Sanft und zärtlich.»

Marcello hat sich noch nie um mich geprügelt. Aber das mit dem sanften Kuss gefällt mir.

«Und jetzt hörst du auf zu denken und liebkost das Gaspedal ...»

Ich drehe den Schlüssel, trete die Kupplung, löse sie und dann gebe ich dem Gaspedal einen Kuss. Der Eiswagen rollt im Schritttempo vorwärts.

«Und jetzt hochschalten, aber nicht die Augen dabei schließen, weil du denkst, du würdest Marcello wirklich küssen!»

Wir fahren etwa fünf Minuten durch das Dorf. Armando kurbelt sein Fenster herunter und legt seinen Ellenbogen lässig an der Wagentür ab. Die frische Luft tut gut. Der Eiswagen schnurrt wie ein Kätzchen. Es macht sogar richtig Spaß!

«Jetzt noch ein Stückchen aus dem Dorf raus, dann hast du es. Ja, genau, hier entlang ...»

Wir kommen am Castello vorbei und dann wieder an der Haselnussplantage, diesmal allerdings von der entgegengesetzten Richtung. Am Straßenrand liegt der irische Wolfshund. Aufgeregt zeige ich auf ihn. Armando nickt, streckt seinen Arm nach draußen und ruft laut: «Cucciolo, mein alter Freund, wie geht's?»

«Du sagst Cucciolo zu ihm?», frage ich. «Nonna Lucia hat ihn vorhin Papa Clemente genannt. Ist das auch ein Schutzpatron?»

Armando lacht. «Wie kommst du denn darauf? *Cucciolo* heißt kleiner Welpe. Mein Freund Alberto hat ihn so getauft, als der Hund noch ganz klein war. Er wusste damals nicht, dass aus ihm mal so ein riesiges Kalb werden würde. Alberto gehört übrigens die Haselnussplantage. Du musst mal im Herbst kommen, wenn die Nüsse reif sind. Frisch geröstet sind sie ein Gedicht. Gar nicht zu vergleichen mit den Dingern, die man in Deutschland zu kaufen kriegt.»

Armando lässt einen Lobgesang über neapolitanische Produkte los. Zitronen, Oliven, Mandeln ... Ich höre gar nicht genau hin, weil mir der weiße Hund nicht mehr aus dem Kopf geht. Wenn Armando ihn kennt, dann verhält es sich mit Nonna Lucia genauso. Sie lebt seit jeher in dem Dorf. Sie muss einfach wissen, wer in welchem Haus wohnt, wer miteinander verheiratet ist, und wahrscheinlich auch, wer mit wem ein Techtelmechtel hat oder hatte. Wen welche Krankheit oder welches Gebrechen plagt. Sie kennt alle Kinder und weiß vielleicht sogar, welche außerehelich gezeugt wurden, bei einem Seitensprung, von dem selbst der Ehepartner keine Ahnung hat. Nonna Lucia sieht so aus, als könne niemand etwas vor ihr verheimlichen. Und so bin ich mir auch ganz sicher, dass sie Armandos Freund Alberto und seinen irischen Wolfshund kennt. Aber warum hat sie dann vorhin so getan, als wäre ihr die Wiedergeburt von Papa Clemente persönlich erschienen?

Als wir wieder zurück zum Haus kommen, klatschen und jubeln alle lautstark. Das ist mir fast unangenehm, und ich merke, wie eine peinliche Röte meinen Hals emporsteigt, bis hinauf zu meinen Wangen. Wenn ich Pech habe, leuchte ich gleich wie eine überreife Tomate. So viel Aufsehen wegen dem bisschen Autofahren!

Ich bemühe mich, den Wagen ordentlich abzustellen. Doch als der Motor aus ist und ich in die Gesichter sehe, merke ich, dass der Applaus gar nicht mir gilt. Marcellos Vater, der bereits ausgestiegen ist, kommt mir so vor, als wäre er gerade ein paar Zentimeter gewachsen. Er geht nicht, er tänzelt auf die

Zuschauer zu, streckt seine Brust nach vorne und klopft mit der flachen Hand darauf. Dann sagt er stolz: «*Papà gli ha insegnato* – Papa hat es ihr beigebracht.»

Kopfschüttelnd klettere ich aus dem Bus.

Am nächsten Morgen stehen wir in aller Herrgottsfrühe auf. Nonna Lucias Gepäck hat sich über Nacht auf wundersame Weise verdoppelt. An Koffern hat es ihr nicht gemangelt. Gleich mehrere Nachbarn haben sich angeboten, ihr mit Ersatz auszuhelfen. Nonna hat sich für einen großen Koffer und zwei Reisetaschen entschieden. Außerdem hat sie noch ein paar Tüten voll mit Lebensmitteln eingepackt. Man könnte fast meinen, die alte Dame möchte wirklich für immer bei uns einziehen.

Marcello fährt die erste Strecke. Nonna Lucia hält einen kleinen Korb mit einer großen Thermoskanne voll Espresso und ein paar Hörnchen auf dem Schoß, um ihn während der Fahrt zu versorgen. Der große Proviantkorb befindet sich bei uns hinten. Ich muss sagen, dass es tatsächlich gemütlich geworden ist mit dem Matratzenlager und den Kissen als Polsterung. Wäre ich hier nicht mit Stella und Concetta, sondern mit meinen Schwestern oder ein paar Freundinnen unterwegs, könnte es sogar sehr lustig werden. Allerdings hätte ich den Wagen dann mit vielen bunten Blumen und einigen Peacezeichen dekoriert.

Stella sitzt mit ihrer Mutter auf der einen Seite, ich mit dem Rücken gegen die Wand auf der anderen. Nonnas Koffer nutzen wir nicht als Sitzbank, sondern als Tisch in einer Ecke. Das restliche Gepäck haben wir hinter den Fahrersitzen gestapelt und gut befestigt, damit es nicht quer durch den Bus segelt, wenn wir bremsen müssen. Unsere Schuhe haben wir ausgezogen. Ich kann wenigstens aus dem Fenster nach draußen schauen, die beiden anderen haben die Klappe vor sich. Wenn wir eng zusammenrutschen, könnten wir sogar zu dritt nebeneinander eine Runde schlafen, was gar nicht schlecht wäre in Anbetracht der Tatsache, dass ich auch irgendwann fahren muss. Allerdings müsste Concetta dann aufhören, die ganze Zeit zu reden. Sie hat damit angefangen, seit wir eingestiegen sind, und nicht mehr aufgehört. Erst hat sie die Geschichte mit dem weißen Hund wieder aufgerollt, dann sind ihr noch andere wundersame Ereignisse eingefallen, die sich in Casamarciano abgespielt haben. Dabei tauchen immer wieder Verstorbene auf, die in Gestalt eines Tieres herumspazieren, so wie das kleine Eichhörnchen im Garten der Witwe Antonella. Wir haben halb sechs Uhr morgens. Ohrstöpsel wären jetzt nicht schlecht, denke ich.

Da sagt Stella, die bisher sehr ruhig war: «Mama, jetzt hör doch mal auf zu reden. Das nervt! Ich bin total müde. Und Julia möchte bestimmt schlafen, weil sie nachher fahren muss.» Stella sieht zu mir rüber. «Stimmt doch, oder?»

«Noch einmal ein bisschen die Augen zumachen wäre schon nicht schlecht», stimme ich zu.

Concetta verstummt, und Stella streckt sich lang auf der Matratze aus. Sie hat vor Aufregung die letzte Nacht kaum geschlafen, wie sie uns erzählt, und döst sofort ein. Concetta streicht ihrer Tochter zärtlich über das Haar.

«Du solltest auch etwas schlafen, wenn du kannst», ertönt Marcellos Stimme von vorne.

Ich greife mir eines der losen Kissen, lege mich neben Stella und schließe die Augen. Was für eine verrückte Aktion! Concetta fängt im Sitzen an zu schnarchen, aber das höre ich nur noch gedämpft. Die letzten Tage waren anstrengend. Und ich habe in der Nacht auch kaum geschlafen. Es dauert nicht lange, dann bin ich auch weggedämmert, und die ruckelnden Bewegungen lullen mich ein ...

Ein dumpfer Schlag gegen mein Schienbein reißt mich aus

dem Schlaf, und ich setze mich abrupt auf. Mein Blick fällt sofort auf Stella. Hat sie mich etwa wieder getreten? Nein, sie scheint seelenruhig zu schlafen. Auch Concetta schnörchelt leise weiter vor sich hin. Ob ich nur geträumt habe? Ich reibe mir meinen Knöchel. Warum trifft es ausgerechnet immer den Fuß, den ich mir verletzt habe? Er schmerzt, das war definitiv kein Traum. Wenn sie sich nur schlafend stellt, macht sie das wirklich gut. Aber warum sollte sie mich noch mal getreten haben? Vielleicht bin ich im Schlaf nur gegen den Korb gerollt. Teilweise ruckelt der Wagen ja ganz schön. Die Stoßdämpfer sind gewiss nicht mehr nach neuestem Standard. Auf jeden Fall bin ich hellwach. Draußen scheint mittlerweile die Sonne. Ein Blick auf die Uhr sagt mir, dass wir schon halb acht haben. Ich habe also über zwei Stunden geschlafen.

«Wie lang fahren wir noch?», fragt Stella und reibt sich die Augen.

«So ungefähr dreizehn Stunden», sage ich zu ihr. «Vielleicht auch länger, je nachdem, wie wir durchkommen.»

«Dann sind wir gegen halb neun abends zu Hause?»

«So in etwa», stimme ich zu. «Aber sag mal, du kannst echt ganz gut rechnen. Meine Schüler in der fünften Klasse hätten länger gebraucht, bis sie die Uhrzeit rausgefunden hätten.»

«Ach was», winkt Stella ab, «das war ja wohl total einfach.»

«Ja, aber es war trotzdem gut», sage ich.

Da ruft Marcello von vorne: «Boxenstopp!»

Ich rappele mich aus dem Matratzenlager auf und taste mich vorsichtig nach vorne. «Wo sind wir?», frage ich Marcello.

«Ein ganzes Stück hinter Rom. Wir haben schon zweihundertfünfzig Kilometer geschafft.»

«Und wie geht es dir?», frage ich mit Blick auf Marcellos Großmutter, die erstaunlich frisch aussieht.

«Ganze gut, Kind», sagt Nonna Lucia.

Marcello nimmt die nächste Ausfahrt und fährt auf den Rastplatz zu. Auf dem Dach prangen die weiß-roten Buchstaben des *autogrill*-Schildes. Bisher war ich nur zweimal in Casamarciano, und beide Male sind wir geflogen. Von den Autobahnraststätten hört man ja nichts Gutes. Laut, hektisch und schmutzig, das hat zumindest Lisa erzählt, die schon mit dem Auto in Italien unterwegs war. Und das heißt was, denn Lisa ist selbst nicht gerade ordentlich und kann Chaos normalerweise ganz gut ertragen. Aber der *caffè* soll trotzdem gut sein.

Marcello hält an und klatscht in die Hände. «Meine Damen, bitte alle aussteigen!» Dafür, dass er erst gar nicht begeistert von der Idee war, die Reise mit dem Eiswagen anzutreten, scheint er auf einmal verdammt gute Laune zu haben.

Ich öffne die rückwärtige Tür, springe aus dem Bus und helfe Concetta und Stella beim Aussteigen.

Marcello geht um den Wagen herum und öffnet die Beifahrertür. Nonna Lucia reckt und streckt sich, als sie aus dem Wagen steigt, und sagt zu Marcello: «*Guidi meglio di tuo padre* – Du fährst besser als dein Vater.»

Marcello legt seinen Arm um die Schultern seiner Großmutter. «*Lo so* – Ich weiß.»

Die Raststätte ist relativ gut besucht, und es ist sehr laut. Aber es ist überraschend sauber. Alles ist ordentlich, und die vielen lecker belegten *tramezzini* sehen appetitlich aus. Außerdem gibt es hier tatsächlich einen verdammt guten Espresso, wie ich feststelle. Wir haben zwar genügend eigenen Proviant dabei, gönnen uns aber ein leckeres Frühstück, außer Nonna Lucia. Die tunkt ihre eigens mitgebrachten Hörnchen in den Kaffee.

Als wir fast aufgegessen haben, sagt Stella zu ihrer Mutter, sie müsse dringend zur Toilette.

«Ische gehe auch.» Nonna Lucia erhebt sich von ihrem Stuhl und schließt sich den beiden an.

Kauend blicke ich den dreien hinterher. Sie sehen nebeneinander wirklich drollig aus. Jetzt fehlt nur noch Großmutter Flora in der Reihe, denke ich. Dann wären vier Generationen komplett. Urgroßmutter Lucia ist kleiner als ihre Enkelin Concetta, hat aber ein genauso ausladendes Becken wie sie. Und auch die anderen Körperregionen sind ähnlich geformt. Alle sehr rund und prall. Und die beiden haben auch einen ähnlichen Gang. Die linke Hüfte kippt beim Gehen etwas mehr runter als die andere Seite. Es sieht fast so aus, als wäre ein Bein kürzer als das andere. Stella hingegen ist schlank und hat lange Beine. Sie wird bestimmt mal größer werden als die beiden. Ihr Gang ist locker und leicht wie der einer Gazelle. Alle drei haben ihr Haar zusammengebunden. Nonna trägt wie üblich einen Dutt, Concetta hat sich eine Banane gedreht, und Stella hat einen langen Pferdeschwanz. Jedenfalls hat Flora kein großes Interesse an Deutschland, wie sie mir kurz vor der Abreise noch erzählt hat. Sie war bisher nur ein einziges Mal da, bei Concettas Hochzeit. Alle anderen Feste, wie Stellas Taufe oder ihre Kommunion, werden einfach zweimal gefeiert. Erst in Deutschland und dann in den Ferien in Italien.

«Ich bin immer wieder überrascht, wenn Nonna Lucia plötzlich Deutsch spricht», sage ich. «Wo hat sie das denn so gut gelernt?»

«Als sie in Deutschland gelebt hat.»

Ich schaue überrascht auf. Marcello hat mir erzählt, dass sein Großvater als Gastarbeiter nach Deutschland gekommen war. Er arbeitete als Landschaftsgärtner und schickte jeden Monat Geld für die Verwandten nach Italien. Da Nonno sich ganz gut mit seinem Chef verstand und ihm auch privat im Garten half, hat er auch für Armando einen Arbeitsvertrag bekommen und ihn mit sechzehn Jahren nachgeholt.

«Ich wusste nicht, dass Nonna auch nach Deutschland gekommen ist. Ich dachte immer, sie sei mit den Mädchen in Casamarciano geblieben.»

«Nein, sie ist mit meinem Vater zusammen gekommen.»

«Und deine Tanten, waren die auch in Deutschland? Nonna ist doch bestimmt nicht ohne ihre halbwüchsigen Töchter gegangen», frage ich und lecke mir den Milchschaum meines Cappuccinos von der Oberlippe.

Marcello nickt. «Doch, die sind bei einer Schwester meines Großvaters untergekommen, die ein großes Haus hatte. Nonna hat ihnen jeden Monat Geld geschickt. Mein Vater hat mal erzählt, dass er am Monatsende nur einen kleinen Teil seines Lohns für sich behalten durfte, den Briefumschlag mit dem restlichen Gehalt hat er immer seiner Mutter gegeben. Sie war es, die die Finanzen verwaltet hat.»

«Es muss schwierig für Nonna gewesen sein, ihre fünf Mädchen zurückzulassen. Und wann sind deine Großeltern dann wieder nach Italien gegangen?»

«Du fragst mich Sachen! Ich glaube, nach drei Jahren. Irgendwie gab es Ärger mit der Schwägerin, bei der meine Tanten damals untergebracht waren. Sie hat selbst noch Zwillinge bekommen, und es wurde ihr zu viel. Deswegen hat sie Papas Schwestern kurzerhand gegen den Willen ihres Mannes in ein Heim gesteckt. Aber Genaues weiß ich darüber auch nicht. Da musst du Nonna fragen. Aber sie redet wohl nicht gerne über dieses Kapitel.»

«Das kann ich verstehen! Es ist auch wirklich traurig.» Ich mag mir gar nicht vorstellen, meine Schwestern und ich wären als Kinder im Heim gelandet. Oder noch schlimmer, eine von uns wäre mit Mutti ins Ausland gegangen und die anderen beiden wären in ein Waisenhaus eingewiesen worden.

«Ja, aber damals ging es wohl nicht anders, da zählten einfach existenzielle Dinge. Mein Vater ist dann kaum volljährig in Deutschland geblieben und hat weiterhin Geld an die Familie geschickt. Und meine Mutter lernte er dann während eines Heimaturlaubs in Italien kennen. Aber das weißt du ja. Nonna hat uns später alleine besucht, mal für einen längeren Zeitraum, bestimmt zwei bis drei Monate. Da war ich so um die vier, fünf Jahre alt. Später waren ihre Besuche regelmäßig, aber kürzer. Ich glaube, ihr hat es ganz gut in Deutschland gefallen, aber Nonno wollte von Anfang an zurück zu seinen Zitronen und zu seinem Vulkan.»

«Dann ist es ja ganz schön, dass Nonna uns jetzt besucht. Und dass sie bei unserer Hochzeit dabei ist.» Ich gucke auf meine Uhr. «Wir sollten langsam zusehen, dass wir weiterfahren. Was meinst du, soll ich dich ablösen?»

«Nein, ich bin noch total fit. Eine Strecke schaffe ich noch. Ich würde sagen, wir machen irgendwo bei Florenz wieder eine Pause. Und wenn ich vorher müde werde, können wir ja unterwegs irgendwo tauschen.»

Marcello stellt unsere leeren Teller zusammen. Auf den anderen beiden liegen noch Reste der *tramezzini* von Stella und Concetta. Auch der kleine Korb mit den Hörnchen steht noch auf dem Tisch. «Die könnten jetzt langsam mal zurückkommen», sagt er und reckt den Hals.

«Ich seh mal nach, wo sie bleiben. Ich wollte sowieso noch zur Toilette.»

Als ich aufstehe und mich auf den Weg mache, kommen mir Concetta und Stella aufgeregt winkend entgegen.

«Nonna ist verschwunden!»

8.

Gli uomini devono parlare

DIE MÄNNER MÜSSEN REDEN

«Wie bitte? Das kann doch nicht wahr sein! Nonna kann doch nicht hier in der Raststätte abhandengekommen sein.» Marcello schüttelt den Kopf. «Ich wusste, dass noch irgendwas passiert. Allerdings dachte ich nicht, dass es gleich beim ersten Stopp so weit ist. Es wäre ja auch zu schön gewesen, wenn alles glattlaufen würde. Wann habt ihr sie denn zuletzt gesehen?»

«Na, auf der Damentoilette! Es war proppenvoll, und wir mussten warten, bis wir drankamen. Stella war die Erste, danach bin ich rein, weil Nonna die Toilette nicht gepasst hat, die gerade frei wurde. Sie hat nur die Nase gerümpft und mir zu verstehen gegeben, sie wolle warten. Als wir rauskamen, war Nonna nicht mehr da. Wir haben ewig gewartet, aber sie kam nirgends raus.»

«Und ihr seid euch sicher, dass ihr richtig nachgesehen habt?», frage ich und fange mir dafür einen bösen Blick von Stella ein.

«Wir haben an jede Toilettentür geklopft und nach ihr gerufen», sagt Stella. «Außerdem habe ich überall untendurch auf die Schuhe geguckt. Nonnas waren nicht dabei!»

Marcello fährt sich über den Kopf. «Dann werden wir sie wohl suchen müssen. Am besten bleibst du hier am Tisch, Julia, falls sie zurückkommt. Concetta und Stella gehen noch mal zur Toilette. Vielleicht ist sie euch doch irgendwie durch die Lappen gegangen. Und ich gehe zum Wagen. Ich würde ihr zutrauen, dass sie schon drinsitzt und wartet. Woanders angeheuert wird sie ja wohl kaum haben.»

«Das wollen wir nicht hoffen. Hat sie denn einen Autoschlüssel?», frage ich.

«Nein, den habe ich, auch den Ersatzschlüssel, aber es gibt einen Trick, wie sich die Beifahrertür ganz leicht öffnen lässt. Ich denke mal, sie kennt ihn. Sie ist ja früher öfter mit Nonno auf Eistour gefahren. Also, wir treffen uns gleich wieder alle hier, sagen wir, in zehn Minuten.»

Ich habe schon davon gehört, dass Mütter ihre Kinder oder Männer ihre Frauen an Raststätten vergessen, mutwillig oder auch nicht, aber dass Großmütter einfach so verschwinden, glaube ich nicht. Wenn ihr die Toiletten nicht gepasst haben, dann hat sie sich bestimmt eine andere gesucht. Ich würde ihr sogar zutrauen, dass sie ihr Glück bei den Herren versucht hat, obwohl ich mir nicht vorstellen kann, dass es dort hygienischer ist.

Wir haben jetzt halb neun. Eigentlich wollten wir nur eine kurze Rast machen ... Ich halte meine Augen angestrengt auf die Tür gerichtet und versuche, an den vielen Leuten vorbeizusehen. Nur wenig später taucht Nonna Lucia tatsächlich im Menschengewühl auf. Sie stützt sich zu meiner Verwunderung auf einen großen Kerl mit dunklen Locken, der über der Schulter einen Seesack und auf dem Rücken einen Gitarrenkoffer trägt. So wie es aussieht, hat sie ihren Gehstock verloren.

«Nonna!» Ich springe auf und laufe auf sie zu. «Da bist du ja! Wir haben uns schon Sorgen gemacht.»

Nonna Lucia schenkt mir ein strahlendes Lächeln, sodass man ihren Goldzahn unten in voller Gänze blinken sehen kann. Allerdings ist ihre Frisur ein bisschen durcheinandergeraten. «Dasse iste Nico. Er hatte misch gerettet.»

«Gerettet? Was um Himmels willen ist denn passiert?»

Nico lacht, und seine Augen blitzen. Es ist ein warmes, herzliches Lachen. «Ich habe Ihre Großmutter sozusagen aus dem Gebüsch gezogen. Sie ist umgekippt und kam nicht mehr hoch. Wie ein Maikäfer.»

«Warum denn aus dem Gebüsch?»

«Die Toilette waren nicht gute.»

Es dauert eine Weile, bis ich verstehe, was die beiden mir da gerade erzählen. Bei der Vorstellung, was sich da im Außenbereich gerade zugetragen hat, kann ich mir ein Lachen kaum verkneifen.

«Das ist sehr nett von Ihnen, dass Sie Nonna geholfen haben», sage ich schmunzelnd. «Ich bin froh, dass Sie Deutsch sprechen. Mein Italienisch ist grauenvoll.»

«Meins auch, zumindest dafür, dass meine Mutter Italienerin ist. Mein Vater ist Deutscher. Dummerweise bestand er darauf, dass bei uns zu Hause in Köln nur Deutsch gesprochen wird.»

«Ah, ich verstehe. Auf jeden Fall vielen Dank noch mal.» Ich halte Nonna meinen Arm hin. «Bist du verletzt?»

Gerade als sich Nonnas Retter verabschiedet hat, kommt Marcello zurück. Als er uns sieht, atmet er erleichtert auf. «Da bist du ja, Nonna. Wo warst du denn? Und wo ist dein Stock?»

«Im Gebusch», antwortet Nonna. «Vergessen.»

Marcello guckt mich an. «Weißt du, wovon sie redet?»

«Sie ist nach draußen ins Gebüsch gegangen, um ihrem Bedürfnis nachzukommen. Dabei ist sie umgekippt und kam alleine nicht mehr hoch. Nico, der Typ, den du vielleicht gerade noch gesehen hast, hat sie gesehen und ihr geholfen. Der Gehstock muss also irgendwo da draußen im Grünen liegen.»

«Nicht wirklich, oder?»

«*Sì, sì*», bestätigt Nonna, «*fuori* – draußen.»

«Stella und Concetta suchen auf den Grünanlagen alles ab

und kontrollieren sämtliche Bänke. Ihr müsst euch gerade verpasst haben.»

Der Stock liegt tatsächlich auf einem mit ein paar Sträuchern und Bäumen bepflanzten Wiesenstück nahe der Raststätte. Nonna muss ganz schön verwirrt gewesen sein, dass sie ihn dort einfach vergessen hat. Sie hat sich ein wirklich luftiges Plätzchen für ihr Bedürfnis ausgesucht. Zumindest von einer Seite ist der Ort gut einsehbar.

«Na, dann kann es ja jetzt weitergehen!», sagt Marcello, als Concetta und Stella eintreffen und wir sie aufgeklärt haben. Wir klettern in den Eiswagen, Marcello und Nonna vorne und wir anderen drei hinten. Gerade als Marcello den Zündschlüssel umdreht, macht sich auch meine Blase wieder bemerkbar. Durch die ganze Aufregung habe ich total vergessen, auch auf die Toilette zu gehen.

«Warte mal, Marcello», rufe ich nach vorne. «Ich muss auch mal.»

«Mädels, so kommen wir nie nach Hause!», moppert Marcello. Schnell springe ich raus und renne rüber zur Raststätte. Als ich Minuten später zurückkomme, sehe ich schon von weitem, dass Marcello ausgestiegen ist und sich mit jemandem unterhält. Es ist Nico. Seine Silhouette ist unverkennbar.

«Stell dir vor, Julia», sagt Marcello, «Nico arbeitet in der gleichen Agentur wie ich, allerdings in einer der Niederlassungen in Köln.»

«Du bist Programmierer?», frage ich atemlos. Ich hätte eher auf einen mittellosen Sänger oder brotlosen Künstler getippt. Sein Equipment, die alte zerrissene Jeans, darüber das T-Shirt mit dem Porträt von Jimi Hendrix, dann der Lockenkopf ...

«Nicht ganz, ich bin Graphikdesigner. Ich arbeite eng mit den Programmierern zusammen, aber im kreativen Bereich, in der Gestaltung.»

«Nico sucht eine Mitfahrgelegenheit», sagt Marcello. «Seine ist ihm abhandengekommen.»

«Wie das denn?»

Nico reibt sich das Kinn, dann antwortet er: «Na ja, meine Freundin und ich hatten einen kleinen Streit. Sie ist sozusagen spontan ohne mich weitergefahren.»

Nonna Lucia streckt ihren Kopf aus dem geöffneten Fenster. «*Che cosa stai aspettando? Sali Nico* – Worauf wartest du noch? Steig ein, Nico.»

Wir haben Viertel vor neun und einen Fahrgast mehr, als wir weiter mit Nonno Patrizios Eiswagen auf der *autostrada* in Richtung Firenze fahren.

Nico, der hinten neben mir Platz genommen hat, packt seine Gitarre aus. «Was wollt ihr hören?», fragt er.

«Kennst du was von Eros Ramazzotti?», frage ich. Concetta rümpft die Nase, aber Nico trällert sofort los.

«*Se bastasse una bella canzone, a far piovere amore* ... Wenn ein schönes Lied genügen würde, um Liebe regnen zu lassen.»

Ich habe das Lied schon häufig gehört, aber nie auf den Text geachtet. Wie auch, ich konnte ja kein Italienisch. Aber jetzt verstehe ich wenigstens ein paar Worte mehr. Nico hat eine schöne, weiche Stimme. Ich lehne mich zurück und schließe die Augen. Dabei kommt mir die komische Situation mit Nonna Lucia wieder in den Sinn, und ich muss nun doch grinsen.

Nonna Lucia und Stella applaudieren, als das Stück zu Ende ist, und fordern mehr. Mir soll das nur recht sein. Ich habe momentan keine Lust auf eine Unterhaltung. Ich genieße einfach die verrückte Situation, in der ich mich gerade befinde. So viel Aufregung gab es schon lange nicht mehr in meinem Leben. Ich habe zwar schon einige ausgefallene Dinge erlebt, die mir keiner nehmen kann, aber das ist schon ein Weilchen her.

Nach dem Abitur zum Beispiel bin ich mit zwei Freundinnen per Zug quer durch Europa gereist, nur Italien haben wir damals ausgelassen, weil Laura sich gerade von Alberto getrennt hatte und sich weigerte, auch nur einen Schritt ins Land seiner Vorfahren zu setzen. Also haben wir Spanien und Frankreich, Portugal und dann Belgien und Holland unsicher gemacht. Gleich in Spanien habe ich mich unsterblich in Enrico und seine feurigen Augen verliebt. Ich habe ihn in der Jugendherberge von Barcelona kennengelernt, wo er am Frühstücksbuffet gejobbt hat. Ich weiß noch ganz genau, welche Angst Steffi damals um mich hatte, als ich ihr am Telefon von meiner Schwärmerei erzählt habe. Sie befürchtete, ich würde nicht mehr zurückkommen – oder, noch schlimmer, mir von dem Kerl das Herz brechen lassen, so wie es Mama einst mit Hardy ging.

Aber beides ist nicht passiert. Ich bin tapfer nach einer Woche mit meinen Freundinnen weiter nach Frankreich gefahren, wo wir ein paar Tage bei der Weinernte auf einem sehr romantischen Weingut aushalfen, um uns ein wenig Taschengeld zu verdienen. Gegen die französischen Männer war ich immun, Enrico saß mir noch zu sehr in den Knochen. In Holland hatte ich ihn allerdings verdaut. Im Hafen von Rotterdam hat es mich wieder erwischt. Piet hatte es mir mit seinem süßen niederländischen Akzent angetan. Die Sache mit ihm hielt ein halbes Jahr. Wir besuchten uns gegenseitig an den Wochenenden und manchmal auch spontan nur für einen Tag. Von Essen bis nach Rotterdam ist man mit dem Auto etwa zweieinhalb Stunden unterwegs. Ich habe zu der Zeit als Servierkraft gejobbt, um mir die Benzinkosten leisten zu können. Aber dann habe ich angefangen, Kunst zu studieren. Ich hatte nicht damit gerechnet, dass ich überhaupt einen Studienplatz bekommen würde, weil ich davon überzeugt war, dass ich die Aufnahmeprüfung mit Bravour versemmelt habe, aber ich hatte bestanden. Damals wohnte ich noch zu Hause bei meiner Mutter, gemeinsam mit Lisa. Steffi hatte ihre Ausbildung zur Krankenschwester abgeschlossen und stand auf eigenen Beinen. Sie war schon immer die Vernünftigste von uns dreien. Wahrscheinlich liegt es daran, dass sie als Älteste früh die Verantwortung für Lisa und mich übernommen hat.

Das dritte Semester meines Kunststudiums habe ich als Austauschstudentin in England verbracht. Danach habe ich zwei Monate als Aushilfslehrerin in einer englischen Schule Deutsch als Muttersprachlerin unterrichtet, weil ich komplett pleite war und nicht schon wieder meine Mutter anpumpen wollte. Während dieser Zeit habe ich Steven kennengelernt, den ich für weitere drei Monate quer durch Australien begleitet habe. Mein Entschluss, für immer mit Steven dort zu bleiben, um Schafe zu züchten, scheiterte an der Tatsache, dass er auf einmal kalte Füße bekam und lieber wieder zurück nach England wollte. Aber da wollte ich nicht mehr hin. Und so fuhr ich heim nach Deutschland, wieder pleite. Und da mir die beiden Monate in der englischen Schule gut gefallen haben, entschied ich mich dafür, neben Kunst auch Hauswirtschaft und Pädagogik zu studieren und mein Leben endlich in vernünftige Bahnen zu bringen. Als Lehrerin mit den Schülern zu malen und ein bisschen zu kochen, würde mir bestimmt viel Spaß bereiten, dachte ich damals. Und genügend Zeit zum Reisen hätte ich dann in den Ferien auch.

Während dieser Zeit habe ich in einer WG mit netten Leuten gewohnt, die alle ein bisschen speziell und vor allen Dingen kreativ waren. Unsere WG-Partys waren der Renner. Ich habe zwar etwas länger als normal üblich studiert, insgesamt zwölf Semester, aber ich habe mir mein Studium so gut wie selbst finanziert und es immerhin mit einer glatten Eins abgeschlossen. Und dann bin ich in meine erste eigene Wohnung gezogen und habe Marcello kennengelernt. Seitdem hat mein Leben etwas, das ich so vorher nie kannte: Struktur. Und das hat mich auch sicher durch das Referendariat gebracht, denn in dieser Zeit erfuhr ich, dass ich die Arbeit als Lehrerin total unterschätzt habe. Gerade Fächer wie Kunst und Hauswirtschaft müssen gut vorbereitet werden, sonst laufen sie aufgrund der Freiräume, die man den Schülern einräumt, komplett aus dem Ruder.

Nico stimmt nun nach ein paar italienischen und englischen Melodien ein deutsches Lied an. Ich lächle ihm zu, als er mit trauriger Stimme singt: «Sag mal, weinst du, oder ist das der Regen, der von deiner Nasenspitze tropft. Sag mal, weinst du ...»

Mich würde ja interessieren, was da zwischen ihm und seiner Freundin vorgefallen ist, aber ich will nicht nachfragen im Beisein von Stella. Die zeigt sich momentan von ihrer besten Seite. Sie hört Nico aufmerksam zu, und als das Lied zu Ende ist, sagt sie aufmunternd zu unserem Mitfahrer: «Du musst nicht traurig sein. Im Leben hat immer alles seinen Sinn. Da kannst du gerne meine Bisnonna fragen, die ist schon alt und kennt sich damit aus.»

«Das werde ich, Kleine, wenn ich nachher Marcello mal beim Fahren ablöse. Danke für den Tipp.» Er sieht Concetta und mich an. «Natürlich nur, wenn ihr nichts dagegen habt. Ich hatte es Marcello vorhin angeboten. Die Strecke ist ja doch ziemlich lang, und da ist ein zusätzlicher Fahrer nicht verkehrt.»

Concetta nickt, doch ich habe eigentlich etwas dagegen. Wir kennen Nico doch kaum, geschweige denn seine Fahrkünste. Er scheint meine Skepsis zu bemerken.

«Keine Angst», versucht er mich zu beruhigen, «ich kenne mich mit VW-Bussen aus. Ich habe jahrelang einen Bully gehabt, mit dem bin ich regelmäßig nach Holland zum Surfen gefahren. Ich kann direkt die nächste Strecke übernehmen. Dann fährst du später in der Schweiz oder in Deutschland.»

Ich bin hin und her gerissen. Anscheinend traut Marcello mir doch nicht wirklich zu, dass ich mit dem Eiswagen klarkomme. Auf der anderen Seite klingt das Angebot verlockend, denn dann wird Marcello zu uns nach hinten kommen. Und Nonna Lucia wird schon aufpassen, ob Nico auch vernünftig fährt.

«In Ordnung», sage ich also.

Die nächste Rast verläuft ohne Zwischenfälle, niemand geht verloren. Als wir zum Wagen zurückkommen, stehen zwei junge blonde Frauen davor. Das wird eng, wenn wir die jetzt auch noch mitnehmen, denke ich. Aber daran scheinen sie gar kein Interesse zu haben.

«*Gelati?*», fragt eine von ihnen und zeigt auf die Eisklappe.

Nonna Lucia schüttelt den Kopf, wackelt mit dem Zeigefinger und macht ein schnalzendes Geräusch mit der Zunge. «*No gelato!*»

Lachend kläre ich meine Landsleute auf, und die beiden Frauen ziehen enttäuscht ab.

Nonna Lucia öffnet die hintere Tür. «*Mi siedo con le donne* – Ich setze mich zu den Frauen.»

Marcello wirft mir einen ratlosen Blick zu und zuckt mit den Schultern. Also helfe ich Nonna Lucia beim Einsteigen, und sie sieht sich im hinteren Bereich um. Dann schiebt sie eines der Sitzkissen zur Seite und bringt stattdessen ihren Koffer in Position. Sie lässt sich darauf nieder, streckt ihre kurzen Beine aus, sodass ihre Füße in der Luft schweben.

Stella setzt sich auf die Matratze neben sie, sodass ich diesmal neben Concetta lande.

«*Gli uomini devono parlare* – Die Männer müssen reden», erklärt Nonna Lucia.

Nico sitzt am Steuer und dreht den Schlüssel herum. Ich muss gestehen, dass es eine kleine Genugtuung für mich ist, dass ihm der Wagen genauso absäuft wie mir gestern.

«Mit dem Gas musst du ein wenig spielen», erklärt ihm Marcello.

Den Spruch hat er bei mir auch gebracht, aber er erwies sich als nutzlos. Armando und sein Tipp mit dem Küssen fallen mir wieder ein, aber den spare ich mir in dieser Situation vorsichtshalber. Immerhin ist Nico gerade von seiner Freundin sitzengelassen worden, wer weiß, wo er uns hinkatapultiert, wenn ich jetzt mit einem Liebesvergleich komme.

«Komm schon, Baby», sagt Nico und klopft auffordernd auf das Lenkrad. «Du weißt doch, dass ich dich gernhab. Jetzt mach schon!»

Erstaunt lausche ich seinen Worten. Der kleine Zuspruch scheint dem Eiswagen tatsächlich zu gefallen. Er verhält sich wie bei mir, als ich ihn zärtlich geküsst habe. Vielleicht hat er ja doch so etwas wie eine Seele, denke ich. Der Motor springt an, und der Bus rollt ohne Probleme vom Parkplatz.

«*Lui è molto sensibile* – Er ist sehr sensibel», sagt Nonna Lucia. «*Ed è un bel tipo* – Und sieht sehr gut aus.»

Spricht Nonna Lucia etwa von Nico? Und warum sieht sie dabei ausgerechnet mich an? Sie denkt doch nicht etwa, ich könnte mich in Nico vergucken, so kurz vor der Hochzeit? Ob sie etwa deswegen nach hinten in den Wagen gekommen ist, um mir auf den Zahn zu fühlen?

Und so sage ich voller Überzeugung: «Marcello sieht viel besser aus. Und er ist auch sensibel.»

Nonna Lucia lacht. «*Naturalmente, lui è un Esposito* – Selbstverständlich, er ist ein Esposito.» Plötzlich wandelt sich Nonnas Stimmung, als sie nachdenklich hinterherschiebt: «Er kommte ganze nach seine Nonno.»

Bei dem Chaos um die Rückfahrt bleibt eine Sache die ganze Zeit schon sprichwörtlich auf der Strecke. Nonna Lucia hat gerade ihren Patrizio verloren. Was wohl in ihr vorgeht? Wie fühlt es sich an, wenn man sich nach einer gefühlten Ewigkeit von dem geliebten Menschen an seiner Seite verabschieden muss? Die beiden haben immerhin sechzig Jahre ihres Lebens miteinander verbracht. Und sie hatten es nicht immer leicht. Dass sie ohne ihre Töchter nach Deutschland gegangen sind, weil nicht genügend Geld da war, war sicher schlimm. Aber bestimmt hat es sie als Paar noch mehr zusammengeschweißt. Wie viel Kraft und Energie muss diese Frau in sich haben, dass sie jetzt mit uns im umgebauten Eiswagen ihres verstorbenen Ehemannes die lange Strecke nach Deutschland fährt?

«Schön, dass du dabei bist», sage ich spontan zu ihr. «Wann warst du denn das letzte Mal in Deutschland?»

Nonna Lucia überlegt nicht lange. Sie kneift in Stellas Wange. «*Alla nascita* – Bei ihrer Geburt.»

«Du warst im Krankenhaus dabei?»

«*Sì*, genau.»

«Nonna war bisher bei allen Geburten dabei, auch bei den Urenkeln», sagt Marcellos Cousine. «Sie passt immer auf, damit auch alles gutgeht. Sie hat sogar Stellas Nabelschnur durchgeschnitten. Nicht wahr, Nonna?»

Nonna nickt. Dann kneift sie der armen Stella ein weiteres Mal in die Wange. «*Stella era intrattabile* – Stella war schwierig.» Dann verzieht sie das Gesicht und ergänzt: «*E lo è ancora!* – Und sie ist es noch!»

«Nonna!» Stella will die Hand der alten Dame wegschubsen, aber Nonna reagiert blitzschnell. Sie packt Stellas Hand und hält sie fest. Damit hat Stella nicht gerechnet. Sie versucht sich aus Nonnas Griff zu befreien, hat aber keine Chance. So viel

Kraft und Reaktionsvermögen hätte ich der alten Dame gar nicht zugetraut. Nach ein paar Sekunden lässt sie das Handgelenk ihrer Urenkelin wieder los. Der Blick, den sie ihr dabei zuwirft, ist liebevoll, aber dennoch streng.

«*Scusa*», nuschelt Stella kleinlaut.

Wieder einmal offenbart sich mir, dass Nonna Lucias Autorität unumstritten ist. «Schön, dass du bei allen Geburten dabei warst», sage ich zu ihr. «Das ist bestimmt ein ganz tolles Gefühl.» In dem Moment fällt mir Marcellos Schwester ein. «Rebecca!»

Nonna Lucia zeigt mir ihr breites Goldzahnlächeln. «*Ragazza intelligente* – Cleveres Mädchen.»

Das heißt dann wahrscheinlich, dass Nonna einen längeren Deutschlandaufenthalt plant.

«Ich bin schon gespannt, ob es ein Junge oder ein Mädchen wird», sage ich. «Aber in fünf Wochen ist es ja so weit.»

Nonna zieht eine Augenbraue nach oben. «*Chi lo dice?* – Wer sagt das?»

«Rebecca sagt das. Und die weiß es von ihrer Ärztin, die den Geburtstermin errechnet hat.» Sie hat erst relativ spät ihre Schwangerschaft bekannt gegeben, als wir den Hochzeitstermin schon festgesetzt und die Einladungskarten verschickt hatten. Hätte sie es früher erzählt, hätten wir den Termin nach vorne verlegt, damit nicht Geburt und Hochzeit am Ende noch zusammenfallen. «Denkst du, es kommt früher zur Welt?»

«*Lo so* – Ich weiß es. *Egli nasce prima* – Er kommt früher.»

«Er?», frage ich, und Nonna nickt. Rebecca hat bisher ein großes Geheimnis aus allem gemacht, was mit ihrer Schwangerschaft zu tun hat, auch das Geschlecht des Kindes hat sie nicht verraten.

«Hör darauf, was Nonna dir sagt. Sie kennt sich aus mit so was», sagt Concetta.

Und Stella fügt hinzu: «Sie kann dir sogar sagen, wie viele Kinder du bekommst.»

«Echt? Wie viele denn?» Erwartungsvoll schaue ich Nonna an. Ich wünsche mir zwei, am liebsten Mädchen. Aber Hauptsache natürlich, sie sind gesund.

Nonna Lucia zeigt auf einen der Ringe, die ich trage, und hält mir ihre offene Hand entgegen.

«Der ist nicht von Marcello, den hat meine Oma mir geschenkt.» Ich zeige auf meinen Verlobungsring. «Der ist von Marcello.»

«Der vonne die Nonna *iste* gute.»

Der Ring lässt sich zum Glück leicht abziehen. Ich überreiche ihn Nonna. Die zieht ihn auf ihre lange goldene Halskette auf.

«Wenn er im Kreis pendelt, ist es ein Mädchen, hin und her bedeutet Junge», sagt Stella, die das Prozedere zu kennen scheint.

Nonna Lucia greift nach meiner Hand. Dann lässt sie die Kette über ihrem Handgelenk auspendeln. Ich schaue ihr gespannt zu, obwohl ich an so was eigentlich gar nicht glaube. Es ist still im Wagen, man hört nur das Motorengeräusch, und hin und wieder das Quietschen der Karosserie. Auch von den beiden Männern, die die ganze Zeit vorne gequatscht haben, hört man gerade nichts. Doch plötzlich schwenkt nicht der Ring zur Seite aus, sondern das Fahrzeug. Erst nach rechts, dann links aus. Ich rutsche auf Concetta, und Stella auf Nonna. Die Kette segelt durch die Luft.

«*Stronzo!*», rufen Marcello und Nico gleichzeitig und regen sich lauthals über irgendeinen Autofahrer auf, der die beiden offensichtlich geschnitten hat. Auf Italienisch schimpft es sich leichter, denke ich und schaue mich nach meinen Mitfahrern um.

Stella und Concetta rappeln sich wieder auf. Marcello erkundigt sich nach unserem Befinden. Nonna bekreuzigt sich ein paarmal, aber es scheint alles in Ordnung zu sein.

«Alles okay bei uns», rufe ich nach vorne. Dann krabbele ich durch den Wagen und hole mir die Kette.

«Das bedeutet jetzt aber nicht, dass ich keine Kinder bekommen werde», scherze ich.

Nonna Lucia lächelt mich an. «Keine Sorge. Du kriegste Kinder, aber ... *Abbiamo bisogno di calma* – Wir brauchen dafür Ruhe. Die Wagen wackelt zu sehr.»

«Es eilt ja nicht.» Es ist verrückt, obwohl ich nicht daran glaube, beruhigt mich Nonna Lucias simple Erklärung.

«Zia Donatella hätte das auch aus deiner Hand lesen können. Ich bekomme später mal drei Kinder, zwei Jungen und ein Mädchen», sagt Stella.

«Donatella, pah!» Nonna Lucia wischt mit der Hand durch die Luft. «Handlesen, Hokuspokus!»

«Aber ihr wisst doch, dass ...» Weiter kommt Stella nicht, denn Concetta lässt ihre Tochter nicht ausreden. Auf einmal lenkt sie das Gespräch in eine ganz andere Richtung.

«Apropos Lesen», sagt Concetta. «Kinder sind wundervoll, aber sie bereiten auch Sorgen. Ich zum Beispiel habe Sorge, dass Stella niemals richtig lesen kann.»

Aha, denke ich, Concetta greift die Gelegenheit beim Schopfe, um Stella auf ihren Nachhilfeunterricht vorzubereiten. «Deswegen finde ich Julias Angebot gut, dass sie mit dir ein wenig üben will, *principessa*. Du weißt ja, sie ist Lehrerin. Sie kann dir bestimmt helfen.»

Stella reißt ihre Augen auf. «Mama!», ruft sie entsetzt. «Nein, ich übe lieber mit dir.»

Damit habe ich gerechnet. Gespannt warte ich auf Concettas Reaktion.

«Aber *principessa*, dann musst du aber auch wirklich mit mir lesen und nicht immer nur schimpfen, wenn wir anfangen wollen.»

«Einverstanden, Mama», säuselt Stella, aber sie hat die Rechnung ohne Nonna Lucia gemacht.

«*No!*»

Ich habe mit einer Zurechtweisung Stellas gerechnet, aber Nonna knöpft sich stattdessen Concetta vor. Schade, dass ich nicht viel verstehe, nur so viel, dass Concetta da gerade einen Erziehungsfehler gemacht hat, was ich allerdings auch so sehe. Stella hat ihre Mutter fest im Griff und scheint immer ihren Willen durchzusetzen.

«Wann könntest du denn kommen?», fragt Concetta mich, als Nonna ihre Zurechtweisung beendet und ihre Enkelin wieder umgestimmt hat. Stella wird gar nicht mehr gefragt. Und sie traut sich nicht, weitere Widerworte von sich zu geben.

«Wenn die Schule wieder angefangen hat, klappt es am besten mittwochs, so zwischen fünf und sechs, dann bin ich sowieso in der Nähe. Aber wir können ja schon in den Ferien loslegen.»

«Vielleicht klappt es dann schon besser, wenn du in die Vierte kommst», sage ich zu Stella. «Was meinst du? Dann bist du gut vorbereitet auf das neue Schuljahr.»

«Na gut», sagt Stella gedehnt.

Nonna Lucia hat wieder diesen unnachgiebigen Blick drauf, als sie zu Stella nur dieses eine Wort sagt: «*E?* – Und?»

«Danke, Julia, dass du mit mir lesen üben möchtest», sagt Stella gehorsam.

«Ach, das mach ich doch gerne. Ich freue mich darauf, wirklich. Gibt es denn irgendetwas, was du besonders gerne liest?»

Stella schüttelt den Kopf. «Keine Ahnung. Lesen ist mir zu langweilig.»

Und genau da liegt das Problem, denke ich und nehme mir vor, ihre Einstellung ein wenig zu ändern.

«*Leggere è come al cinema* – Lesen ist wie Kino.» Nonna Lucia legt ihren Arm um ihre Urenkelin. «*Solo nella mente* – Nur im Kopf.»

Der Spruch gefällt mir. Nonna Lucia gefällt mir. Sie versteht es, mit liebevoller Strenge Einfluss zu nehmen.

Da sagt Stella plötzlich: «Ich habe Hunger, wer noch?», und springt auf, um an den Proviantkorb zu gelangen. Dabei tritt sie auf meinen rechten Fuß, und ich mache große Augen.

«Oh, das tut mir leid, das wollte ich nicht! Ich habe nicht gesehen, dass du deine Beine so lang ausgestreckt hast.»

Ich verkneife mir den Impuls, nach meinem schmerzenden Fuß zu greifen, und beiße mir stattdessen auf die Lippe. «Was meinst du damit?», frage ich dann nur, um das Vertrauensverhältnis nicht gleich wieder zu zerstören.

«Ich habe dich doch eben gerade aus Versehen getreten.»

«Ich hab nix gemerkt.»

«Echt nicht? Ach so, na dann ...»

«Aber wenn du schon mal beim Proviantkorb bist, könntest du mir bitte eine Wasserflasche und vielleicht etwas Obst mitbringen?»

«*Per me un caffè*», meldet sich Nonna Lucia zu Wort und zwinkert mir zu.

9.

Un angelo per te

EIN ENGEL FÜR DICH

«Ciao, mach's gut!»

«Du auch!»

Nico und Marcello verabschieden sich, wie Männer das gerne machen. Sie umarmen sich und klopfen sich gegenseitig auf die Schulter. Wir sind über 1600 Kilometer weit bis nach Köln gefahren und haben den einen oder anderen Tank geleert. Ich bin froh, dass alles gut geklappt hat. Nico hat unsere Fahrt nicht nur durch seine musikalischen Einlagen bereichert, er hat Nonna Lucia, Concetta und Stella mit Charme und Witz um den Finger gewickelt und für gute Stimmung hinten im Bus gesorgt.

Als er mich danach in seine Arme nimmt und mich seine Locken an der Nase kitzeln, finde ich es fast ein bisschen schade, dass wir uns voneinander verabschieden müssen. Er scheint es ähnlich zu sehen, wie ich überrascht feststelle, als er «Es ist verdammt ungerecht, dass die besten Frauen schon vergeben sind» in mein Ohr flüstert. Ich weiß gar nicht, was ich darauf antworten soll, aber das ist auch unwichtig, denn schon im nächsten Moment schiebt er mich wieder von sich weg. Mit roten Wangen klettere ich hastig zurück in den Eiswagen.

«*Un uomo affascinante* – Ein charmanter Mann», ertönt Nonna Lucias Stimme von hinten, und ich fühle mich ertappt, obwohl ich gar nichts verbrochen habe.

Nico winkt uns im Gehen noch einmal zu. Marcello hupt zum Abschied, dann fahren wir weiter.

«He, du weckst alle Leute auf», sage ich zu ihm, «es ist immerhin mitten in der Nacht.»

«Stimmt, hab ich gar nicht daran gedacht. Wir sind ja wieder in Deutschland.» Marcello grinst. «Nicht, dass jetzt alle aus den Häusern gelaufen kommen und *gelati* wollen.» Dann dreht er sich um und verkündet lauthals: «Nächste Station Duisburg!»

«Was für ein Glück!», ruft Concetta. «Dann haben wir es endlich auch geschafft. Ich kann schon nicht mehr sitzen.»

«Eine Dreiviertelstunde noch», rufe ich zurück. «Soll ich nicht lieber fahren, Marcello? Du bist doch bestimmt total platt.»

Ich bin gerade mal eine Strecke gefahren, die restlichen haben sich Nico und Marcello abgewechselt. Sie hatten richtig Spaß zusammen und haben fast ununterbrochen geredet.

«Ja, du hast recht», lenkt Marcello ein und gähnt auf einmal. «Lass uns tauschen.»

Es ist ein Uhr nachts, und ich fahre in einem altertümlichen Eiswagen über bekannte Gefilde in Richtung Heimat. Ein Glücksgefühl macht sich in mir breit. Ich wohne gerne im Ruhrpott, bin hier aufgewachsen, ab und zu mal für ein paar Monate weg gewesen, aber immer wieder zurückgekommen. Die A3 ist so gut wie leer, morgen ab sieben sieht es wieder anders aus, da reiht sich ein Stau an den anderen.

Marcello verschränkt seine Arme hinter dem Kopf und atmet tief durch. «Was für eine verrückte Aktion. Gut, dass Nico noch zu uns gestoßen ist. Zu dritt haben wir doch alles ganz gut gemeistert.»

«Hat er dir eigentlich erzählt, was zwischen ihm und seiner Freundin vorgefallen ist? Ist doch schon ziemlich krass, seinen Freund einfach so an einer Raststätte sitzenzulassen.»

«Sie hat ihn nicht sitzenlassen. Er ist ausgestiegen, weil er ihre Streitereien und ihr Gekeife nicht mehr ertragen hat.»

«Und er hat sie die ganze Strecke alleine nach Hause fahren lassen?»

«Nein, sie waren zu viert unterwegs, zwei Pärchen.» Marcello schaut mich von der Seite an. «Du wieder! Machst dir sofort Gedanken um sie, dabei kennst du sie doch gar nicht.»

«Ich finde nur, es hätte absolut gegen Nico gesprochen, wenn er sie einfach in Italien allein gelassen hätte.»

«Das stimmt allerdings. Aber er scheint echt in Ordnung zu sein. Übrigens ... er hat mir angeboten, auf unserer Feier mit seiner Band zu spielen. Sozusagen als Dankeschön. Sie spielen alles kreuz und quer, es wird dir gefallen. Nico hat mir seine Karte gegeben. Was hältst du davon?»

Nicos geflüsterte Worte schießen mir durch den Kopf. Ich beschließe, sie wirklich nur als nettes Kompliment anzusehen. «Klar, warum nicht? Wir müssen nur zusehen, dass wir einen Platz für sie frei machen.»

«Da finden wir schon was ...» Marcello schweigt einen Moment, dann sagt er: «Nico hat mir den Tipp gegeben, mir mal die Agentur in Köln anzugucken. Die Arbeit dort soll viel kreativer sein, und das Team total nett. Die brauchen einen neuen Programmierer. Und er meint, ein Wechsel zwischen den Standorten wäre bestimmt möglich.»

«Köln? Da bist du von Essen aus doch jeden Tag gut eineinhalb Stunden unterwegs – für eine Fahrt! Du weißt doch, was auf der Strecke immer los ist. Und du meckerst jetzt schon immer rum, dass du jeden Tag bis nach Düsseldorf musst.»

«Ja, schon. Aber wir wollten doch sowieso irgendwann umziehen. Deine Stelle in der Schule ist befristet, danach könntest du was in Köln suchen. Du sagst doch selbst immer, dass es eine schöne Stadt ist.»

«Aber doch nicht zum Wohnen. Das ist viel zu teuer, da legen wir mindestens ein Drittel mehr an Miete hin.»

Außerdem leben meine Mutter, meine beiden Schwestern und meine beste Freundin Conny in Essen. Ich möchte nicht woanders leben. Und so war das auch gar nicht ausgemacht. Dass das Gespräch sich in diese Richtung entwickelt hat, gefällt mir gar nicht. Meine gute Laune verflüchtigt sich.

«Ach, war ja auch nur so 'ne Idee», winkt Marcello ab. «Jetzt heiraten wir erst mal, und dann sehen wir weiter. Wer weiß, wie sich das alles noch entwickelt, auch mit deinem Job. Du hast doch letztens erst selbst gesagt, dass du irgendwann vielleicht noch Sonderpädagogik draufsetzen willst. Dafür wäre Köln doch ideal.»

Letztens war vor einem halben Jahr, als ich mitten im Referendariat steckte und mitbekam, dass meine Chancen auf eine Festanstellung nicht sehr rosig aussehen. Aber der Plan hatte sich dann sowieso erledigt, weil wir beide beschlossen haben, dass wir uns nach meinem Referendariat erst einmal auf uns konzentrieren.

«Ich versteh das nicht», sage ich, und meine Hände krampfen sich ums Lenkrad. «Wir wollten doch erst mal zur Ruhe kommen, du und ich. Wir hatten beide die letzte Zeit nur Stress. Und jetzt ...»

Marcello winkt ab. «Jetzt mach kein Drama draus. War doch nur 'ne Idee. Außerdem habe ich gerade so gute Laune, da will ich nicht über tiefgreifende Probleme reden.»

Na super, gute Laune hatte ich bis eben auch noch. Und außerdem ... «Tiefgreifende Probleme? Was meinst du damit?»

«Nichts, nur dass du gerne aus Kleinigkeiten welche machst.»

Ich finde zwar nicht, dass Marcellos Idee, wir könnten nach Köln ziehen, eine Kleinigkeit ist, aber wir sind beide müde und geschlaucht von der langen Fahrt. Hinten im Eiswagen schnarchen Nonna Lucia und Concetta um die Wette. Sie sind kurz vor dem Ziel eingeschlafen. Stella ist wach. Sie spielt irgendein Spiel mit ihrem Handy. Das leuchtende Display kann ich durch den Rückspiegel blinken sehen. Eine Taschenlampe und ein gutes Buch wären jetzt angebrachter, denke ich, da sagt Stella: «Also, wenn ihr mich fragt, mir gefällt Köln!»

So ein kleines Biest! «Vergiss es», sage ich über die Schulter hinweg nach hinten. «Und mach dir keine Hoffnungen. Ich würde notfalls auch nach Timbuktu kommen, um mit dir das Lesen zu üben.»

Ein kleiner, aber dafür umso breiterer Mann steht schon unten vor der Tür, als wir um zwei Uhr Concetta und die kleine *principessa* in Duisburg abliefern. Stellas Vater sieht aus wie aus einem Mafiosifilm entflohen. Er trägt eine Bundfaltenhose und ein weißes geripptes Unterhemd zu blitzblank polierten rotbraunen Herrenschuhen. Sein zu einem Zopf gebundenes Haar ist vorne schon lichter. Niemand in der Familie weiß genau, womit Rocco sein Geld verdient, und keiner fragt danach, wo die Elektrogeräte herkommen, die er hin und wieder mal anbietet. Er schließt seine beiden Prinzessinnen in die Arme, dann werden wir mit Wangenküsschen begrüßt. Nonna Lucia ist im Wagen sitzen geblieben, sie weigert sich auszusteigen.

«Sie kann mich nicht leiden.» Rocco grinst uns schief an. Viel auszumachen scheint ihm das ja nicht gerade. «Könnt ihr Waschmittel gebrauchen? Ich habe das ganze Regal voll im Keller.»

«Nein, lass mal gut sein», sagt Marcello. «Wir wollen gleich weiter nach Hause.» In dem Moment öffnet sich die Verkaufsklappe des Eiswagens, und Nonna Lucia schaut heraus.

«*Non servi a niente!* – Nichtsnutz!», ruft sie in die Nacht hinaus.

Rocco liegt eine deftige Antwort auf der Zunge, das kann man seinem Gesichtsausdruck ganz genau ansehen. Doch da greift Stella nach seiner Hand.

«Komm, Papa, ich bin müde.»

«Sì, principessa.» Rocco lächelt Stella an. Zumindest eins kann man ihm nicht nachsagen, dass er seine beiden Frauen nicht lieben würde. Er gibt Concetta einen liebevollen Klaps auf den Po, etwas zu fest für meinen Geschmack, aber Concetta scheint sich nicht daran zu stören, im Gegenteil. Sie schenkt ihrem Mann einen Blick, der in etwa erahnen lässt, was da heute noch zwischen den beiden passieren wird.

Nonna Lucia murmelt noch ein paar Worte, dann knallt die Klappe wieder zu.

Wir winken den dreien hinterher, und sie verschwinden im Hauseingang. Woher Stella nur ihre Größe und die schlanke Silhouette hat? Nach ihren Eltern kommt sie auf jeden Fall nicht.

Bis nach Essen sind es noch zwanzig Minuten. «Gleich sind wir zu Hause», sage ich und atme erleichtert auf. «Magst du nicht Nonna fragen, ob sie lieber vorne sitzen will?»

Nonna möchte lieber hinten auf ihrem Koffer sitzen bleiben. Dass sie Rocco gerade vor den Augen seiner Tochter beschimpft hat, wundert mich. Ich hätte ihr mehr Feingefühl zugetraut. Da hat Stella erwachsener reagiert als die beiden Streithähne. Hätte sie nicht eingegriffen, hätte Rocco das mit Sicherheit nicht auf sich sitzenlassen. Aber es war trotzdem auch ein lustiger Anblick, wie Nonna plötzlich in der Verkaufsluke erschienen ist.

«Deine Familie ist echt ...» Ich suche nach dem richtigen Wort. Verrückt trifft es nicht ganz, merkwürdig auch nicht. Speziell käme der Sache wohl am nächsten.

«Italienisch», sagt Marcello trocken und bringt die Sache damit absolut auf den Punkt.

In unserem Arbeitszimmer, das gleichzeitig Gästezimmer ist, steht eine Schlafcouch zum Ausziehen. Nonna Lucia beobachtet mich vom Türrahmen aus, wie ich das Bettlaken über die Polster ziehe. Als ich fertig bin, wippt sie ein paarmal prüfend auf ihrer Schlafstätte und nickt. Die Couch scheint ihr zu gefallen.

«Brauchst du noch was?» Ich habe ihr eine Flasche Wasser und ein Glas auf ein kleines Tischchen gestellt, dazu eine Packung Taschentücher.

«*No, grazie,* Giulietta.»

«Gerne.» Ich zeige auf die Rollos. «Möchtest du es dunkel oder hell?»

Nonna zuckt mit den Achseln. Sie kann besser Deutsch als ich Italienisch, aber alles versteht sie auch nicht. Als ich das Rollo nach unten ziehe, wackelt sie verneinend mit dem Zeigefinger.

Mein Blick fällt auf die hübschen Engelkarten auf meinem Schreibtisch, die meine Schüler mir am Ende des Schuljahres geschenkt haben. Die Figuren sind mit wenigen Strichen gezeichnet und leuchtend bunt mit Aquarellfarben ausgemalt. Ich greife nach einem besonders originellen Engel mit großen Flügeln, der eine schöne Blume in der Hand hält, und lehne das kleine Kunstwerk an ihr Wasserglas. «*Un angelo per te* – Ein Engel für dich. Damit du auch gut schlafen kannst.»

Nonna Lucia greift nach meiner Hand und hält sie für ein paar Sekunden fest. Sie sagt nichts, schaut mich einfach nur an. Und dann lächelt sie ihr vielsagendes Goldzahnlächeln.

10.

Non riesco a dormire da sola

ICH KANN ALLEINE NICHT SCHLAFEN

«Ich bin hundemüde, aber ich fürchte, ich bin viel zu aufgewühlt, um einschlafen zu können», sage ich zu Marcello, der neben mir in unserem Wasserbett liegt. Die Matratze umfängt sanft meinen Körper und ist eine Wohltat für meinen geplagten Rücken. Die letzten Tage waren doch verdammt anstrengend.

Marcello knipst die Nachttischlampe aus. «Komm her, so schläfst du doch immer schnell ein.»

Ich drehe mich auf die Seite, und Marcello kuschelt sich an mich. Es dauert nicht lange, da höre ich ihn leise vor sich hinschnorcheln. Wie kommt er eigentlich darauf, dass ich in dieser Position genauso schnell einschlafe wie er? Marcello atmet tief und ruhig ein, aber mit dem Ausatmen klappt es nicht so ganz geräuschlos. Das liege an seiner schiefen Nase, sagt er. Aber er traue sich nicht, sie operieren zu lassen. Marcello leidet an einer richtiggehenden Krankenhausphobie. Ihm wurde schon bei dem Gedanken übel, dass ich wegen meines gebrochenen Knöchels ein paar Tage stationär behandelt werden sollte. Keiner weiß, woher dieses Unwohlsein kommt. Dass er eines Tages die Nabelschnur unseres Kindes durchschneiden wird, kann ich vergessen. Dabei fallen mir wieder Stellas kleine Boshaftigkeiten ein. Und kurz darauf Nonna Lucias missglückte Pendelaktion. Sie hat gesagt, dass wir das irgendwann in Ruhe nachholen werden. Ich taste mit dem Daumen nach dem Ring. Schade, dass meine Oma unsere Kinder nie kennenlernen wird. So lasse ich meine Gedanken schweifen, bis mein Körper richtig schwer wird und ich endlich wegdrifte.

«*Dio mio!* – Mein Gott!» Eine tiefe, mir mittlerweile bestens bekannte Stimme reißt mich nur wenig später aus dem Schlaf. Gleichzeitig geht ein Ruck durch das Wasserbett, der einer riesigen Welle gleicht.

Marcello knipst das Licht an, und ich reibe mir meine Augen, weil ich nicht glauben kann, was ich da sehe. Nonna Lucia hat sich zwischen uns gezwängt. Sie trägt ein weißes Rüschennachthemd mit rosa Blümchen und auf dem Kopf eine aus demselben Stoff genähte Bettmütze, aus der ein paar graue Haare hervorlugen.

«*Come sul mare* – Wie auf dem Meer», sagt sie und wackelt fasziniert mit ihrem Hinterteil zwischen uns herum.

«Nonna!» Marcello macht eine wilde Handbewegung. «*Che cosa è?*»

Nonna Lucia setzt sich ächzend auf und blickt von ihrem Enkel zu mir. Anscheinend hat mein Engelchen nicht viel gebracht.

«*Non riesco a dormire da sola* – Ich kann alleine nicht schlafen. *Mi manca Patrizio* – Patrizio fehlt mir.»

«Dann schlaf du hier bei Julia, und ich geh rüber», sagt Marcello.

Was? Der Gedanke, hier mit Marcellos Nonna die Nacht zu verbringen, behagt mir gar nicht. Bevor er die Initiative ergreifen kann, springe ich schnell auf. Die Schlafcouch ist zu schmal für zwei Personen, darauf hat nur einer bequem Platz.

«Ich geh schon. Es ist doch deine Großmutter. Die fühlt sich bestimmt wohler bei dir.»

Bevor ein Widerspruch ertönt, bin ich auch schon drüben. Die Schlafcouch habe ich in unsere Wohnung mit eingebracht. Das gute Teil ist sage und schreibe um die zwanzig Jahre alt.

Sie hat das Kinderzimmer heil überstanden, das ich mir früher mit meinen Schwestern teilte, dann meine WG-Zeit und schließlich die kurze Episode, in der ich wirklich mal alleine gewohnt habe.

Bisher haben nur wenige Gäste bei uns übernachtet. Marcellos Freund Thomas, der nach Freiburg gezogen ist und nur noch selten zu Besuch kommt, war mal auf Heimatkurzurlaub hier. Und nach einem feuchtfröhlichen Mädelsabend hat Conny es sich darauf gemütlich gemacht. Und jetzt liege ich hier! Ob sich Nonna auch in Löffelchenposition an ihren Enkel schmiegt? Ich wickle mich in meine Decke und schlafe grinsend ein.

Es ist halb acht, als ich von selbst aufwache. Zu gerne würde ich mal richtig ausschlafen, aber irgendwie scheint der Wecker in mir noch nicht auf Schulferien eingestellt zu sein. Ich bleibe noch einen Moment im Bett liegen, dann stehe ich auf. Im Schlafzimmer ist noch alles friedlich. Ich widerstehe der Versuchung, durch den Türspalt einen Blick auf Nonna und Marcello zu werfen, gehe leise ins Bad und wasche mir das Gesicht. Ich überprüfe mein Äußeres im Spiegel und stelle fest, dass ich zwar übernächtigt aussehe, aber doch auch etwas Farbe im Gesicht bekommen habe. Die Bräune bringt meine blauen Augen noch mehr zum Leuchten und sieht bestimmt auch schön aus zu dem cremeweißen Hochzeitskleid.

Zufrieden greife ich nach dem Zahnputzbecher, dabei fällt mir ein merkwürdiges Glas auf, das auf der kleinen Ablage unter dem Spiegel steht. Nonna hat Spuren hinterlassen. Ein Teil ihres Gebisses grinst mich an. Da es keinen Goldzahn hat, gehe ich davon aus, dass es für den Oberkiefer ist. Mit Blick auf das Gebiss putze ich meine Zähne besonders gründlich. Dann lasse ich Wasser in die Wanne laufen, schütte etwas von «Cleopatras Milchbad» hinein, lege mich ins duftende Wasser und schließe die Augen. Es wird schon so schnell keiner ins Bad müssen, denke ich und bewege mich genießerisch im Wasser.

Es dauert keine fünf Minuten, da nehme ich Geklapper aus der Küche und dann Stimmen wahr. Marcello und Nonna sind also auch schon wach.

Wir haben keinen Schlüssel für unser Badezimmer. Der war von Anfang an nicht aufzufinden gewesen. Prompt wird die Tür geöffnet. Es ist Marcello. «Tut mir leid, Schatz, aber ich kann nicht mehr warten.» Marcello weiß, dass ich es gar nicht leiden kann, wenn er sein Geschäft, sei es nur sein kleines, verrichtet, während ich in der Wanne liege, mir die Zähne putze oder die Haare föhne. Trotzdem setzt er sich seelenruhig auf die Toilette, und ich höre zwangsläufig dem Plätschern in der Kloschüssel zu.

Da wird die Tür ein weiteres Mal geöffnet, und Nonna Lucia steckt ihren Kopf herein. *«Buongiorno»*, lispelt sie, spaziert zum Waschbecken und fischt ihr Gebiss aus dem Glas, um es sich dann ungeniert vor dem Spiegel einzusetzen. *«Caffè?»*, fragt sie uns dann mit einem breiten Lächeln.

«Ja, gerne», antworte ich, und Marcello nickt irritiert.

«Dass du so gelassen bleibst bei der ganzen Sache», ereifert er sich, als Nonna wieder verschwunden ist, und drückt die Klospülung. «Wir müssen unbedingt zusehen, dass wir irgendwo einen Ersatzschlüssel herkriegen. Notfalls montiere ich einen Riegel vor. Und noch eine Nacht neben Nonna überstehe ich übrigens auch nicht. Sie macht ganz eigenartige Geräusche, wälzt sich von einer Seite zur anderen – und redet dazu im Schlaf!»

«Echt? Was hat sie denn gesagt?», frage ich.

«Keine Ahnung, sie brabbelt ständig irgendwas Unverständliches vor sich hin.»

«Dann musst du wohl Ohrstöpsel nehmen.» Ich gehe schwer davon aus, dass Nonna in den nächsten zwei Wochen neben Marcello in unserem Schlafzimmer schlafen wird, ganz einfach, weil sie es so will. Und wenn ich eins in den letzten drei Tagen gelernt habe, dann ist es, dass man so gut wie machtlos ist, wenn Nonna Lucia sich etwas in den Kopf gesetzt hat.

Als ich eine Viertelstunde später in die Küche komme, schenkt Nonna mir einen Kaffee ein, aus Armandos Bialettikanne. Die Reste aus dem Proviantkoffer hat sie zu einem leckeren Frühstück verarbeitet. Es gibt die üblichen Cornetti, aber auch geröstetes Ciabatta und in dicke Scheiben geschnittene Fenchelsalami.

Als Marcello sein Hörnchen in den Kaffee tunkt, fällt mir wieder ein, dass er doch heute arbeiten wollte. «Sag mal, musst du nicht los? Du hast dir doch nur bis Dienstag frei genommen.»

«Nein, ich habe von Anfang an gesagt, dass ich drei Tage Urlaub nehme, und die hab ich auch bewilligt bekommen. Ich will heute ein bisschen zu Hause programmieren.»

«Hast du wieder ein privates Projekt angenommen? Du wolltest doch nicht mehr ...»

«Mariella hat mich gefragt, ob ich ihr eine Homepage entwerfe. Sie will sich selbständig machen.»

Wumms! Da ist sie wieder, die Ex. Und ich hatte sie gerade wieder vergessen. Das Hörnchen schmeckt auf einmal bröselig trocken, und der Bissen droht in meinem Hals stecken zu bleiben. Schnell schütte ich etwas Kaffee hinterher. Jetzt bloß nicht auf eifersüchtig machen, denke ich, sondern dem Gespenst ins Gesicht schauen.

«Stella hat mir erzählt, sie entwirft Hochzeitskleider», sage ich. «Vielleicht kann sie ja das alte Kleid von Nonna ...» Im selben Moment, in dem die Worte raus sind, möchte ich sie auch schon wieder zurücknehmen. Ich sollte mir echt angewöhnen, vorher nachzudenken, bevor ich etwas sage, besonders in Gefühlsdingen. Nonna ist mit ihrem Hörnchen beschäftigt und scheint zum Glück nichts mitgekriegt zu haben.

«Ich weiß nicht, ob sie Änderungen macht. Sie ist keine einfache Schneiderin, sie entwirft Kleider, sehr schöne und extravagante Modelle», sagt Marcello.

Mein weißes Etuikleid von der Stange schießt mir durch den Kopf. Es ist schlicht, ganz nett, aber es hat überhaupt nichts Besonderes. Ich hätte mich nie darauf einlassen sollen, aus Kostengründen auf ein schönes Hochzeitskleid zu verzichten. Aber wenigstens habe ich ja jetzt Nonnas Kleid. Und ich kenne das Geheimnis, das es umgibt. Ich beschließe, es auf jeden Fall zu tragen, zumal Marcello auch gar nicht weiter darauf reagiert.

«Macht nix, war ja nur so eine Idee. Steffi kennt eine türkische Schneiderin, die kann bestimmt helfen.»

«Vielleicht kann ich sie doch fragen, wir wollten uns sowieso heute treffen. Sie könnte aber auch vorbeikommen, denn sie würde unheimlich gerne mal Nonna wiedersehen. Du hättest doch nichts dagegen, oder?»

Natürlich habe ich was dagegen! Was hat Mrs. Perfect denn so kurz vor unserer Hochzeit bei uns zu Hause zu suchen? Ich reiße mich aber zusammen und sage: «Nein, wieso sollte ich?» Trotzdem füge ich dann noch hinzu: «Ich wundere mich nur, dass du mir bisher nichts von eurem Kontakt erzählt hast.»

Marcello zuckt mit den Schultern. «Ach, das hat sich so ergeben, als Mariella bei Nonna angerufen hat, um ihr ihr Beileid auszusprechen. Ich stand gerade zufällig in der Nähe, Nonna hat den Hörer an mich weitergegeben, und wir haben uns lose wegen der Homepage verabredet.»

Nonna Lucia sitzt mir am Frühstückstisch gegenüber und

lächelt mich breit an. Ich bin mir sicher, sie hat jedes Wort verstanden, tut aber so, als hätte sie überhaupt nichts von der Unterhaltung mitbekommen.

«Wann kommt sie denn?», frage ich.

«Also, es ist ja noch nicht ganz sicher, aber wenn, dann so gegen drei. Sie würde sich echt freuen, dich mal kennenzulernen.»

Na wunderbar! Ich bin jeden Mittwoch ab zwei Uhr bei Steffi, um auf Carlotta aufzupassen. Das weiß Marcello eigentlich auch. Und ich habe ihm gestern auf der Fahrt auch erzählt, dass ich vorher noch zu Conny wollte. Wenn das mal keine Berechnung war! Anderenteils ... so schätze ich Marcello gar nicht ein. Unüberlegt vielleicht, spontan, aber berechnend nicht. Eigentlich sind solche Gedanken ihm gegenüber unfair.

«Vielleicht komme ich nachher noch mit Carlotta zusammen. Ich muss mal sehen, wie sie drauf ist. Und wegen des Kleides musst du Mariella nicht fragen, das krieg ich schon woanders hin.»

«Das mit Carlotta ist eine gute Idee. Mariella mag Kinder. Sie freut sich bestimmt, wenn du sie mitbringst ...»

Als ich in meinen Polo steige, um zu Conny nach Essen zu fahren, komme ich ins Grübeln. Marcello sagte vorhin, er habe sich von Anfang an bis heute Urlaub genommen, damit er zu Hause programmieren kann. Aber er erzählte auch, dass er sich erst am Telefon in Casarmarciano mit Mariella verabredet hat. Zu dem Zeitpunkt hatte er aber seinen Urlaub schon längst in der Agentur abgeklärt. Soweit ich weiß, hat er noch Sonntagnacht eine Mail geschrieben und montags dann gleich nach der Landung mit seinem Vorgesetzten telefoniert. Dafür ist er kurz vor die Tür gegangen, als wir in der Warteschlange für unseren Mietwagen standen. Ich habe also nicht mitbekommen, was er dort besprochen hat. Und seiner Mutter hat er gesagt, wir müssten fliegen, weil er am nächsten Tag arbeiten müsste, und das wäre am Dienstag gewesen. Ein komisches Gefühl macht sich in meinem Bauch breit. Irgendwas stimmt da nicht, aber ich kann nicht wirklich einordnen, was es ist. Ich weiß nur, dass wir in knapp zwei Wochen heiraten werden. Und ausgerechnet jetzt funkt Marcellos Exfreundin hier herum. Die beiden haben sich nicht im Streit getrennt, das hat Marcello mir mal erzählt. Sie hatten einfach nur verschiedene Vorstellungen vom Leben und von der Zukunft, die Mariella auf jeden Fall in Italien sah. Und jetzt ist sie zurück ...

Ich bin froh, als ich endlich bei Conny bin. Den seelischen Beistand meiner besten Freundin habe ich jetzt bitter nötig. Wir haben uns während meines ersten Pädagogikseminars kennengelernt und uns auf Anhieb verstanden. Ohne Conny wäre ich wahrscheinlich vor Langeweile gestorben. Mit ihr wurde dieses Seminar zu einem echten Erlebnis. Die Rollenspiele, die wir gemeinsam vor versammelter Mannschaft vorführen mussten, werde ich nie vergessen. Ich spielte eine bockige Schülerin, Conny die Lehrerin. Ich war so gut in meiner Rolle, dass Conny irgendwann der Kragen platzte und mich als «liederliches Mistbalg» beschimpfte. Der Seminarleiter war über den Kontrollverlust seiner Studentin ganz und gar nicht begeistert, im Gegensatz zu mir. Ich bekam einen Lachflash und konnte mich nicht mehr beruhigen. Mit ihrem emotionalen Ausbruch hat sie sich sofort in mein Herz katapultiert. Leider hat Conny nach vier Semestern einen Platz für ein Psychologiestudium ergattert und mich mit den Pädagogen allein gelassen. Zurzeit schreibt sie ihre Diplomarbeit, danach will sie gleich ihren Doktor machen.

Aus ihr wird mit Sicherheit eine geniale Psychologin werden.

Wenn ich irgendwann mal ein ernsthaftes Problem haben sollte, dann wäre Conny als Therapeutin meine erste Wahl. Und das nicht nur, weil ich weiß, dass sie ihr Fach versteht, sondern auch, weil ich ihr als Freundin jedes Geheimnis, sei es auch noch so peinlich, anvertrauen kann. Das Beste an Conny ist, dass ich auch dann Spaß mit ihr haben kann, wenn wir wirklich tiefgreifende Probleme wälzen. Zusammen mit ihr über Männer und das Leben zu philosophieren, ist einfach nur phantastisch. Vor allem, weil sie eine von den Frauen ist, die mir wirklich sagen, was sie denken. Wenn ich Stress mit Marcello habe, ergreift sie auch mal seine Partei, wenn sie meint, dass ich diejenige bin, die Mist gebaut hat. «Du weißt ja, ich halte immer zu dir, egal was du anstellst, aber ...», sagt sie dann. Und ich weiß, dass sie meistens recht hat damit. Ich bin also gespannt, was sie zu der Sache mit Mariella zu sagen hat.

«Was ist los?», fragt meine Freundin prompt, als wir uns im Wohnzimmer niederlassen. «Du siehst aus, als wäre dir eine Laus über die Leber gelaufen.»

Sie sieht natürlich sofort, dass mit mir etwas nicht stimmt, das habe ich auch gar nicht anders erwartet.

«Die italienische Mrs. Perfect ist aus der Versenkung aufgetaucht», sage ich und greife nach einem Keks auf dem Teller vor uns.

Conny umgreift mit beiden Händen ihre große Schüssel mit Milchkaffee und nimmt einen großen Schluck. Über ihrer Oberlippe zeichnet sich ein Milchbärtchen ab, das sie genießerisch ableckt. «Du meinst Marcellos Ex, Mariella?», fragt sie und schiebt eine ihrer rotbraunen Haarsträhnen hinter das Ohr, wobei sie mich mit ihren grünen Augen taxiert. «Erzähl!»

«Sie war die letzten Monate in Italien – wo sie angeblich bleiben wollte. Und jetzt ist sie auf einmal wieder in Düsseldorf, wo auch Marcello arbeitet ...»

«Ja, und?»

Ich erzähle von den Diskrepanzen, die sich in den letzten Tagen zwischen uns ergeben haben. Conny hört die ganze Zeit zu, ohne mich zu unterbrechen. Dann sagt sie: «Warum fragst du ihn nicht einfach?»

«Was soll ich ihn denn fragen? Ob sie sich schon mal getroffen haben seitdem?»

Conny schüttelt den Kopf. «Ob er noch etwas für sie empfindet. Genau das ist doch dein Problem. Sonst würdest du jetzt nicht total verunsichert hier aufkreuzen.»

«Dann mache ich vielleicht ein Fass auf, obwohl alles ganz harmlos ist.»

«Na ja, immerhin trifft sich dieses Fass heute um drei mit deinem zukünftigen Ehemann. Es gibt also ganz sicher Redebedarf, auch wenn vielleicht wirklich nichts dahintersteckt. Außerdem ist Marcellos Großmutter als Aufpasserin ja auch noch da.»

«Ja, du hast recht, daran habe ich natürlich auch schon gedacht.»

«Was wäre denn, wenn Jens hier plötzlich wieder auftauchen würde? Oder Enrico? Oder Steven oder Piet ...»

Ich muss lachen und knuffe Conny in die Seite. «Hör auf, das reicht jetzt!»

«Ich mein ja nur. Angenommen, einer von deinen Exfreunden wäre mal wieder hier in der Nähe und würde dich kontaktieren. Würdest du dich dann nicht mit ihm treffen?»

«Kommt darauf an, wer es ist. Enrico ... vielleicht. Nein, ganz bestimmt. Ich würde mich freuen, ihn mal wiederzusehen, um zu hören, was aus ihm geworden ist. Es hatte mich damals wirklich ganz schön erwischt. Und Jens? Auf jeden Fall auch.»

«Siehst du!»

«Ja, aber ich würde Marcello davon erzählen!»

«Schätzchen, natürlich würdest du das. Und Marcello hat es dir doch heute auch gesagt.»

An der Sache ist was dran. «Du solltest Ehetherapeutin werden, Conny.»

«Ich? Niemals! Du weißt doch, wie ich zu der Sache von wegen ‹Auf immer und ewig› stehe. Ich baue lieber die Frauen auf, die von ihren Männern betrogen und verlassen wurden. Oder die, die sich nicht trauen, ihre untreuen Männer endlich zu verlassen.»

«Apropos ... was gibt es bei dir denn Neues?»

Conny seufzt. «Du meinst in der Sebastian-Sache? Nichts, er wird seine Frau niemals verlassen.»

Ich weiß nicht, wie oft sie genau diesen Satz in gleichem Tonfall schon zu mir gesagt hat. Es schwingt Enttäuschung und Resignation in ihrer Stimme mit. Die Sebastian-Sache, so nennt sie ihre Beziehung zu dem Mann, der nicht nur ihr Professor ist, sondern auch ein seit zwanzig Jahren verheirateter Mann, läuft jetzt schon über ein Jahr. Seitdem geht es meiner Freundin mal himmelhoch jauchzend gut und dann wieder erbärmlich schlecht. Je nachdem, wie und ob der gute Sebastian Zeit für sie hat oder sie mal wieder kurz vor der Verabredung abblitzen lässt.

«Dass er seine Holde nie verlassen wird, wissen wir beide. Die Frage ist, wann du den Absprung hinbekommst.»

«Wahrscheinlich erst, wenn die Katze aus dem Sack ist und seine Frau Wind davon bekommt. Spätestens dann wird er sich nämlich für sie entscheiden. Oder wenn er keine Lust mehr hat auf eine vollbusige Rothaarige und plötzlich sein Interesse an langweiligen, flachbrüstigen Blondinen entdeckt.»

«He!» Ich schmeiße ihr ein Kissen zu, das sie flink abwehrt. Ich bin obenrum nicht gerade prächtig ausgestattet. Mit meinem B-Körbchen bin ich weit entfernt vom Barbieideal. Ganz anders Conny. Sie hat fast annähernd Traummaße, zumindest was die Proportionen angeht, nur dass sie überall gut zehn Zentimeter mehr an Umfang zu bieten hat. Sie isst einfach gerne und macht kaum Sport.

«Entschuldige, dich habe ich damit natürlich nicht gemeint!» Conny schiebt sich ein weiteres Plätzchen in den Mund. «Scheiß Vaterkomplex, warum muss ich auch immer auf so alte Säcke stehen? Daran ist eindeutig mein Daddy schuld», nuschelt sie und wischt die Krümel weg.

Conny war zehn, als ihr Vater sich wegen Steuerschulden ins Ausland abgesetzt hat. Seitdem hat sie nie wieder was von ihm gehört. Mein Vater ist Anwalt und hat sich nach der Trennung von meiner Mutter erst mal bemüht, regelmäßig Kontakt zu mir und Steffi zu halten, obwohl sie nicht seine leibliche Tochter war. Aber als Lisa auf die Welt kam und meine Mutter nach vier Jahren wieder die Koffer packte, streikte mein Vater und wollte mich zu sich holen. Ich war damals acht. Es kam zu einem bösen Sorgerechtsstreit, den Mutti letztendlich gewann. Im Nachhinein kann ich sein Verhalten verstehen, aber damals habe ich ihn regelrecht gehasst. Aber unter einem Vaterkomplex leide ich heute gewiss nicht.

«Der Einfluss der lieben Eltern», sage ich zu Conny und verziehe das Gesicht. «Bei uns hat Mutti mit ihren vielen Kerlen immer für ordentlich Gesprächsbedarf unter uns Mädels gesorgt.»

«Ich hab dir ja schon oft genug gesagt, du mit deiner Familiengeschichte solltest mal eine Therapie machen, und zwar eine richtige.»

Ich winke ab. «Wenigstens habe ich so immer eine Entschuldigung, wenn ich Mist baue. Steffi meint, bei mir sei Muttis Unstetigkeits-Gen besonders ausgeprägt. Obwohl – mein Leben verläuft doch jetzt in geregelten Bahnen. Ich habe einen Job, werde bald heiraten …»

«Ja, ich weiß, du wirst eine brave Ehefrau, bekommst Kinder und kümmerst dich um Heim und Herd. Und dann wirst du rund und behäbig. Ganz wie eine italienische Mama.»

«Ha, ha, sehr komisch.»

«Na gut, das war gemein. Es ist nur ... Ich kann Marcello echt gut leiden, aber trotzdem fällt es mir schwer, dich als seine Ehefrau zu sehen. Aber vielleicht liegt es auch einfach nur daran, dass ich mein eigenes Leben momentan nicht auf die Reihe kriege ...»

Die Stunde bei Conny ist wie im Flug vergangen. Ich gebe noch ein paar Storys aus Italien zum Besten, berichte von Nonna Lucias Falterwahn, den spirituellen Eigenheiten der italienischen Verwandtschaft und der Fahrt mit dem sensiblen Eiswagen. Es tut gut, mit meiner Freundin über das Erlebte zu lachen. Das Geheimnis des Brautkleides behalte ich jedoch wie versprochen für mich. Die Pappschachtel liegt in meinem Kofferraum, ich will es nachher noch zu Steffis türkischer Schneiderin bringen. Nach der Änderung wird es garantiert so aussehen, als wäre es eigens für mich gemacht gewesen. Ich hoffe, die Verlängerung lässt sich gut kaschieren. Der Stoff ist wirklich noch erstaunlich gut erhalten, und ich bete darum, dass nicht gerade am großen Tag ein Riss im Kleid klaffen wird, weil ich vielleicht zu heftig getanzt habe ...

11.

Tutti gli uomini sono idioti

ALLE MÄNNER SIND IDIOTEN

Bei Steffi wartet eine Überraschung auf mich. Lisa ist gekommen. Sie studiert in Münster Romanistik mit Schwerpunkt Französisch und Kulturwissenschaften, interessiert sich aber auf einmal brennend für meine zukünftige italienische Familie. Also hat sie sich spontan in ihren kleinen Fiat gesetzt und ist nach Mülheim gekommen. Ich freue mich, dass sie auch da ist.

«Sag mal, Steffi, wo ist denn meine Lieblingsnichte?» Normalerweise kommt mir Carlotta immer freudestrahlend entgegengerannt, sobald ich einen Schritt in das Haus setze.

«Ach, die ist noch drüben beim Nachbarjungen», sagt Steffi und stellt die Käsetorte auf den Kaffeetisch. «Der ist jetzt in ihrer Kindergartengruppe, und sie kann gar nicht genug von ihm kriegen. Also, ich habe mir gedacht, wir machen heute mal wieder einen richtig schönen Schwesterntag. Mutti kommt gleich, sie ist noch bei ihrer Kosmetikerin. Sie will dann was mit der Kleinen unternehmen, damit wir richtig Zeit zum Quatschen haben.»

Lisa schnauft auf. «Du solltest ihr Carlotta noch vor der Tür übergeben. Du glaubst doch nicht ernsthaft, dass sie wieder geht, wenn sie erst mal hier drin ist.»

«Könnte durchaus passieren. Außerdem hat sie irgendwas von einer wichtigen Sache gefaselt, das könnte sowieso dauern.»

«Ach, so ist das geplant», sage ich und setze mich neben meine kleine Schwester. «Eigentlich hatte ich vor, mit Carlotta zu uns nach Hause zu fahren.»

«Zur italienischen Nonna mit dem strengen Blick?», fragt Lisa und grinst. «Na, das hätte bestimmt was gegeben. Ich wette, Carlotta hätte sich die ganze Zeit hinter dir versteckt.»

Steffi platziert ein riesiges Stück Torte auf meinen Teller. «Carlotta fremdelt nicht mehr so. Sie ist viel offener geworden, seit sie in den Kindergarten geht und auch mal andere Kinder zu Hause besucht.»

An Nonna Lucia hatte ich gar nicht gedacht. Lisa hat recht, die Begegnung hätte misslingen können. Carlotta sieht aus wie ein kleiner Engel mit Pausbacken und blonden Löckchen, die sich bis auf ihre Schultern kringeln. Sie ist vier und trägt zurzeit nur Kleider, am liebsten mit Rüschen und in der Farbe Pink oder Lila. Carlotta ist der Schwarm älterer Damen, und ich bin mir sicher, Nonna Lucia wäre sofort ihrem Charme erlegen. Hätte sie ihre Begeisterung aber durch ein freundliches Wangenkneifen demonstriert, wäre der Schuss nach hinten losgegangen. Wahrscheinlich hätte Carlotta sich geweigert, jemals wieder einen Fuß in unsere Wohnung zu setzen, aus Angst, Marcellos Großmutter könnte sich dort versteckt halten.

«Und was macht eure Nonna so den ganzen Tag alleine?», fragt Steffi. «Der ist doch bestimmt langweilig. Du hättest sie ja mitbringen können.»

«Wirklich langweilig wird ihr heute nicht werden ...» Ich erzähle meinen beiden Schwestern von Marcellos Besuch bei uns zu Hause, während ich hier bei ihnen sitze und Kuchen esse. Die beiden sehen die Sache allerdings nicht so gelassen wie Conny.

«Ich glaube nicht, dass es was zu bedeuten hat», sagt Steffi, «aber komisch finde ich das Timing trotzdem.»

«Pah! Wie naiv seid ihr denn? Dem würde ich ordentlich den Marsch blasen! Der hat sie doch nicht mehr alle, so kurz vor der Hochzeit mit seiner Ex aufzulaufen. Sorry, aber das geht gar nicht! Und dann lädt er sie auch noch zu euch nach Hause ein, wenn du nicht da bist! Wie dreist ist das denn!» Lisa war schon immer die impulsivste von uns dreien. «Dass du so ruhig bist, kann ich gar nicht verstehen.»

«Na ja, immerhin ist Nonna Lucia auch noch dabei», wirft Steffi ein. «Sturmfreie Bude haben sie schon mal nicht.»

«Nonna hat sich übrigens gestern Nacht zu uns ins Bett gequetscht und eine Riesenwelle im Wasserbett verursacht.» Auf einmal habe ich keine Lust mehr, mit den beiden über Mariella zu reden. Connys Sichtweise hat mir da wesentlich mehr entsprochen.

Lisa kann sich zwar schnell aufregen, aber genauso schnell beruhigt sie sich auch wieder. Außerdem kann man ihre Aufmerksamkeit ganz leicht in eine andere Richtung lenken. «Was fällt der denn ein?», fragt sie entgeistert und fängt dann an zu kichern. «Da wär ich gerne Mäuschen gewesen.»

Auch Steffi muss schmunzeln. «Und, hat sie ihren Platz verteidigen können?»

«Ja, ich bin ins Gästezimmer ausgewandert, bevor Marcello gehen konnte. Sonst hätte ich nämlich die Nacht mit ihr verbracht. Ihr müsst wissen, sie kann alleine nicht schlafen. Ihr verstorbener Mann fehlt ihr. Wenn wir Pech haben, werden wir diese Wohnform die nächsten Tage beibehalten ...»

In diesem Moment klingelt es, zweimal kurz, einmal lang. Unsere Mutter ist im Anmarsch.

Steffi macht die Tür auf, und Mutti stolziert herein. Wir alle starren sie mit offenem Mund an. «Wer sind Sie, und was haben Sie mit unserer Mutter gemacht?», fragt Lisa schlagfertig.

Mutti hatte die letzten Jahre einen gepflegten Pagenschnitt, akkurat auf eine Länge geschnitten und in einem dunklen Blondton koloriert, um die grauen Haare zu überdecken. Die Frau, die gerade zur Tür reingekommen ist, trägt einen peppigen Kurzhaarschnitt – in leuchtendem Rot. Außerdem trägt sie Jeans, ein T-Shirt mit Glitzeraufdruck und darüber einen beigefarbenen Kurzmantel aus Wildleder. Dass die Sachen augenscheinlich nicht aus einem Billigladen sind, sondern in einer teuren Boutique erworben, spricht dafür, dass es sich tatsächlich um unsere Mutter handelt. Sie hatte schon immer den Hang dazu, viel Geld für ihre Klamotten auszugeben.

«Alle meine Lieblingstöchter um einen Tisch. Ach, wie schön!», ruft Mutti und lässt sich auf den freien Stuhl fallen. «Krieg ich auch einen Kuchen? Und über wen tratscht ihr gerade?»

«Über dich!», sagt Lisa.

«Julia hat gerade erzählt, dass die italienische Nonna es sich heute Nacht zwischen ihr und Marcello im Wasserbett gemütlich gemacht hat», sagt Steffi und reicht ihr ein Stück Torte.

Mutti guckt mich ganz sonderbar an. «Das hast du bei Jürgen und mir auch gemacht. Du warst gar nicht damit einverstanden, dass wir geheiratet haben, und hast mit allen Mitteln versucht, uns auseinanderzubringen.»

Bevor ich etwas zu meiner Verteidigung sagen kann, legt Lisa noch einen drauf: «Dann bist du also daran schuld, dass Mutti und mein Vater sich getrennt haben.» Nun klappt mir aber die Kinnlade runter.

Mutti schüttelt den Kopf. «Nein, Julia hatte damit absolut nichts zu tun. Ihr wisst doch, warum meine Ehen alle gescheitert sind. Wobei wir übrigens auch schon beim Thema wären ...» Sie schiebt eine Gabel voll Torte in den Mund.

Lisa rollt die Augen nach oben, und wir gucken uns vielsagend an, weil wir wieder mal mit einem Lobgesang auf den verflossenen Hardy rechnen. Steffi steht fluchtartig vom Tisch auf und sagt: «Ich mach dir erst einmal einen Kaffee, Mutti.»

Diesmal überrascht uns unsere Mutter wirklich, und ganz besonders unsere große Schwester, die gerade eine Tasse unter den Kaffeevollautomaten schiebt.

«Ich weiß, es ist eine riesengroße Neuigkeit, aber ... Dein Vater ist hier, Steffi. Er würde dich gerne kennenlernen.»

Es ist mucksmäuschenstill in der Küche. Steffi drückt mechanisch den Zubereitungsknopf, und das Mahlwerk beginnt, die Bohnen zu bearbeiten. Bis die Tasse Kaffee voll ist, sagt keiner von uns etwas.

«Was sagst du dazu, Schatz?», fragt Mutti, als Steffi sich wieder zu uns an den Tisch setzt.

«Du hast gerade gesagt, er sei hier. Wie meinst du das?», fragt Steffi. Ihre Stimme klingt zittrig. Unsere Schwester, die sonst immer so unerschütterlich wirkt, ist kurz davor, die Fassung zu verlieren. Lisa und ich gucken gleichzeitig zum Fenster raus, zu Muttis Auto hin. Ich würde ihr zutrauen, dass sie ihren Hardy gleich mitgebracht hat und der nur auf ein Zeichen von ihr wartet.

«Der steht jetzt aber nicht schon vor der Tür, oder?», fragt Lisa prompt. «So rücksichtslos wärst noch nicht einmal du.»

Mutti tut empört. Ich wette, dass sie zumindest mit dem Gedanken gespielt hat.

«Quatsch, er ist natürlich nicht hier. Was denkt ihr denn? Er ist zu Hause bei mir.»

Steffi zieht eine Augenbraue hoch und sieht Mutti streng an. «Seit wann?»

«Er ist heute früh angekommen und fliegt morgen auch schon wieder. Aber übernächstes Wochenende kommt er zurück. Dann würde er dich sehr gerne treffen.»

«Übernächstes Wochenende?», werfe ich entgeistert dazwischen. «Da ist unsere Hochzeit!»

«Soso, er würde mich gerne treffen», sagt Steffi.

«Ja, er ist ganz begeistert von dir. Und von Carlotta natürlich auch. Ich habe ihm Fotos von euch gezeigt. Ist das nicht schön? Nach so vielen Jahren!» Jetzt lächelt mich Mutti an. «Und ich muss dann auch nicht ohne Begleitung auf deiner Hochzeit antanzen.»

Steffi schüttelt den Kopf und rauft sich die Haare. «In der Tat, nach so vielen Jahren ...»

«Super», sagt Lisa sarkastisch, «dann müssen wir meinen Vater aber auch einladen. Dann sind deine Männer an Julias Hochzeit ja alle komplett.»

Ich verpasse meiner kleinen Schwester unter dem Tisch einen Tritt. «Aua», mault sie und schaut mich beleidigt an.

«Wenn du dich dann besser fühlst, Liebes», sagt unsere Mutter. «Ich habe keine Probleme mit Jürgen. Wir haben uns damals sehr einvernehmlich getrennt. Entscheiden muss es allerdings Julia, es ist schließlich ihre Hochzeit, und die Sitzordnung ist sicher längst gemacht.»

Mir fällt in diesem Zusammenhang ein Filmausschnitt von «Brot und Tulpen» ein, als ein kleiner Junge auf der Rückbank eines überholenden Autos ein Schild an die Scheibe hält mit den Worten: «*Cercasi nuovi genitori* – Suche neue Eltern.» Es ist wieder mal typisch, unsere Mutter kreist immer nur um sich. «Wenn du mit Hardy auf meiner Hochzeit aufkreuzt, solltest du vielmehr Steffi fragen und nicht mich.»

«So, jetzt erst mal langsam.» Steffi scheint den ersten Schock überwunden zu haben. «Natürlich würde ich meinen Vater gerne kennenlernen, ich habe all die Jahre davon geträumt. Aber nicht auf Julias Hochzeit. Das ist ihr Tag, da darf es keinen Nebenschauplatz geben.»

«Vielleicht nächsten Freitag ...», überlegt Mutti. Dann scheint ihr doch noch in den Sinn zu kommen, dass mich im Moment andere Dinge beschäftigen könnten. «Und deine Hochzeit, Julia? Läuft alles nach Plan?» Sie wartet die Antwort gar nicht erst ab. «Wie war es denn in Italien? Du hättest dich mal melden können.»

«War anstrengend», sage ich knapp und verkneife mir den Kommentar, dass sie sich auch hätte melden können, zumindest bei Marcello. Immerhin ist sein Großvater gestorben.

Mutti schiebt sich eine weitere Gabel in den Mund. «Also eins muss man dir lassen, Steffi, backen kannst du», sagt sie und tupft sich mit der Serviette den Mund ab.

Unsere Mutter ist Expertin darin, von einem Thema zum nächsten zu springen. Steffi rutscht hin und her. «Sag mal, Julia, du wolltest doch noch dein Kleid ändern lassen. Dann müssen wir jetzt los.»

«Ändern? Sagtest du nicht, dein Kleid passt wie angegossen?», hakt Mutti nach.

«Es muss nur in der Länge angepasst werden», sage ich ausweichend.

Lisa steht auf und räumt demonstrativ das Kaffeegeschirr ab.

«Es ist doch okay für dich, wenn du Carlotta gleich bei der Nachbarin drüben abholst, oder?», fragt Steffi.

Mutti nickt. Dann schiebt sie das restliche Stück Käsetorte zur Seite. «Nicht dass ich wieder zunehme.»

Wir fahren mit zwei Autos, Steffi und Lisa im Kombi vorneweg, ich hinterher. Die Schneiderin hat ihr Geschäft zwar in Mülheim, aber es liegt am Ortsausgang auf dem Weg nach Essen. Von dort aus bin ich schnell zu Hause. Es dauert nicht lange, da klingelt mein Handy, das ich vorne in die Halterung der Freisprechanlage gesteckt habe.

«Das ist ja mal wohl voll der Hammer!», sagt Lisa und winkt mir über die Schulter hinweg zu.

«Hast du auf Lautsprecher gestellt?», frage ich.

«Ja, ich kann dich hören!», ruft Steffi. «Bin ich froh, dass ihr dabei wart. Das war echt der Hammer.»

«Allerdings», sagt Lisa. «Ich hab gewusst, dass ich heute zu euch kommen wollte, und hätte mir in den Hintern gebissen, wenn ich erst im Nachhinein davon erfahren hätte. Ein Wahnsinn!»

«Steffi, bist du dir sicher, dass Lisa unsere Schwester ist?», frage ich, und wir müssen lachen.

«Ich war zwar bei der Geburt nicht dabei, aber ich habe sie gewickelt und gefüttert. Wenn sie ein kleines, herzförmiges Muttermal an der rechten Schulter hat, ist sie es.»

«Hab ich!», ruft Lisa laut. «Und jetzt mal Schluss mit den falschen Verleumdungen. Ist doch so schon alles kompliziert bei uns ...»

Vor dem Haus der Schneiderin ist eine große Lücke, und wir parken direkt hintereinander. Geteiltes Leid ist halbes Leid, denke ich, als wir aussteigen. Schön, dass ich die beiden habe. Dann öffne ich den Kofferraum und ziehe Nonna Lucias Hochzeitskleid aus der Schachtel. Dabei kommen mir auf einmal ihre fünf Töchter in den Sinn. Sie haben es mit ihrer starken Mutter ganz sicher auch nicht immer leicht gehabt. Und zu allem Überfluss haben sie auch einen älteren Bruder, der sich gerne mal als Chef aufspielt, und das wird jetzt eher noch schlimmer werden, da Armando in Patrizios Fußstapfen steigen und die Rolle des Familienoberhauptes übernehmen wird. Da ist mir unser Schwesterntrio lieber, wenn auch der Stammbaum weniger traditionell gewachsen ist.

Als wir den Laden betreten, steht Ayse, die Schneiderin, gekleidet in knackig engen Röhrenjeans und einer luftigen Tunika, mit hochhackigen Pumps auf einem kleinen Hocker und verschiebt Kleidungsstücke auf einer Stange.

«Steffi», ruft sie erfreut und hüpft in einem Satz von ihrem Stühlchen. Ich würde mir schon die Füße brechen, wenn ich nur einen Meter mit den Schuhen gehen, geschweige denn einen ähnlichen Satz hinlegen müsste. Dunkle Augen blitzen mich an. «Du musst die Schwester mit dem Notfall sein. Am besten, du probierst das Kleid gleich mal an.» Sie zeigt auf einen Bereich im hinteren Teil des Raumes, der durch einen Vorhang abgetrennt ist. Ich staune nicht schlecht, als ich in der provisorischen Umkleidekabine auf eine weitere Schneiderin treffe. Sie sitzt an einem kleinen Tisch und näht konzentriert mit Nadel und Faden an einem Stück Spitzenstoff.

«Das ist Ezra», ruft Ayse von vorne.

Ezra lächelt mich an. «Du heiratest? Schön!»

Ich nicke, ziehe mir T-Shirt und Jeans aus und schlüpfe vorsichtig in Nonna Lucias Kleid. Vielleicht hätte ich meine cremefarbenen Brautschuhe mitbringen sollen, die braunen Sandalen, die ich gerade trage, passen gar nicht dazu. Also ziehe ich sie aus und gehe barfuß nach vorne. Im Vorbeigehen sagt Ezra zu mir: «So eine schöne Braut.»

Meine Schwestern sehen es ähnlich. «Es sieht aus wie für dich gemacht», sagt Lisa, «total schön!» Und Steffi legt andächtig die Hände zusammen. «Das hat richtig Stil!»

Ayse kneift ihre Augen zusammen und betrachtet mich kritisch. «An der Taille könnte es einen Hauch enger sitzen. Aber warum willst du es länger haben? Du hast verdammt schöne Beine. Ezra, komm doch mal her!» Ayse zieht ihre Mörderpumps aus und hält sie mir hin. «Hier, probier mal.» Sie sind knallrot – und mindestens zwei Nummern zu klein.

«Ehrlich gesagt, finde ich es ein bisschen gewagt.» Ezra

stemmt ihre Hände auf die rundlichen Hüften. «Aber du musst dich wohl fühlen.»

«Das Kleid endet knapp über deinen Knien, Julia, ganz egal, ob du barfuß bist oder Schuhe mit Zwanzigzentimeterabsätzen trägst», sagt Lisa. «Dadurch werden deine Beine länger, aber das Kleid nicht. Mir gefällt es so.»

Ich gucke Steffi an. Auf ihr Urteil kann ich mich in der Regel immer verlassen.

«Du heiratest einen Italiener. Er wird hingerissen sein – und eure Gäste auch», sagt sie.

«Na gut, dann nur die Taille!»

Ayse nickt. Als sie ihre Nadeln holt und es vorsichtig absteckt, sagt sie: «Es fühlt sich an wie neu. Sagtest du nicht, es ist von der Oma deines zukünftigen Mannes? Dann muss es schon ein paar Jährchen auf dem Buckel haben. Sie hat es sehr gut gepflegt.»

«Es ist sozusagen neu. Marcellos Großmutter hat es sich für die Hochzeit gekauft, aber nie getragen.» Damit verrate ich nichts, auf den Hochzeitsfotos ist Nonna schließlich auch in ihrem anderen Kleid zu sehen.

Ezra reißt die Augen auf, dann sagt sie etwas auf Türkisch zu Ayse, die daraufhin nur den Kopf schüttelt.

«Was ist?», frage ich.

«Nichts.» Ayse wirft Ezra einen warnenden Blick zu.

«Sag es mir, Ezra, bitte. Stimmt etwas nicht mit dem Kleid?» Irritiert warte ich auf ihre Antwort.

Ezra wirft Ayse einen kurzen Blick zu, dann seufzt sie und sagt: «Ich würde es nicht tragen.»

«Ezra denkt, dass es Unglück bringt, wenn es für eine andere Frau vorgesehen war, die es dann aber nicht getragen hat», sagt Ayse. «Aber das ist nur Aberglaube. Bei uns in der Türkei sind alle ein wenig spirituell, weißt du.»

Das kommt mir irgendwie bekannt vor. Ob Marcellos Familie es am Ende genauso sieht? Werde ich die Herkunft des Kleides verheimlichen können? Auch meine Schwestern wissen darauf keine Antwort.

Als ich zu Hause ankomme, höre ich schon im Hausflur laute italienische Musik, die aus unserer Wohnung schallt. Marcello hört Laura Pausini. Ob Mariella noch da ist? Ich halte unwillkürlich die Luft an, als ich die Haustür aufschließe und den Flur entlanggehe. Marcello sitzt im Arbeitszimmer vor seinem PC. Er scheint allein zu sein.

«Ciao», sage ich.

Er dreht sich nicht zu mir um, sondern begrüßt mich ebenfalls nur mit einem knappen «Ciao». Ich bleibe noch eine Weile im Türrahmen stehen, dann höre ich plötzlich ein Poltern aus der Küche. Wenn Marcello das komische Strategiespiel spielt und sein Clan gerade angegriffen wird, wird er sich weiterhin auf das virtuelle Geschehen konzentrieren und mich nicht wirklich wahrnehmen.

Doch das scheint nicht der Fall zu sein, denn jetzt dreht er sich zu mir um. «Was ist los?»

«Hardy ist zurück, Steffis Vater», sprudelt es aus mir raus. «Sie wird ihn endlich kennenlernen. Und meine Mutter ist ganz aus dem Häuschen, weil ihre große Liebe wieder da ist und sie ihn zur Hochzeit mitbringen will.»

«Aha.»

«Mehr hast du nicht dazu zu sagen? Was ist denn los mit dir?» Ich gehe ins Zimmer hinein und auf ihn zu. Er kommt mir auf einmal richtig fremd vor.

«Du hättest ruhig Bescheid sagen können, dass ihr nicht kommt», sagt Marcello vorwurfsvoll. «Ich habe Mariella gesagt, dass du sie gerne kennenlernen möchtest. Und dass Carlotta nachher mitkommt. Kannst du dir vorstellen, wie unangenehm mir das war, als ihr nicht hier aufgetaucht seid? Und Mariella denkt jetzt, du hast was gegen sie.»

Ich bin völlig perplex. So hat Marcello noch nie mit mir gesprochen. Und auch der Blick, mit dem er mich mustert, ist nicht gerade schmeichelhaft. Er wirkt fast arrogant, als er mir dann noch an den Kopf wirft: «Eifersucht steht dir nicht, Julia.»

Patsch! Das hat gesessen. Es dauert einen Moment, bis ich mich wieder gefangen habe. Und dann fühle ich Wut in mir hochsteigen. Da Nonna Lucia bestimmt jedes Wort hören kann, ziehe ich die Tür hinter mir zu.

«Hast du irgendwas eingenommen, was dir den Verstand vernebelt?», frage ich. «Ich habe nur gesagt, dass ich vielleicht mit Carlotta komme. Da wusste ich noch nicht, dass sie gar nicht da ist und Lisa eigens aus Münster angereist ist, um mich zu sehen. Und dann ist meine Mutter mit dieser Wahnsinnsnachricht hereingeplatzt, da waren natürlich alle total durcheinander.»

«Du hättest anrufen können», sagt Marcello und widmet sich demonstrativ wieder seinem Spiel.

«Hast du nicht vorhin gesagt, es wäre sowieso noch gar nicht sicher, ob sie überhaupt kommt? Außerdem musste ich zur Schneiderin, wenn du das nicht vergessen hast», sage ich. «Du müsstest mittlerweile wirklich wissen, dass ich nicht ohne Grund eine Verabredung sausen lasse, auch wenn sie lose ist. Warum hast du nicht einfach angerufen und gefragt, wo ich bleibe?»

«Siehst du, jetzt widersprichst du dir selbst. Erst sagst du so, wir hätten gar nichts fest ausgemacht, und im nächsten Moment gibst du zu, dass du die Verabredung hast sausen lassen. Und ich unterstelle dir jetzt mal, dass du es absichtlich getan hast.»

«Was? Nein! Ich habe dir doch gesagt, dass Carlotta gar nicht da war. Worum geht es dir denn überhaupt, Marcello? Machst du den ganzen Aufstand nur, weil deine Exfreundin jetzt denkt, ich könne sie nicht leiden? Warum ist dir das denn so wichtig?»

Darauf scheint Marcello nicht wirklich etwas einzufallen. «Wie gesagt, es war eine unschöne Situation.»

«Nein, das hier ist eine unschöne Situation. Du solltest dir lieber Gedanken darüber machen, wie deine zukünftige Frau sich fühlt, wenn du sie so anfährst. Das ist unfair, und das weißt du auch. An deiner Stelle würde ich mir Gedanken machen, warum du so geladen bist.»

Ich gehe hinaus und schließe die Tür hinter mir. Auf dem Weg in die Küche kommt mir ein Duft aus Knoblauch und Gewürzen entgegen. Eigentlich habe ich jetzt gar keine Lust auf eine Unterhaltung mit Nonna Lucia, aber als ich sie so geschäftig hinter dem Herd herumwerkeln sehe, freue ich mich doch, dass sie da ist. Ich muss mich augenblicklich ablenken, sonst steigere ich mich weiter in den Streit hinein und werfe Marcello Sachen an den Kopf, die ich später bereue.

«Was kochst du denn?», frage ich und straffe meine Schultern.

«Eine Gerichte, dasse jede Mann glücklich machte.» Sie hält mir einen Kochlöffel vor die Nase. Darauf liegt ein gräuliches Stück Fleisch mit etwas Tomatensoße. Appetitlich sieht es nicht gerade aus. Aber dafür schmeckt es umso besser. «Hm, ein Gedicht, Nonna Lucia», sage ich.

Sie lächelt mich an. Dann häuft sie eine riesige Portion Pasta auf einen Teller, gibt etwas von der Soße darüber und drückt ihn mir in die Hand. «Die Fleisch wird in dünne Scheibe geschnitte und danne in Tomate gekocht.»

«Und das macht Männer glücklich?» Ich schaue auf den Nudelberg in meinen Händen hinab.

Nonna Lucia nickt. «*Tutti gli uomini sono idioti* – Alle Männer sind Idioten. Versuchst du es. Gehst du zu Marcello. *Vai!* – Geh!»

«Was? Niemals!» Wenn er mir noch mal so blöd kommt, schmeiße ich ihm womöglich das Nudelgericht an den Kopf.

«Giulia», sagt Nonna Lucia, «die Stresse iste ganze normale, die Nerve liegen blanke. Marcello ist eine gute Junge ...» Jetzt kann ich verstehen, wie Stella sich fühlt, wenn Nonna sie mit ihrem strengen Blick zu hypnotisieren scheint und gleichzeitig sanft, aber bestimmend auf sie einredet. Ich gebe mich geschlagen und gehe ins Arbeitszimmer zurück.

«Hier!» Ich knalle den Teller neben seiner Tastatur auf den Schreibtisch, sodass Marcello zusammenzuckt.

«Es tut mir leid, *tesoro,* ich weiß auch nicht, was da vorhin mit mir los war. Bestimmt der ganze Stress ...»

«Dann solltest du was essen. Nonna Lucia hat für uns gekocht.»

Marcello schnuppert an dem Teller. «*Carne alla pizzaiola* – Rindfleischscheiben in Tomatensoße, lecker. Das habe ich als Kind schon geliebt. Wir sollten Nonna unbedingt nach dem Rezept fragen und es öfter nachkochen.»

«Ja, das ist eine gute Idee», sage ich, «aber wenn du jetzt nicht isst, dann greife ich zu. Ich habe nämlich auch Hunger.»

Marcello nimmt den Teller und steht auf. «Lass uns in der Küche essen, gemeinsam. Und dann erzählst du mir noch mal diese Geschichte mit Hardy, okay?»

Als wir zusammen in der Küche auftauchen, sagt Nonna: «Siehste du, ische habe rechte gehabt.»

Natürlich, denke ich. Nonna Lucia hat immer recht.

«Wobei recht gehabt?», fragt Marcello, aber Nonna zuckt nur mit den Achseln. Dann seufzt sie auf. «*Uomini!* – Männer!»

12.

Ricette di Nonna Lucia

NONNA LUCIAS REZEPTE

Am nächsten Tag ist Nonna Lucia in aller Herrgottsfrühe aufgestanden. So wie es aussieht, hat sie eine ganze Menge Lebensmittel mitgebracht, die sie nun in der Küche verarbeitet. Marcello werkelt im Bad herum. Nonna Lucia mag damit richtig liegen, dass die Nerven kurz vor der Hochzeit blankliegen und wir beide etwas angespannt sind. Trotzdem war Marcellos Verhalten gestern mehr als unangebracht, und es fällt mir schwer, den blöden Streit einfach zu vergessen. Immerhin will er demnächst *mich* heiraten, und er sollte sich gefälligst um meine Gefühle Gedanken machen, und nicht um die seiner Exfreundin. Ich lausche Marcellos Schritten, die ihn vom Badezimmer am Gästezimmer vorbeiführen, in dem ich mich für die nächsten Tage einquartiert habe. Seine Hausschuhe erkenne ich an dem leicht schlappenden Geräusch, das sie auf dem Fußboden verursachen. Schade, er hätte mich ja besuchen und sich wenigstens für einen kurzen Moment zu mir kuscheln können ... Ich drehe mich zur Seite und starre die Wand an. Es ist Viertel nach sieben, und der Duft von gebratenem Speck zieht in meine Nase. Es riecht verdammt verlockend, aber wenn Marcello lieber gleich in die Küche geht, anstatt nach mir zu schauen, bleibe ich im Bett liegen. Pünktlich um halb acht wird die Haustür zugezogen, Marcello hat sich auf den Weg zur Arbeit gemacht. «Idiot», murmele ich vor mich hin. «*Stronzo!*»

Kurz darauf höre ich schlurfende Schritte im Flur, dann wird leise meine Tür aufgemacht, und Nonna steckt ihren Kopf ins Zimmer.

«*Buongiorno,* Giulietta. *Caffè?*»

Das ist doch mal eine freundliche Begrüßung, denke ich und stehe von der Gästecouch auf, um Nonna Lucia in die Küche zu folgen. Die alte Dame hat ihre Frühstücksgewohnheiten nicht geändert. Sie hat den Tisch zwar reichlich mit gebratenem Pancetta, Rührei und Tomatenscheiben gedeckt, tunkt aber selbst nur ein kleines Gebäckstück in ihren Kaffee. Es handelt sich dabei um ein leckeres selbst gemachtes *biscotto* in der Art, wie sie auch schon in Casamarciano gereicht wurden. «Die sind echt lecker», sage ich. «Ist ein altes Familienrezept, oder?»

Nonna Lucia nickt. «Es iste ganz einfach. Nur Mehl, Zucker, aber die braune, Likör, Olivenöl und etwas, wie sagte man ... *bicarbonato di sodio*. Einfach knete. Und danne mit die Rosine und ... *pinoli* vermische. Guckste du in meine Koffer. Da iste meine Buche mit die *ricette*.»

Das lasse ich mir nicht zweimal sagen. Das dicke handgeschriebene Rezeptbuch liegt ganz oben in ihrem Koffer, den Nonna noch nicht ausgepackt und gegen die Wand in unserem Schlafzimmer gelehnt hat. Daneben stecken ein paar Fotos in einer schlichten Klarsichthülle. Nonno Patrizio lächelt mich an. «Deine Lucia ist bei uns, ganz so, wie du es gewollt hast», sage ich. Doch dann schüttele ich den Kopf über mich selbst, weil ich einfach nicht an eine Reinkarnation im Körper eines kleinen Falters glauben kann. Ich nehme ehrfurchtsvoll das dicke Buch in meine Hände und kann nicht widerstehen, sofort einen Blick hineinzuwerfen. Ich schlage irgendwo in der Mitte auf und lande bei *Migliaccio napoletano*. Ich habe keine Ahnung, was das sein soll. Einige Zutaten kann ich übersetzen, Eier, Vanille, Zucker ... Ob Nonna Lucia mich in dem Buch lesen lässt? Dafür würde ich zwar ein dickes Wörterbuch brauchen, aber das stört mich nicht. So lerne ich wenigstens Italienisch, auch wenn sich dabei alles ums Kochen dreht.

Als ich mit dem Buch zurück in die Küche komme, steht Nonna Lucia am Fenster und schaut gedankenverloren nach draußen.

«Darf ich es mit in mein Zimmer nehmen und darin lesen?», frage ich.

Nonna dreht sich zu mir und lächelt mich an. «*Sì,* kannste du machen. Dann lernste du kochen.»

«Danke, ich will es mir zu Herzen nehmen!» Es ist seltsam, aber ich habe das Gefühl, ich werde durch die Einsicht in das Buch in bedeutende Familiengeheimnisse eingeweiht. Ich freue mich darauf, wenn ich es mir nachher in Ruhe anschauen kann.

Vor mich hin summend, setze ich mich an den Tisch und häufe mir etwas von dem Rührei auf eine Scheibe geröstetes Weißbrot, das Nonna auch aus Italien importiert haben muss. Es ist etwas fester und viel geschmacksintensiver als das, was man hier bei uns kaufen kann. Obendrauf lege ich eine Scheibe Pancetta, köstlich duftenden Bauchspeck. Nonna Lucia beobachtet, wie ich genussvoll in das leckere Brot beiße, und setzt sich zu mir.

«Giulia, kannste du mir ... *aiutare* – helfen?»

«Klar, wie denn?»

«Ich musse nach Neuss.»

«Nach Neuss? Heute?»

«*Sì, sì, oggi* – heute.»

«Ich kann dich hinfahren. Wann willst du denn dort sein?»

«Umme vier Uhr.»

«Okay, und wo genau müssen wir hin? Ich meine, willst du jemanden besuchen oder so?»

«Ich musse in die *città* – in Zentrum.»

«Ins Zentrum? Was willst du denn da?» Ich war erst einmal in der Neusser Innenstadt. Sie ist ganz nett, aber zum Einkaufen gibt es schönere hier in der Nähe.

«Giulia, du sollste nicht so viel frage. Fährste du mich?»

«Ja klar, entschuldige, selbstverständlich fahre ich dich.» Ich wollte Nonna bestimmt nicht mit meinen Fragen zu nahe treten, aber es interessiert mich einfach, was sie ausgerechnet in Neuss zu erledigen hat. Aber natürlich respektiere ich ihre Verschwiegenheit. «Wir sollten rechtzeitig losfahren, spätestens um Viertel nach drei. Um halb zwei wollte ich mich allerdings noch mit Stella zum Lesenüben treffen. Wir haben beschlossen, heute mit den ersten Übungen zu starten. Möchtest du vielleicht mitkommen?»

«*A* Rocco? *No!*»

«Schade, wenn du dabei wärst, würde Stella bestimmt besser mitarbeiten.» Ich greife nach einem besonders großen *biscotto*, der aussieht wie ein aufgehäufter Berg, und will ihn gerade in meinen Kaffee tunken, als Nonna Lucia meine Hand festhält und mich streng ansieht. Ganz so, wie sie es damals mit Stella gemacht hat, denke ich und verspüre sofort ein schlechtes Gewissen. Habe ich etwas falsch gemacht? Abwartend sehe ich Nonna Lucia an.

«Giulia, du musste die Blicke lernen», sagt sie.

«Ich muss was?»

Wieder werde ich mit einem intensiven Blick bedacht. Und dann verstehe ich.

«Du meinst, den Ausdruck auf Kommando ändern? Genial! Wie stelle ich das an?»

«Man musse sich anstrengen. Lerne kann man alles. Die strenge Blick, die hilflose Blick, die liebe Blick und natürlich die heiße Blicke.»

«Den heißen Blick?»

«Ja, wenn du einen Mann willst, den Kopfe verdrehe – oder Liebe machen. Komm mit!»

Ich nasche noch ein *biscotti*, dann folge ich Nonna Lucia ins Bad.

Wir positionieren uns beide nebeneinander vor dem Spiegel.

«Guckste du!» Nonna wirft sich selbst einen strengen Blick zu. Dann dreht sie sich zu mir und zeigt auf ihre Augenbrauen, die jetzt enger beieinanderstehen als sonst. «Die Augehaare!»

Über diese Wortkreation muss ich lachen, werde aber schnell von Nonna Lucia zurechtgewiesen. «Giulia!», sagt sie sanft, aber bestimmt. «Stella braucht eine strenge Blick, aber auch *cuore* – Herz. *Guardami* – Schau zu mir.»

Nonna Lucia kann tatsächlich blitzschnell den Ausdruck ändern. Als sie mir den heißen Blick zuwirft, muss ich wieder lachen. Aber diesmal stimmt sie mit ein. Dann sagt sie, ich solle nun üben, und lässt mich mit meinem Spiegelbild alleine.

«Isch libbbe dische», hauche ich mir zu, aber das hätte ich lieber nicht machen sollen. Denn dabei fällt mir ein, wie lange Marcello mir das schon nicht mehr gesagt, geschweige denn gezeigt hat. Er war noch nie ein Meister der großen Worte oder Gesten, und schon gar nicht darin, Komplimente zu machen. Ich habe früher viele Briefe und kleine Zettelchen geschrieben, aber da nicht wirklich viel zurückkam, habe ich es auch irgendwann einschlafen lassen. Und seit wir beide gestern wegen Mariella zusammengeknallt sind, hat sich auch tiefergehend etwas zwischen uns verändert. Irgendwas beschäftigt Marcello, das fühle ich, aber er rückt nicht mit der Sprache raus. Darüber, was wirklich in uns vorgeht, sprechen wir so gut wie gar nicht, das haben wir eigentlich noch nie gemacht. Mussten wir bisher auch nicht, denn wir haben uns ausnahmslos gut verstanden. Mit Marcello läuft in der Regel alles total unkompliziert.

Als Steffi mit Christian vor etlichen Jahren zusammengezogen ist, haben die beiden sich zum Beispiel ständig wegen der Wohnungseinrichtung gestritten. Egal ob es die Couch war oder die Lampe im Flur, es wurden regelrecht Gefechte darüber geführt, welches Modell es sein soll. Marcello und ich haben gemeinsam Kataloge gewälzt und dann Ikea unsicher gemacht. Was ihm gefiel, fand ich auch schön, und umgekehrt verhielt sich das genauso. Auch beim Aufbauen der schwedischen Möbel hatten wir keine Probleme. Wir arbeiteten Hand in Hand und hatten viel Spaß dabei. Bis auf Marcellos immer mal wieder aufkeimende Rechthabereiattacken, deren Herkunft ja nun geklärt ist, läuft es eigentlich richtig gut. Zwischenzeitlich hatten wir mal eine längere Sexflaute, aber das war zu der Zeit, als wir beide so dermaßen beruflich eingespannt waren, dass wir abends einfach nur platt und müde waren. Seit zwei Monaten läuft es aber auch in dieser Beziehung wieder besser – bis Nonna vorgestern Einzug in unser Schlafzimmer hielt, hatten wir regelmäßig Sex, der Spaß macht.

Ich imitiere Nonnas heißen Blick im Spiegel. Wenn ich erst Frau Esposito bin und wir ganz viel Zeit für uns alleine haben, wird sicher alles wieder besser.

«Wolle wir Liebe machen?», hauche ich mit tiefer Stimme in den Spiegel, kneife die Augen dabei etwas zusammen und blinzele leicht, so wie Nonna das vorhin demonstriert hat. Dann werfe ich schnell einen Blick in den Flur, um zu sehen, ob sie mich vielleicht nicht doch heimlich beobachtet. Aber da höre ich sie auch schon in der Küche rumhantieren. Meine kleine peinliche Schauspieleinlage hat niemand mitbekommen. Ich befürchte, ich bin jemand, der seine Gefühle schlecht verbergen und kaum jemandem was vormachen kann.

Schnell springe ich unter die Dusche, dann setze ich mich an den Schreibtisch. Bisher habe ich nur Kinder ab Klasse fünf unterrichtet, die schon lesen können. Stella ist neun. Mit

Grundschulkindern, die vielleicht sogar unter einer Leseschwäche leiden, habe ich bisher keine Erfahrungen gemacht. Also suche ich im Netz nach entsprechendem Material. Der Drucker läuft gerade, als mein Handy piept. Conny hat mir geschrieben.

Es ist aus mit dem Arschprofessor. Diesmal für immer!

Nachrichten ähnlichen Inhalts habe ich schon öfter von ihr bekommen. Das heißt nicht, dass es sich auch tatsächlich erledigt hat, denn Conny ist jedes Mal rückfällig geworden. Aber es bedeutet zumindest, dass sie meinen Beistand braucht.

Wir haben mittlerweile elf Uhr. *Bin in zwanzig Minuten bei dir,* antworte ich.

Connys *Danke* kommt postwendend.

Eigentlich wollte ich die Ferien ja dazu nutzen, zu mir zu kommen, vielleicht mal wieder zu malen und bei gutem Wetter ein wenig Sonne zu tanken, damit mir das weiße Kleid bei der Hochzeit besser zu Gesicht steht. Das mit dem guten Teint hat ja ansatzweise zumindest schon geklappt. Aber seit wir wieder aus Casamarciano zurück sind, komme ich einfach nicht zur Ruhe.

Morgen schon ist die Rückkehr von Armando und Gabriella aus Italien. Wenn sie wieder in Deutschland sind, kreuzen sie bestimmt bald bei uns auf, um sich von Nonnas Wohlergehen zu überzeugen. Obwohl ... Bestimmt müssen wir samt Nonna in Düsseldorf bei ihnen antanzen, bevor sie sich zu uns aufmachen.

Ich drucke gerade die Übungsblätter für Stella aus, als Nonna Lucia plötzlich bei mir im Zimmer steht.

«Giulia, kannste du mir die Fernesehen anmache?»

«Ja klar, ich zeig dir, wie die Fernbedienung funktioniert.»

Wir gehen rüber ins Wohnzimmer.

«*Come un bell'uomo* – So ein schöner Mann.» Nonna Lucia bekommt glänzende Augen, als der Bildschirm anspringt und ein Mann in Großformat darauf erscheint. «*E si può cucinare anche* – Und kochen kann er auch.»

Alfons Schubeck lächelt in die Kamera. «Möchtest du die Kochsendung sehen?»

«*Sì!*», sagt sie und nickt andächtig.

«Bei deinen Kochkünsten müsstest du dich eigentlich als Kandidatin bewerben», schlage ich augenzwinkernd vor.

«Ische koche besser.» Nonna Lucia macht es sich auf unserer Couch gemütlich. Immerhin ist sie jetzt beschäftigt, denke ich, und später komme ich zurück, um sie nach Neuss zu fahren.

Als ich nach den Lernmaterialien für Stella greife, fällt mir Nonnas Rezeptbuch in die Augen. Bei Conny um die Ecke befindet sich ein großer Copyshop, in dem ich das Werk kopieren könnte. Dann kann ich es nach und nach übersetzen und habe auch noch was davon, wenn Nonna wieder zurück nach Casamarciano fährt. Ich packe es also ein, verabschiede mich von Nonna und düse los.

Bei Conny an der Haustür klingle ich erst gar nicht, sondern ziehe sofort den Schlüssel aus der Tasche, den sie mir für Notfälle gegeben hat. So wie ich sie kenne, sitzt sie mit angezogenen Beinen auf der Couch, hat ihre Arme um die Knie geschlungen und leidet vor sich hin. «Bin da!», rufe ich, als ich in den Flur trete.

«Hier, im Wohnzimmer», ruft Conny in weinerlichem Ton.

Meine Freundin sieht herzerweichend schlecht aus. Ihre Augen sind rot und geschwollen. Die rotbraunen Haare stehen zerzaust nach allen Seiten ab. Um die Couch herum liegen etliche zerknüllte Papiertaschentücher. Auf dem Tisch steht eine angebrochene Flasche Martini und ein halbvolles Glas mit einer gelblichen Flüssigkeit, die ganz nach Eierlikör aussieht.

«Mensch, Conny … Jetzt erzähl erst mal!» Ich setze mich zu ihr und lege ihr den Arm um die Schultern.

«Ach, so ein Arsch! Der blöde Mistkerl hat noch eine Geliebte», schimpft Conny.

«Echt? So ein mieser Typ! Eine seiner Studentinnen?»

Conny schüttelt den Kopf. «Schlimmer! Es ist eine seiner Kolleginnen. Sie ist fünfzehn Jahre älter als ich, stell dir das mal vor! Und ich wette mit dir, dass er wegen ihr seine Frau verlassen wird. Sie lehrt Gerontopsychologie. Dann kann sie ihn gleich seelisch beim Älterwerden betreuen.»

Ich muss schmunzeln. «Woher weißt du das? Hat er es dir gesagt?»

«Nein, es war seine Frau!» Conny rauft sich die Haare. «Sie stand heute Morgen einfach so bei mir vor der Tür. Ich dachte, der Postbote klingelt, deswegen habe ich aufgemacht. Und dann steht sie da. Mir ist fast das Herz in die Hose gerutscht. Ich hab sie sofort erkannt. Gut, dass wir sie mal zusammen gegoogelt haben, erinnerst du dich? Auf jeden Fall ... sie hat mich gefragt, ob sie reinkommen dürfe, um mit mir zu reden. Sie käme in friedlicher Absicht, und das hat mir gereicht, um sie reinzulassen. Sie hat mir Fotos gezeigt, die Sebastian und die Rosner in eindeutigen Positionen zeigen. Mindestens zwanzig Stück. Ich war darüber genauso entsetzt wie sie. Der Arsch war mit ihr in dem Hotel, im Sauerland, in dem er mit mir auch schon war. Das habe ich sofort erkannt. Und jetzt kommt der Hammer ...» Conny macht eine bedeutungsvolle Pause. «Seine Frau hat einen Detektiv beauftragt, Beweisfotos von mir und Sebastian zu schießen, weil sie von mir schon die ganze Zeit wusste. Sie habe keine Probleme mit den kleinen Spielereien, die sich ihr Mann ab und an mit seinen Studentinnen leiste, aber er habe sich die letzte Zeit total verändert ...»

Conny hält mir ein DIN-A4-großes Foto vor die Nase, das hinter ihr auf der Couchlehne gelegen hat. «Und das ist sie. Die Rosner!»

Das Foto ist unscharf, aber es zeigt eindeutig zwei Menschen, die eng umschlungen in einem Park beieinanderstehen und mit ihren Mündern geradezu verschmolzen zu sein scheinen.

Als ich das Foto weglege, schluchzt Conny auf.

«Ach du! Komm her.» Ich drücke sie und halte sie eine Weile fest. «Und jetzt? Weiß er schon, dass sie auf dem Laufenden ist? Und du, hast du ihn schon darauf angesprochen? Du wirst ihn doch jetzt endlich abschießen, oder?»

«Ja», sagt Conny schniefend.

«Das ist gut! Der Typ ist einfach ein Arsch, und er hat dich gar nicht verdient.»

Conny zeigt mir ein kleines Lächeln. «Weiter!»

«Du bist viel zu intelligent, zu schön und außerdem viel zu jung für den alten Sack. Du hast definitiv was Besseres verdient!»

«Stimmt. Sein Hals war schon ganz faltig. Und seine Haut am Po auch.»

«Ist ja ekelig.»

«Und rasiert hat er sich auch nicht, untenrum meine ich. Die Haare waren richtig lang – und grau. Das sah sehr unappetitlich aus.»

Ich grinse Conny an. «Dann sollten wir zusehen, dass du den Althippie möglichst schnell vergisst. Aber jetzt springst du erst einmal unter die Dusche. Und essen musst du auch was. Ich guck mal, was du dahast.»

Als Conny aus der Dusche kommt, habe ich schon lecker für uns gekocht. Na ja, was ich halt so unter Kochen verstehe. Nonna Lucia würde sich bestimmt bekreuzigen, aber ich habe ja ihr Buch auch noch nicht verinnerlicht.

Es ist zwölf Uhr, genau der richtige Zeitpunkt für eine Portion Buchstabennudeln mit einem großen Klecks Butter und Ketchup. Ich serviere das Essen in den zwei großen, bunt gepunkteten Henkeltassen, die ich Conny mal zum Geburtstag geschenkt habe.

«Deine spektakulären Kindernudeln.» Connys Mundwinkel wandern ein wenig nach oben. Es stimmt, die kleinen Buchstaben gab es oft bei uns zu Hause, als wir noch klein waren und Mutti keine Zeit zum Kochen hatte. Steffi hat uns schon früh beigebracht, wie wir trotzdem was Leckeres auf den Tisch bekamen. Ich war neun, als ich Kindernudeln, Reis mit Rahmsoße und Kartoffelbrei aus der Packung mit Jägersoße kochen konnte. Auch heute packt es mich ab und zu, und ich rühre eine braune Fertigsoße in Wasser ein, um sie dann mit Nudeln, Reis oder Püree zu verspeisen. Steffi und Lisa geht es übrigens genauso.

«Es tut mir leid, Julia», sagt Conny, als sie mich mit roten Augen über ihre Tasse hinweg ansieht. «Du heiratest bald, und jetzt komme ich und nerv dich auch noch mit meinem Liebeskummer.»

«Ach, das ist schon okay. Es lenkt mich ein bisschen von meinem Stress ab ...»

Conny geht es nach meinem Besuch schon wieder besser. Ich hoffe wirklich, dass sie diesmal standhaft bleibt und sich nicht wieder auf den blöden Professor einlässt.

Als wir Stella und Concetta am Dienstagabend nach Hause gebracht haben, war es stockdunkel. Da ist mir gar nicht aufgefallen, in welch desolatem Zustand sich die Fassade des Mehrfamilienhauses befindet, in dem sie in Duisburg-Meiderich wohnen. Sie könnte dringend einen neuen Anstrich gebrauchen. Und auch der Putz bröckelt großflächig ab. Die Haustür steht offen, man kann einfach so in das Haus reingehen. Innen sieht es auch nicht besser aus. Und vor allen Dingen riecht es hier muffig. Stella wohnt im Erdgeschoss. Vor der linken

Nachbarwohnung stehen kreuz und quer übereinander mindestens zehn Paar Schuhe in unterschiedlichen Größen, laute Stimmen dringen hinter der Tür hervor. Ich drücke den Klingelknopf in der Mitte, Familie Rocco Fontana.

Concetta macht mir auf. Sie empfängt mich überschwänglich und führt mich gleich ins Wohnzimmer, wo neben der zerschlissenen Couch und einem überdimensional großen Fernsehgerät auch ein Esstisch mit sechs Stühlen steht. Die Wände sind mit unzähligen Familienfotos zugepflastert. Neben Nonna Lucia und Nonno Patrizio entdecke ich auch Gabriella und Armando, Flora samt Ehemann, Rocco, Concetta, Stella in jeglichem Alter und sämtlichen Posen, eine Abbildung einer Marienstatue – und natürlich Papa Clemente, der Schutzpatron Casamarcianos.

«*Caffè?*», fragt Concetta und winkt mich in die Küche. Dann ruft sie lauthals nach Stella, doch die lässt sich erst mal nicht blicken.

Wir trinken den Kaffee im Stehen, denn es gibt dort keinen Tisch, nur die Arbeitsplatte, die in L-Form bis unter das Fenster reicht und vollgestellt ist mit allen möglichen Küchenutensilien.

«Stella guckt in ihrem Zimmer ihre Lieblingsserie, in der ständig jemand verklagt wird. Sie will später mal Anwältin werden. Aber da muss sie erst mal lesen lernen. Stella, *principessa*!»

Prinzessin Stella lässt sich noch ein paar Minuten Zeit, bevor sie endlich in der Küche erscheint. «Da bist du ja, ciao», sage ich.

«Ciao.» Stella streckt mir ihre Hand entgegen. Im ersten Moment freue ich mich, aber dann wird mir klar, dass das ihre Distanz ausdrücken soll und gar nicht nett gemeint ist. Normalerweise begrüßt man sich unter Italienern mit obligatorischen Wangenküsschen. Ich greife trotzdem lächelnd zu.

«Sollen wir beide sofort loslegen? Zeigst du mir dein Zimmer?»

«Na gut.»

Ich bin überrascht, als Stella mich tatsächlich in ihre heiligen vier Wände führt. Ich habe mit einem proppenvollen Zimmer voller Barbies und Glitzerkram gerechnet, aber davon findet man nichts dergleichen. Die Wände sind in einem hellen Gelbton gestrichen, die Möbel sind alle weiß und sehr schlicht. Über dem Bett hängt ein riesengroßes eingerahmtes Pferdeposter. Auf dem Schreibtisch liegen Pferdepostkarten und eine kleine Leinwand mit Pferdemotiv, das mir ganz nach Malen nach Zahlen aussieht. Und in einem Regal neben dem Kleiderschrank stehen ordentlich aneinandergereiht mehrere Reihen von Büchern.

«Darf ich die mir mal anschauen?», frage ich und trete näher an das Regal heran.

«Ja, aber damit kannst du ganz sicher nichts anfangen.»

Es sind Kochbücher, verfasst in italienischer Sprache. Ich ziehe eins davon raus. «Das ist ja toll. Kochst du daraus denn auch manchmal etwas?»

«Klar, ganz oft.»

Wir setzen uns nebeneinander auf Stellas Bett. Ich deute auf das Fernsehgerät, das gegenüber auf einem kleinen Tischchen steht. Auf dem Bildschirm flimmert gerade ein Streit zwischen zwei Frauen, die sich in einem Gerichtssaal gegenseitig an den Haaren ziehen und dabei wüst beschimpfen. «Du möchtest später mal Anwältin werden, hat deine Mutter gesagt.»

«Woher hat sie denn den Blödsinn? Ich werde später mal Köchin. Und dann mache ich ein eigenes italienisches Restaurant auf.»

«Das ist eine sehr gute Idee! Aber den Fernseher machen wir jetzt besser aus, das stört beim Lesen.»

«Wenn es sein muss ...» Stella seufzt genervt auf, greift aber trotzdem nach der Fernbedienung und schaltet den Apparat aus.

Ich habe für heute ganz einfaches Material mitgebracht. Stella ist nicht gerade begeistert, aber immerhin arbeitet sie mit, ungefähr zehn Minuten lang. Sie liest wirklich schlecht für ihr Alter. Und dabei habe ich nur einzelne Wörter für den Anfang rausgesucht und keine Sätze. Bei dem Wort «Radio» boykottiert sie die Nachhilfestunde. Sie verschränkt ihre Arme vor der Brust und schweigt.

«Stella!» Ich ziehe meine Augenbrauen etwas zusammen, ganz so, wie ich es heute Morgen vor dem Spiegel geübt habe, und schaue sie intensiv an.

«R – a – d ...», liest sie stockend.

Mein strenger Blick scheint zu wirken, aber damit kommen wir auf Dauer auch nicht weiter. Da fallen mir die Kochbücher und Stellas Berufswunsch wieder ein. Ich ziehe wahllos eines der Werke aus dem Regal, klappe es irgendwo in der Mitte auf und halte es Stella hin. «Und jetzt lies mir mal bitte das Rezept vor.»

«Minestrone. Lasciate i fagioli a bagno in acqua e bicarbonato per una notte ...»

«Perfekt!», sage ich überrascht. Und auf einmal habe ich eine Idee. So wie es aussieht, kann Stella lesen, zumindest auf Italienisch. Ihre Schwierigkeiten liegen also nicht daran, dass sie die Buchstaben nicht miteinander verbinden kann. Es steckt eindeutig etwas anderes dahinter. Eine Art Abneigung gegen die deutsche Sprache?

«Stella, Nonna Lucia hat mir ihr Kochbuch ausgeliehen. Ich habe es dabei, weil ich es gleich noch kopieren wollte. Da stehen ganz tolle Rezepte drin.»

«Echt? Sie hat es dir gegeben?»

«Ja, es ist im Auto. Soll ich es holen?»

«O ja.» Stella lächelt mich an.

«Na gut, aber nur unter einer Bedingung», sage ich. «Immerhin bin ich hier, weil wir zusammen Lesen üben wollten.»

«Die da wäre?» Stella guckt mich skeptisch an.

«Du liest das Rezept erst auf Italienisch, dann hilfst du mir, es auf Deutsch zu übersetzen. Wir kaufen dir ein schönes Buch, in das du alle Rezepte hineinschreibst – auf Deutsch! Und dann üben wir damit das Lesen.»

«Und Nonna wird da nichts dagegen haben?»

«Warum sollte sie? Sie hat doch selbst gesagt, dass du lesen lernen sollst. Und dass Lesen wie Kino ist, nur im Kopf. Wir kochen dann halt gedanklich beim Lesen, ist doch auch gut.»

Stella überlegt einen Moment. Dann streckt sie mir ihre Hand hin, die ich ergreife. «Abgemacht», sagt sie und nickt mir dabei zu.

Genau in dem Moment piept mein Handy. Marcello hat sich den ganzen Tag noch nicht gemeldet. Normalerweise macht er das immer mal zwischendurch, und wenn es auch nur ein kleines Smiley mit einem Herzchen ist, das er zu mir auf die Reise schickt. Er verhält sich nicht gerade so, als hätte er wieder etwas gutzumachen. Immerhin hat er sich bei mir entschuldigt und mir gesagt, es täte ihm leid. Ich erwarte ja nicht gleich rote Rosen von ihm, denn er hat ja nicht wirklich was Schlimmes verbrochen, aber eine kleine Liebesbotschaft wäre durchaus angemessen.

Aber die Nachricht ist nicht von Marcello, wie ich mit einer gewissen Enttäuschung feststelle, sie wurde von einer unbekannten Nummer verfasst.

Kirschen mit Walnüssen oder Pistazien mit weißer Schokolade?

Wer schreibt mir denn so was?

13.

Noi donne dobbiamo restare unite

WIR FRAUEN MÜSSEN ZUSAMMENHALTEN

Nonna hat nichts gegen meinen Plan einzuwenden, mit Stella das Lesen anhand ihrer übersetzten Rezepte zu üben. Im Gegenteil, sie ist total begeistert und klopft mir anerkennend auf den Oberschenkel. «*Ben fatto* – Gut gemacht.»

Wir sitzen zusammen in meinem Polo, als ich ihr von dem Besuch bei Stella berichte. Neuss ist ganz in der Nähe von Düsseldorf, aber ich habe absolut keinen Orientierungssinn, also lasse ich mich vom Navi leiten. Nonna Lucia ist fasziniert von der sympathischen Stimme aus dem kleinen Gerät und spricht alle Anweisungen nach. «Inne dreihundert Meter scharfe links abbiegen.»

«Wir sind gleich da. Soll ich dann eigentlich auf dich warten, oder wie machen wir das?», frage ich sie.

Nonna hat von sich aus nichts weiter über ihr geheimnisvolles Treffen erzählt. Es fällt mir zwar zugegebenermaßen schwer, aber ich frage nicht weiter nach.

«Holst du mich umme halb sechs. Danne iste die Mission beendet.»

«Die Mission?», frage ich verständnislos. Und dann schiebe ich schnell hinterher: «Entschuldige, ich sollte ja nicht so viel fragen.»

«*La falena nera*», sagt Nonna Lucia geheimnisvoll. «Due erinnerste dich? Wirste balde verstehen, Giulietta.»

Schon wieder soll der kleine schwarze Falter dahinterstecken? Ich muss mich auf den Straßenverkehr konzentrieren, werfe Nonna Lucia aber trotzdem einen kurzen Seitenblick zu. Sie scheint es todernst zu meinen.

Wir halten auf einem kleinen Parkplatz nicht weit von der Neusser Innenstadt entfernt. Plötzlich bekomme ich ein mulmiges Gefühl. Hätte Nonna nicht einfach erzählen können, dass sie sich mit einer alten Bekanntschaft trifft? Aber nein, sie ist in irgendeiner geheimen Mission unterwegs, die ihr die schwarze Motte aufgetragen hat. Was, wenn sie sich verläuft, irgendwas passiert oder gar verschwindet? Dann bin ich schuld daran.

«Nonna, wo finde ich dich denn, wenn du dich verspätest? Triffst du dich mit jemandem oder so? Du hast ja noch nicht einmal ein Handy, dass du mich anrufen kannst, wenn bei dir was dazwischenkommt.»

«Imme *Cappuccino*», sagt Nonna.

So heißt die kleine Bar in Casamarciano. Ich gucke Nonna fragend an.

«Gibte auch in Neusse.»

«Und du weißt, wo das ist? Soll ich dich nicht hinbringen?»

Nonna schüttelt den Kopf. «Hinter Brunne.»

«Okay.» Ich hole einen Zettel aus dem Handschuhfach und schreibe meine Handynummer in großen Ziffern darauf. Darunter schreibe ich vorsichtshalber unsere Adresse in Essen.

«Ruf an, wenn irgendwas ist. Die haben da bestimmt ein Telefon.»

Nonna Lucia wackelt bedächtig die kleine Steigung nach oben, die in die Neusser Innenstadt führt, und ich sehe ihr nach. Dabei kommt mir irgendwas an ihr merkwürdig vor. Der Gang ist anders als sonst. Ob es daran liegt, dass sie leicht bergauf muss? Nein, das ist es nicht.

Ich drehe mich zur Rückbank, und da sehe ich ihn liegen.

Ruckzuck bin ich aus dem Auto raus und rufe laut: «Nonna, Nonna Lucia – dein Stock!» Als sie sich umdreht, ziehe ich ihn heraus und fuchtele damit in der Luft herum. Nonna Lucia schüttelt den Kopf, dann winkt sie mir und ist kurz darauf aus meinem Blickwinkel verschwunden.

Und jetzt? Ob ich ihr heimlich nachgehen soll? Nicht um sie zu kontrollieren, obwohl mich schon brennend interessieren würde, was sie dort zu suchen hat – oder mit wem sie sich trifft. Ich wüsste einfach nur gerne, dass sie auch wirklich heil im *Cappuccino* ankommt. So schnell wie der Gedanke gekommen ist, verwerfe ich ihn auch wieder. Wenn Nonna Lucia mich beim Nachspionieren erwischt, wird sie mir das nie verzeihen.

Ich werfe einen Blick auf die Uhr. Es ist genau vier, sie wird pünktlich da sein. Was mache ich denn jetzt so lange? Es lohnt sich nicht, für eineinhalb Stunden nach Essen zurückzufahren. Aber Düsseldorf ist nicht weit – und damit Marcello. Anstatt auf einen Liebesbeweis von ihm zu warten, könnte ich auch über meinen eigenen Schatten springen, die negativen Gedanken wegschieben und ihm meine Liebe beweisen. Er hat schon mehrmals gesagt, ich solle ihn doch mal in seiner neuen Agentur besuchen kommen. Ohne weiter darüber nachzudenken, fahre ich los. Marcellos Arbeitszeit geht offiziell bis um halb sechs. Manchmal macht er auch länger, aber maximal um sechs hat er Feierabend. Die Agentur liegt zum Glück etwas außerhalb in einem Gewerbegebiet. Ich muss mich also nicht durch die Düsseldorfer Innenstadt quälen. Es ist genau zwanzig nach vier, als ich meinen Polo in eine freie Parklücke manövriere. Und etwa eine Minute später habe ich das Gefühl, mein Herz hört für einen Moment auf zu schlagen.

Ich sehe die beiden in dem Moment, in dem ich aus dem Auto steigen will. Marcello steht nicht weit entfernt vor einer kleinen Frau mit dunklem, langem, lockigem Haar. Er umgreift ihr Gesicht, beugt sich zu ihr herunter und küsst sie zart auf den Mund. Dann zieht er sie an sich heran und hält sie im Arm. Ich kann den Blick nicht von den beiden abwenden, wie sie in zärtlicher Eintracht auf dem Gehweg stehen. Ich rutsche tiefer in meinen Sitz und starre wie betäubt durch die Scheibe. Alles, was ich momentan fühle, ist Eiseskälte, die sich langsam in mir ausbreitet – und das trügerische Gefühl, dass das nur ein böser Traum sein kann. Als die beiden sich nach einer gefühlten Ewigkeit voneinander lösen, dreht Marcello sich zur Seite – und sein überraschter Blick verfängt sich in meinem. Wie in Trance starte ich das Auto, fahre mit viel Gas rückwärts aus der Parklücke und brause davon. Es dauert keine zehn Sekunden, da klingelt mein Handy auf dem Beifahrersitz. «*Amore*» leuchtet auf dem Display auf. Wenn ich mich nicht zusammenreiße, muss ich mich gleich hier im Auto übergeben, so schlecht ist mir.

Ich fahre, ohne weiter darüber nachzudenken, auf die Autobahn. Mein Handy klingelt jetzt schon zum dritten Mal, aber ich ignoriere es noch immer. Als mir klarwird, dass ich wie eine Schnecke mit Tempo siebzig auf der rechten Spur entlangkrieche, fahre ich von der Autobahn ab. Mein Telefon klingelt schon wieder, als ich an einem kurzen Waldstück vorbeikomme und kurz darauf an einem gelben Ortschild. «Mettmann» lese ich und halte auf einem großen Parkplatz an, der zu dem Gasthaus daneben gehört. Ich lege meinen Kopf auf dem Lenkrad ab und schließe erschöpft die Augen. Ist das gerade wirklich passiert, was ich gesehen habe? Mein Telefon klingelt schon wieder. Diesmal ist es Steffi. Ich gehe nicht ran, drücke den Anruf weg und lasse die Fenster herunter, weil ich dringend Luft brauche. Dann lehne ich mich im Sitz zurück und atme tief durch.

Ich habe Mariella nie persönlich getroffen. Die letzte Gelegenheit dazu hat Mutti durchkreuzt, als sie uns die Sache mit Hardy aufgetischt hat. Aber Marcello hat mir am PC mal ein paar Fotos von ihr gezeigt. Sie ist klein, eher weiblich gebaut und hat langes lockiges Haar. So wie es aussieht, hat Marcello gerade seine Exfreundin geküsst ...

Mein Handy vibriert, Steffi hat mir eine SMS geschrieben. Mechanisch öffne ich die Nachricht. *Ruf an! Ist sehr wichtig!*

Na ganz toll. Wenn jetzt noch eine schlechte Botschaft kommt, dann breche ich zusammen. Es ist sonst gar nicht Steffis Art, solche Nachrichten zu verschicken. Ich warte noch zehn Minuten, um mich einigermaßen zu beruhigen, dann rufe ich sie an.

«Julia! Geht's dir gut? Wo bist du?», fragt meine große Schwester aufgelöst.

«Irgendwo in Mettmann», antworte ich mechanisch. «Was ist denn los? Wieder irgendwas mit Mutti?»

«Nein, wie kommst du denn darauf? Marcello hat mich angerufen. Er hat mir erzählt, was passiert ist, und mich gebeten, mich bei dir zu melden, weil du bei ihm nicht rangehst.»

«Warum sollte ich auch?», frage ich tonlos.

«Möchtest du hören, was er mir gesagt hat, oder willst du es lieber später mit ihm persönlich klären?»

Momentan will ich nur eins, und zwar das Bild der beiden aus meinem Kopf kriegen. Aber das gelingt mir nicht. «Schieß los.»

«Er hat mir erzählt, dass Mariella ihn heute überraschend in der Agentur besucht hat, weil sie ihn sprechen wollte.»

«Zwei Doofe, ein Gedanke», frotzele ich.

«Deswegen sind die beiden ein Stückchen spazieren gegangen. Dabei hat sie ihm gestanden, sie würde ihn noch immer lieben ...»

«Ach was, wer hätte das gedacht», sage ich trocken.

«Warte, Julia, es geht noch weiter ... Marcello hat ihr aber entgegnet, dass er dich lieben und heiraten würde. Da hat sie ihm gesagt, dann sei es für sie besser, wenn sie für immer den Kontakt abbrechen würden.»

Ich lache laut auf. «Es sah aber nicht gerade danach aus, als hätte Marcello sie abblitzen lassen.»

«Ja, warte, angeblich hat er sich für immer von ihr verabschiedet – und, na ja, sie hat sich noch einen letzten innigen Kuss gewünscht. Marcello beteuert, dass es von seiner Seite aus total harmlos war, nur freundschaftlich. Dann hat er sie zum Abschied umarmt – und auf einmal dich gesehen. Aber du bist wie eine Verrückte einfach losgebraust. Und jetzt macht er sich Sorgen.»

Ich atme tief ein und aus und sage gar nichts.

«Julia, es klang ehrlich.»

«Das ist mir egal. Was würdest du denn an meiner Stelle denken? Ich muss das erst einmal sacken lassen. Mein Gehirn kann das gerade echt nicht verarbeiten. Irgendwie ist da nur noch Vakuum ... Steffi, kann ich heute bei euch schlafen?»

«Klar, das weißt du doch», antwortet meine Schwester, «jederzeit.»

«Oder warte mal, Conny hatte heute einen ähnlich erbärmlichen Tag. Ich fahre zu ihr. Dann können wir uns gegenseitig trösten.» Ich weiß zwar nicht, ob das gutgeht, weil wir uns noch nie gleichzeitig in einer ähnlich desolaten Lage befunden haben. Aber die Idee gefällt mir.

«Ihr Professor?»

«Ja. Er hat eine Geliebte, noch eine, meine ich.»

«Hm», macht Steffi. Den Rest denkt sie sich. Sie ist seit fünf Jahren mit Christian verheiratet, glücklich, wie sie sagt. Ich weiß, dass sie überhaupt kein Verständnis für Connys Verhalten hat. Verheiratete Männer sind tabu, sagt sie – und ich finde, Verlobte sind es auch.

«Soll ich Marcello Bescheid sagen, dass du heute nicht nach Hause kommst?»

«Nein! Doch ... sonst steht er irgendwann bei Conny vor der Tür. Sag ihm, er soll bloß wegbleiben! So kurz vor der Hochzeit ... Musste das heute unbedingt sein?»

«Besser jetzt als irgendwann später, wenn ihr schon verheiratet seid.»

«Auf den Anblick hätte ich allerdings gerne ganz verzichtet», sage ich. «So ein Idiot!»

«Männer eben ... Bitte sag Bescheid, sobald du bei Conny bist.»

«Ja, mach ich.»

Ich lege auf und rufe meine Freundin an, die zum Glück gleich rangeht.

«Conny? Marcello hat Mariella geküsst. Und ich hab's auch noch live gesehen. Kann ich bei dir schlafen?»

«Sind jetzt alle total verrückt geworden, die bescheuerten Typen? Was fragst du noch, komm sofort her ...»

«Ich bin in 'ner guten halben Stunde bei dir», sage ich und schaue auf die Uhr, «das wäre so um sechs.» In dem Moment, in dem ich den Satz ausgesprochen habe, fällt mir siedend heiß etwas ein. «Scheiße!», rufe ich laut. «Ich habe Nonna Lucia vergessen.»

Von Nonna Lucia ist weit und breit keine Spur zu sehen. Ich bin zehn Minuten zu spät am Neusser Parkplatz angekommen und warte jetzt schon seit fünf Minuten, den Blick fest auf die kleine Anhöhe gerichtet, über die Nonna vorhin verschwunden ist. Als nach weiteren fünf Minuten immer noch keine italienische Oma in Sicht ist, hole ich eins von Stellas Leseblättern aus dem Auto und schreibe auf die Rückseite mit großen Buchstaben: Nonna! *Sono in Cappuccino* – Bin im Cappuccino. *Aspetta qui!* – Warte hier!

Meine Nachricht lege ich gut leserlich auf das Armaturenbrett. Eilig mache ich mich auf den Weg in Richtung Innenstadt. Das *Cappuccino* habe ich schnell gefunden. Wie Nonna selbst gesagt hat, ist es ganz in der Nähe des Marktbrunnens. Ich muss nur durch eine kleine Passage gehen, dann komme ich direkt darauf zu.

Vor dem Café steht ein einzelner Bistrotisch, an dem drei ältere Männer Karten spielen. Ich grüße sie und gehe an ihnen vorbei hinein. Aber drinnen ist es wie ausgestorben. Es ist niemand da, und schon gar keine Nonna Lucia. Nur die italienische Musik, die laut aus einer kleinen Anlage hinter der Theke erklingt, ist ein Zeichen dafür, dass der Laden überhaupt geöffnet hat.

Die drei Männer gucken mich neugierig an, als ich wieder aus dem Laden komme. Einer von ihnen trägt eine blaue Schirmmütze, auf der vorne das kreisrunde Zeichen des *SSC Napoli* prangt. Das ist auch Armandos Lieblingsverein, der beste Fußballverein der Welt, wie er gerne betont.

«Ernesto kommt gleich wieder», sagt der Napolifan in perfektem Deutsch zu mir. Ich schätze ihn auf um die siebzig. «Einen Kaffee kann ich Ihnen allerdings auch machen. Ich weiß, wie die Maschine funktioniert.»

«Ich wollte nicht zu Ernesto. Und einen Kaffee will ich auch nicht, vielen Dank», sage ich. «Ich suche eine ältere Dame. Sie heißt Lucia Esposito. Und eigentlich müsste sie eben hier gewesen sein.»

«*Una signora … Avete sentito?* – Eine Dame … Habt ihr das gehört?», fragt der Mann seine beiden Mitspieler, woraufhin diese lächeln und einträchtig nicken.

«Ernesto ist mit ihr gegangen. Vor vielleicht fünf Minuten, maximal zehn. Sie haben sie gerade verpasst.»

«Wissen Sie vielleicht, in welche Richtung sie gegangen sind?» Der Mann zeigt in die Richtung, aus der ich gerade gekommen bin. Erleichtert atme ich auf. Wenn sie erst vor kurzem los ist, heißt das, dass sie noch gar nicht unten am Parkplatz war. Wäre ich pünktlich gewesen, hätte ich also auf sie gewartet und mir Gedanken gemacht, wo sie bleibt. Aber eigentlich hätte ich sie dann eben treffen müssen, sofern sie den direkten Weg zum Parkplatz genommen hat.

Ich bedanke mich und laufe, so schnell ich kann, zum Auto zurück. Ich bin völlig außer Atem, als ich unten ankomme, aber von Nonna Lucia ist noch immer weit und breit keine Spur zu sehen. Wir haben jetzt sechs Uhr. Langsam kriecht Panik in mir hoch. Wo steckt sie nur? Als mein Handy erneut klingelt und *Amore* auf dem Display anzeigt, bin ich versucht dranzugehen. Vielleicht hat Nonna sich ja aus irgendeinem Grund bei ihm gemeldet? Aber dann hätte sie ihn auf seinem Handy anrufen müssen. Und dann hätte sie sich genauso gut bei mir melden können. Den Zettel mit der Nummer hatte sie ja.

Ich öffne die Fahrertür und lasse mich erschöpft auf den Sitz nieder. Ich fühle mich wie durch den Fleischwolf gedreht. Erst die Sache mit Mariella und Marcello, und dann das! Ich kämpfe gegen meine Tränen an, als plötzlich ein kleiner weißer Hund auf mich zugestürmt kommt. Er sieht aus wie der Racker aus der Cesar-Hundefutter-Werbung. Ich drücke die Tür so weit wie möglich auf und strecke meine Hand aus. Der Hund wedelt mich freundlich an und schnuppert an meiner Hand und meinem Knie. «Was bist du denn für ein lustiger Kerl?», frage ich. «So ganz alleine unterwegs ...»

Auf dem Parkplatz geht es sehr lebhaft zu. Ständig parken

Autos ein und aus, da könnte das Kerlchen ganz schnell unter die Räder kommen.

«Komm her, Kleiner!» Beherzt greife ich nach seinem roten Lederhalsband mit dem Herzchen, an dem eine Hundeleine befestigt ist. So wie es aussieht, ist er stiften gegangen.

Plötzlich steht ein älterer, groß gewachsener Mann vor meinem Auto. «Das ist Benito», sagt er und zeigt auf den Terrier. «Einmal nicht aufgepasst, und schon ist er weggeflitzt.»

Un cane bianco, schießt es mir durch den Kopf. Diesmal allerdings in der Miniaturversion.

«Ein süßer Kerl», sage ich und steige aus dem Auto aus. Dann klappt mir die Kinnlade runter. Vor mir steht Marcello, nur in einer wesentlich älteren Version. Mit offenem Mund starre ich den Mann an. Er hat tatsächlich die gleichen Gesichtszüge wie Marcello, eine ähnlich große, etwas schiefe Nase und leichte Schlupflider. Nur seine Augen sind braun, nicht grau wie Marcellos ... Und dann fährt er sich auch noch mit einer Geste über die wenigen grauen Haare, die mir bestens bekannt vorkommt.

«Tut mir leid, dass ich Sie so anstarre. Aber Sie sehen meinem Freund so ähnlich, dass es schon unheimlich ist.»

Der Mann lacht. «Schade, dass ich nicht fünfzig Jahre jünger bin.» Dann greift er nach der Leine, die ich immer noch in der Hand halte.

«O ja, hier, bitte.» Total verwirrt schaue ich dem Mann hinterher, der mit seinem Hund in Richtung Neusser Innenstadt verschwindet.

«Jetzt drehst du durch, Julia», sage ich laut zu mir selbst. «Was ist denn heute nur für ein Tag ...»

«Warumme?»

Wie vom Blitz getroffen drehe ich mich um. Nonna Lucia steht vor mir und beglückt mich mit ihrem Goldzahnlächeln.

«Nonna, zum Glück, da bist du ja wieder! Wo kommst du denn auf einmal her?»

Sie zeigt auf eine Bank ganz in der Nähe. «Isch habe auf dich gewartet, im Sitze.»

«Gut, dass du da bist. Ich habe dich schon gesucht. Ich war sogar im *Cappuccino* oben. Wir hatten doch halb sechs ausgemacht!»

Nonna Lucia deutet mit dem Kopf auf den Zettel, der hinter der Windschutzscheibe prangt. «Isch habe gewartet, wie du geschrieben hast. Aber du hast auch eine, *come si dice*, eine *messaggio* bekomme.»

«Eine SMS?»

Nonna kramt in ihrer Tasche und zieht ein Smartphone hervor, das sie mir stolz unter die Nase hält. «*Sì, sì*, eine Esse Emme Esse.»

«Aber woher ...»

«*Un regalo* – Ein Geschenk.»

Bevor sie mir verrät, von wem sie es bekommen hat, sehe ich auf dem Display meines Handys, dass ich zwölf Anrufe in Abwesenheit bekommen habe, alle von *Amore*. Und acht Kurznachrichten. Jeweils eine von Steffi und Lisa, eine von Conny, vier von *Amore* – und die letzte wieder von einer unbekannten Nummer, schon die zweite an diesem Tag ...

Giulietta, hier Nonna. *Ci incontriamo alle sei* – Treffen um sechs.

Nessun problema – Kein Problem, tippe ich schnell und schicke die Nachricht ab.

Nonna Lucia strahlt wie ein Honigkuchenpferd, als ihr Handy ein lautes Piepen von sich gibt. Sie ist erstaunlich flink mit ihren kleinen dicken Fingern und schickt mir ein *Grazie* zurück.

«Ist das dein erstes Handy?», frage ich.

Nonna Lucia schüttelt den Kopf. «Nein, wir hatten eine ganz alte, aber nichte eine Smarte Phone.»

Irgendjemand muss Nonna das Handy nicht nur geschenkt, sondern auch gezeigt haben, wie es funktioniert.

«Von Ernesto?», frage ich herausfordernd. «Die Männer im *Cappuccino* haben mir gesagt, dass du mit ihm weggegangen bist.»

«Ernste ... Ja, von Ernste.» Nonna Lucia lächelt und greift nach meiner Hand. «*Giulietta, questo è un segreto* – Das ist ein Geheimnis.»

Schon wieder eins! «Und wie willst du das Handy erklären?»

«Dasse ist von dir!»

Von mir? Ich brauche eine Weile, bis ich verstehe, dass Nonna eine Art Alibi braucht.

«Okay, dann ist es halt das alte Handy von Conny, meiner Freundin», schlage ich vor. «Sie braucht es nicht mehr.» Es handelt sich um ein schon etwas älteres Modell. Marcello weiß, dass ich so eins nie gehabt habe, und würde die Sache sofort hinterfragen. Und eigentlich behagt es mir auch gar nicht, dass ich ihn anlügen soll, auch wenn ich heute allen Grund hätte, ihm einen Bären aufzubinden. Daher scheint mir Conny die beste Lösung zu sein.

«*Una buona idea* – Eine gute Idee», befindet nun auch Nonna Lucia.

Ich halte ihr die Tür auf, und sie steigt ins Auto. Ich denke daran, gleich noch Conny Bescheid zu geben, dass ich erst Nonna nach Hause fahren muss. Hoffentlich laufe ich Marcello nicht über den Weg.

Als ich den Zündschlüssel drehe, blitzt das Bild von Marcello und Mariella in mir auf, prägnant und unauslöschlich, und ich versuche vergeblich, es wegzublinzeln.

«Haste du was im Auge, Giulietta?»

Ich schüttle den Kopf, da legt Nonna Lucia ihre Hand auf mein Knie und sagt: «*Noi donne dobbiamo restare unite* – Wir Frauen müssen zusammenhalten.»

14.

Da donna a donna

VON FRAU ZU FRAU

Marcello ist zum Glück noch nicht da, sonst würde sein Auto irgendwo hier in der Straße stehen. Wir haben gleich halb acht. Normalerweise kommt er zwischen halb sieben und sieben nach Hause. Umso besser, versuche ich mir einzureden, dann kann ich schnell ein paar Sachen von oben holen, ohne ihm zu begegnen. Aber tief in mir wurmt es mich, dass er noch nicht hier ist. Und es macht sich der Gedanke breit, dass mein Verlobter vielleicht immer noch dabei ist, sich wieder von Mariella zu verabschieden. Wer weiß, wozu sie ihn noch überredet. Es gibt eine ganze Menge Sachen, die man zum letzten Mal machen könnte, bevor man sich angeblich nie wiedersieht.

Nonna Lucia war fast die ganze Fahrt über mit ihrem Handy beschäftigt. Sie hat nicht gemerkt, was mit mir los ist, so fasziniert ist sie von dem kleinen Teil und der Technik, die darin steckt. Dass sie verschiedene Klingeltöne gleich mehrmals hintereinander ausgetestet hat, war zwar etwas nervend, aber immer noch besser, als mich mit ihr über mein Befinden unterhalten zu müssen. Nachdem sie sich für einen besonders schrillen Ton für eingehende Nachrichten entschieden hat, den sie auch gut hört, hat sie mir gleich mehrere Esse Emme Esse geschickt. Und da ich mein Telefon in der Halterung und auf Freisprechen eingestellt hatte, haben wir sogar miteinander telefoniert, obwohl wir nebeneinander gesessen haben. Anrufen, angerufen werden, Nachrichten schreiben und lesen. Wenn

Nonna darin fit ist, will sie auch die anderen Dinge lernen, wie zum Beispiel «die Internette». Ernesto, wer immer das auch ist, hat Nonna anscheinend auf dem Handy die Homepage von Casamarciano gezeigt. Es hat eine Weile gedauert, bis ich verstanden habe, was Nonna von mir wollte, als sie gesagt hat, sie wolle mit dem kleinen Telefon in die Welt sehen. Patrizio, Gott habe ihn selig, habe mit der modernen Welt nichts zu tun haben wollen, sagte sie. Er sei mit seinen Zitronen und dem Vulkan glücklich gewesen. Aber jetzt sei sie allein, und da müsse sie eben selbst zusehen, wie sie, die Witwe Lucia, mit ihrem restlichen Leben klarkomme.

Als wir unten vor der Haustür stehen, fällt mir der Gehstock wieder ein, der immer noch hinten auf der Rückbank liegt. Nonna Lucia hat ihn tatsächlich schon wieder vergessen.

«Du läufst richtig gut ohne deinen Stock. Wieso benutzt du ihn eigentlich überhaupt?»

Nonna Lucia zuckt mit den Schultern. *«Non caspisco.»*

Ich hole den Stock aus dem Auto und halte ihn ihr hin. «Den brauchst du gar nicht wirklich, oder?»

Nonna nimmt ihn mir lächelnd ab. *«Grazie.»*

Was Nonna Lucia nicht hören will, versteht sie auch nicht.

Ich packe gerade meine Zahnbürste in meinen Kosmetikbeutel, als ich höre, wie die Haustür geöffnet und wieder geschlossen wird. Sofort fängt mein Herz an zu rasen, und meine Knie werden weich. Ich lausche Marcellos Schritten, die den Flur entlang in Richtung Wohnzimmer gehen. Dann höre ich seine Stimme, wie er mit Nonna Lucia spricht. Ich lasse mich auf den Badewannenrand sinken, atme tief ein und aus. Ich weiß, dass ich jetzt eigentlich mit Marcello reden müsste. Und vielleicht stimmt es ja auch alles, was Steffi mir da erzählt hat, aber momentan kann ich das nicht. Ich möchte erst mal etwas

Abstand gewinnen, damit wir in Ruhe darüber reden können. Sonst ufert es am Ende in eine Ich-habe-recht-Schlacht aus, in der Marcello mir wieder die Worte im Mund umdreht. Genau das werde ich ihm jetzt auch sagen.

Marcello kommt in dem Moment aus der Küche, in dem ich den ersten Schritt aus dem Badezimmer mache.

«Julia!», sagt er und läuft auf mich zu. In seinen Händen hält er einen riesigen Strauß roter Rosen.

Vergessen ist mein Vorsatz und was ich ihm eigentlich sagen wollte. Ich weiß nicht, ob ich lachen oder weinen soll. Mir ist nach beidem zumute. Wie kann Marcello nur so blöd sein, jetzt mit einem Strauß Blumen aufzutauchen? Und dann auch noch mit roten Rosen! Offensichtlicher kann er sein schlechtes Gewissen ja nicht zur Schau tragen. Ich entscheide mich fürs Lächeln, aber es ist kein freudiges, sondern eher ein ungläubiges.

«Das ist jetzt nicht dein Ernst, Marcello», sage ich, als er mir den Strauß in die Hand drückt. «Wenn du mir jetzt auch noch ins Gesicht sagst: Es war nicht das, wonach es aussah, und du Armer bist sexuell von deiner Ex belästigt worden, dann kippe ich auf der Stelle um. Oder ich bekomme einen hysterischen Lachanfall.»

«Aber ... so war es tatsächlich ... Steffi hat dich doch angerufen und es dir erklärt, oder? Bei mir bist du ja nicht rangegangen.»

Ich schaffe es, nüchtern zu sagen: «Lass uns morgen darüber reden, ja? Ich fahre jetzt zu Conny. Ich brauch jetzt erst mal etwas Zeit. Wir stehen kurz vor unserer Hochzeit, Marcello! Ich muss da erst mal wieder runterkommen.»

«Okay, ja, kann ich verstehen, dann reden wir also morgen.»

Marcello sieht aus wie ein begossener Pudel, als ich ihn stehen lasse, um mich von Nonna zu verabschieden.

«Heute Nacht schlafe ich bei einer Freundin, bei Conny», sage ich zu ihr, den Blumenstrauß in der Hand. «Ich wollte dir nur Ciao sagen.»

«*Rose rosse? Cosa ha combinato?* – Rote Rosen? Was hat er angestellt?»

«*Chiedilo a lui* – Frag ihn.»

Conny guckt nicht schlecht, als ich plötzlich mit einem Strauß roter Rosen und einer Flasche Wodka vor ihr stehe, die ich gerade noch an der Tankstelle gekauft habe. «Hier, für dich!»

«Was? Sind die etwa von ihm?», fragt sie.

«Ja, sind sie, aber das erzähl ich dir alles gleich in Ruhe. Ich muss erst mal kurz meinen Schwestern Bescheid geben.»

Ich lasse mich auf die Couch fallen und schicke *Bin bei Conny, alles gut* an Steffi und Lisa. Danach checke ich noch kurz die letzten Nachrichten, die ich die letzten Stunden über bekommen und bisher nicht geöffnet habe.

Meine Schwestern wollen wissen, wie es mir geht, und sichern mir ihre Unterstützung zu, Marcello bittet mich etliche Male darum, ihn anzurufen, und schreibt mir, dass er mich liebt. Dann lese ich mir die Mitteilungen durch, die Nonna Lucia mir geschrieben hat, und muss schmunzeln. *Ich bin Lucia*, schreibt sie in einer. *Ich bin Italienerin.* Und in der nächsten: *Sono pronto* – Ich bin bereit.

«Was ist, was erheitert dich so?», fragt Conny und setzt sich neben mich.

Ich zeige meiner Freundin Nonnas Textbotschaften. «Das Handy hat sie übrigens von dir. Es ist ein altes, das du nicht mehr brauchst.»

Conny überlegt einen Moment. «Okay. Und vom wem hat sie es wirklich?»

«Von Ernesto. Oder Ernste. Keine Ahnung. Ich kenne ihn

auch nicht.» Nonna hat mir zwar gesagt, es sei ein Geheimnis, aber da sie das Handy nun offiziell von Conny bekommen hat, muss ich sie ja einweihen.

«Dann zahlt er auch den Vertrag? Oder hat sie eine Prepaidkarte?»

«Da sagst du was. Ich hab keine Ahnung.»

«Ist ja auch egal. Ich mixe uns jetzt einen schönen Cocktail. Ein paar Leckereien habe ich uns auch schon besorgt.»

Conny ist gerade aus dem Zimmer, da kommt eine weitere Nachricht auf meinem Handy an, wieder von *Unbekannt.*

Datteln mit Mandeln oder Aprikosen mit Haselnüssen?

Ich überlege noch, ob ich die SMS einfach ignoriere oder dem Unbekannten antworten soll, dass er die Nachrichten an die falsche Nummer sendet, da kommt Conny mit einem vollbeladenen Tablett herein und stellt es auf dem Tisch ab.

«Marcello?»

«Nein, *Unbekannt.* Hier ...» Ich gebe ihr das Handy.

«Auf jeden Fall umgekehrt. Zu Aprikosen passen Mandeln viel besser. Das weiß ja sogar ich.»

Umgekehrt, tippe ich in mein Handy und klicke noch mal die vorherige Nachricht an: *Kirschen mit Walnüssen oder Pistazien mit weißer Schokolade.* Eher das zweite, denke ich.

Ich lege das Handy weg und begutachte die Leckereien, die Conny auf dem Tisch platziert hat. So wie es aussieht, hat sie den halben Delikatessenladen leer gekauft, in dem sie normalerweise einkaufen geht, wenn sie sich in ihrer Wohnung mit dem Professor trifft. Meine Freundin ist zwar ein Genussmensch, aber Kochen war noch nie ihr Ding.

Verschiedene Salate, Dips, Oliven, Cocktailtomaten mit kleinen Mozzarellakugeln, gefüllte Weinblätter, leckeres Ciabatta ... Vorhin ist mir der Appetit vergangen, aber jetzt bin ich auf einmal hungrig.

«Hier!» Conny drückt mir ein großes Glas, gefüllt mit Eiswürfeln und einer orangefarbenen Flüssigkeit, in die Hand.

«Was ist das?», frage ich und schnuppere daran.

«Probier!»

Wir lassen unsere Gläser aneinanderklingen.

«Auf uns!», sagt Conny. «Die Kerle, die uns in die Knie zwingen, müssen erst noch geboren werden!»

«Genau!» Ich lecke den Zuckerrand vom Glas ab und versuche Connys Eigenkreation. «Mmh, lecker!»

«Mango-Smoothie», sagt Conny, «aber mit ordentlich Umdrehungen. Und jetzt verrate mir endlich, wie es dazu kommt, dass dein Marcello seine Exfreundin küsst.»

«Okay, also pass auf ...» Ich berichte Conny, was sich heute zugetragen hat, angefangen von unserer Fahrt nach Neuss bis zum überdimensionierten Wiedergutmach-Blumenstrauß, der jetzt hier bei Conny steht. Dazwischen nippe ich an meinem Cocktail oder nasche von den Leckereien. «Und jetzt sitze ich hier.»

«Ist schon seltsam, warum wir beide es auf einmal mit einer Konkurrentin zu tun haben», sagt Conny. «Ich verstehe nur nicht, warum du denn nicht gleich ausgestiegen bist und die beiden an Ort und Stelle zur Rede gestellt hast?»

«Weil ich einfach total perplex war. Ich konnte gar nicht denken.»

«Was für eine Art Kuss war es denn? Leidenschaftlich oder sanft?»

«Eher sanft.»

«Na gut, so tragisch finde ich das dann ehrlich gesagt gar nicht. Wenn es wirklich ein Abschiedskuss war, dann bist du die Ex vielleicht tatsächlich auf immer und ewig los. Was mich an der ganzen Sache stört, bist vielmehr du.»

«Ich?»

«Ja, du. Du lässt dich in eine ganz blöde Rolle hineindrängen. Oder noch schlimmer: Du rennst mit Karacho volle Kanne selbst hinein. So kenne ich dich gar nicht. Die arme Julia hat gegen die tolle Mariella keine Chance. Die Eltern mögen sie lieber als dich, die kleine Stella kann dich auch wegen ihr nicht leiden ... Du bist so passiv! Du reagierst nur, du agierst nicht. Wann hast du das letzte Mal in den Spiegel geschaut?»

Das war erst heute Morgen, als ich Nonna Lucias Blicke im Bad geübt habe. Aber ich weiß natürlich, worauf Conny hinauswill.

«Du bist eine verdammt schöne Frau, Julia. Du hast so viele Qualitäten. Und das sage ich nicht nur, weil ich deine Freundin bin. Du bist intelligent, kannst gut kochen, also ... zumindest Buchstabennudeln – und Spaß an Sex hast du auch, wie du mir erzählt hast. Was will ein Mann mehr?» Conny lächelt mich an. «Du bist die absolute Traumfrau. Die Einzige, die das nicht wahrhaben will, bist du selbst. Und das, seit du mit Marcello zusammen bist. Darüber solltest du dir mal Gedanken machen. So groß ist die Ikone Mariella gar nicht. Ist sie nicht auch körperlich viel kleiner als du, sagtest du? Du kannst Mariella mit links in die Tasche stecken, aber du machst es nicht. Du stellst dein Licht unter den Scheffel. Warum nur?»

«Seit ich mit Marcello zusammen bin, echt?»

«Ja, von dem kleinen Luder, das ich vorher kannte, ist nicht mehr viel übrig geblieben. Du wolltest zum Beispiel immer ein Atelier oder wenigstens einen Platz, an dem du malen kannst. Nur mal so ein Beispiel ... Du hast dich Ewigkeiten nicht mehr kreativ ausgetobt – weil du den Parkettfußboden nicht schmutzig machen willst. Hallo?»

«Ich hatte aber auch keine Zeit, wegen des Stresses in der Schule, den Prüfungen und so ...» Auf einmal habe ich das Gefühl, ich müsste mich verteidigen.

«Ja, und jetzt wirst du eine tolle Lehrerin, dann eine noch tollere Ehefrau. Und später wirst du dann eine perfekte Mama. Versteh mich bitte nicht falsch, das ist ja auch alles sehr schön. Aber ich vermisse die Künstlerin in dir, die spontane Freundin, die Frau, die immer so gerne gelacht hat! Du lachst kaum noch ... Warum, Julia?»

«Ich weiß nicht ... vielleicht, weil ich nie so werden wollte wie meine Mutter.»

Conny schmunzelt. «Da haben wir es. Mutti ist schuld! Darauf trinken wir noch einen. Und dann machen wir was schön Verrücktes!»

Ich rechne mit dem Schlimmsten, als Conny zuerst mit zwei neuen Cocktails auftaucht und dann einen Arm voller Klamotten anschleppt.

«Los, wir ziehen uns um! Ich habe noch die ganzen Hippieklamotten von der Mottoparty, die wir mal im Fachbereich gefeiert haben.»

«Du willst aber jetzt nicht in irgendeiner Disco Party machen, oder?»

«Keine Sorge, wir fangen klein an. Heute bleiben wir hier. Zuerst gucken wir *Mamma Mia*. Donna hat ein bisschen was von deiner Mutter, wenn du mich fragst. Und du was von Sophie. Sie sieht dir sogar ein bisschen ähnlich. Das ist der geeignete Film, um dich endlich mal wieder auf den richtigen Weg zu bringen. Und mich auch.»

«Und du? Wem ähnelst du?»

«Ich bin Tanya. Das ist die, die mit dem süßen jungen Typen am Strand rummacht.»

«Dem jungen, schon klar!»

«Genau. Da soll sich nämlich in Zukunft was ändern bei mir. Keine Kerle mehr, die meine Väter sein könnten.»

«Und was machen wir danach?», frage ich.

«*SingStar!* Ich habe die ABBA-Version.»

«Na gut, aber nur, wenn es genügend Cocktails gibt.»

Wir haben zehn Uhr. Mein zukünftiger Ehemann hat heute seine Exfreundin geküsst – auf den Mund! Und ich tanze in einer hautengen, lilafarbenen Schlaghose, einer orangefarbenen Rüschenbluse und einer großen Sonnenbrille mit Conny durch die Wohnung. Meine Freundin sieht ähnlich schräg aus wie ich. Nur ist ihre Hose pink, die Bluse gelb und auf ihrem Kopf prangt eine Mega-Afroperücke, die bei jeder ihrer Bewegungen hoch und runter wippt. Zum *SingStar*spielen sind wir noch gar nicht gekommen. Wir haben uns kurz entschlossen in der Küche zwei Bananen geschnappt und singen schon während des Films die Lieder mit.

Wir grölen gerade laut und übermütig *Honey I'm still free – Take a chance on me ...*, als Conny plötzlich innehält.

«Sch'glaub s'hat geklinglt», lallt sie und stellt den Ton leiser. Genau in dem Moment schellt es noch einmal.

Ich fange an zu kichern. Dann halte ich mich an dem Sessel fest, weil ich merke, dass ich etwas schwanke.

Conny stellt sich neben mich. «Das ist bestimmt die doofe Schuster von nebenan.» Sie grinst mich an. «Die hat sich schon mal beschwert, als es mit Sebastian ein wenig lauter wurde. Darauf kann sie in nächster Zeit allerdings lange warten ...»

«Oder es ist Marcello. Der sah vorhin aus wie ein bedröppelter Kater ... oder Hund, meine ich.» Die Cocktails zeigen ihre Wirkung. Ich kann zwar tanzen, ohne mich dabei zu schämen, aber ich schaffe es kaum, gerade zu stehen. Und zu sprechen anscheinend auch nicht.

«Oder es ist Sebastian. Der weiß ja noch gar nichts von seinem Glück, dass wir, das heißt seine Frau und ich, schon Bescheid wissen. Vielleicht hat die Rosner gerade keine Zeit, und jetzt versucht er es wieder bei mir! Komm, wir machen nicht auf. Ich guck durch den Spion, ob es doch die Schuster ist, und du schaust aus dem Fenster. Wenn es einer von den Kerlen ist, schickst du ihn gleich wieder weg.»

«Es könnte auch meine Mutti sein», witzele ich und mache das Fenster auf. «Die kommt immer dann, wenn es unpassend ist.»

«Hallo?» Ich beuge mich weit aus dem Fenster, um zu sehen, wer uns da so spät besuchen will. Als von unten niemand antwortet, rufe ich in den Raum hinein: «Da ist niemand, Conny.»

«Vor der Tür auch nicht ...»

«Halt, da kommt jemand!» Ich kneife meine Augen zusammen, um in der Dämmerung besser sehen zu können, wer da gerade ein paar Schritte zurückgeht und nach oben schaut. Das ist doch nicht etwa ...

«Kenn ich nicht.» Conny hat ihren Posten verlassen und steht jetzt neben mir. «Du?»

«Das ist Mariella», flüstere ich.

«Komm hoch!», ruft Conny zu ihr hinunter. «Ich mach dir auf.»

«Spinnst du?», fahre ich sie an und reiße mir die Brille runter.

«Und jetzt pack die alte Julia aus. Zeig mir die Traumfrau und schlag sie k. o. Los, komm mit ...»

Wir warten an der offenen Tür. Conny wohnt im zweiten Stock, das verschafft mir etwas Zeit, um wenigstens ein wenig klar im Kopf zu werden. Aber der Alkohol und Mariellas überraschender Auftritt hier machen mir schwer zu schaffen.

«Woher weiß sie, dass ich hier bin?», frage ich leise, um mir gleich selbst die Antwort dazu zu geben. «Marcello muss es ihr gesagt haben.»

Die Schritte kommen näher, und sie biegt im Treppenhaus um die Ecke.

«Hi, ich bin Mariella.» Marcellos Ex steht vor uns und lächelt uns an. Ein wenig unsicher, finde ich. «Ihr seht lustig aus ...»

Ungeniert betrachte ich ihr Gesicht, in der Hoffnung, irgendeinen Makel darin zu entdecken. Ein fliehendes Kinn wäre nicht schlecht. Oder wenigstens eine fette Warze auf der Nase. Oder schielende Augen. Aber dem ist leider nicht so. Mariella sieht immer noch genauso gut aus, wie ich sie im Gedächtnis hatte. Höchstens eben ein bisschen klein vielleicht.

«Entschuldigt, dass ich euch störe. Aber ich wollte nur fragen, ob ich dich kurz sprechen kann, Julia?»

Dem Gespenst in die Augen schauen und dabei die Traumfrau raushängen lassen? Gar nicht so einfach ...

«Komm rein. Ich kann dir allerdings nicht versprechen, dass ich zu tiefgreifenden Gesprächen in der Lage bin.» Ich sehe Conny an. «Wir haben nämlich ein bisschen gefeiert, meine Freundin und ich.»

«Ich bleib nicht lange», sagt Mariella, als sie uns ins Wohnzimmer folgt.

«Möchtest du was trinken?» Conny zeigt auf die restlichen Happen, die noch um den Rosenstrauß herum verteilt auf dem Tisch stehen. «Oder vielleicht was essen?»

«Nein, danke.» Mariella setzt sich auf den Sessel gegenüber der Couch. Sie rutscht mit dem Po ganz nah an die Kante heran, so als würde sie jeden Moment flüchten wollen. Sie sieht wirklich nicht danach aus, als wollte sie es sich hier gemütlich machen.

Ich lasse mich auf die Couch fallen und strecke meine Beine lang unter dem Tisch aus.

«Ich räum dann schon mal ein bisschen die Küche auf», sagt

Conny und verschwindet. Dabei lässt sie die Tür offen, damit sie auch ja alles mitbekommt.

«Ich wollte mich bei dir entschuldigen wegen meiner doofen Aktion heute in Düsseldorf. Ich habe Marcello regelrecht überfallen. Er kann wirklich nichts dafür.»

«Du hast ihm aufgelauert, dich auf ihn gestürzt und ihn gezwungen, dich zu küssen. Armer Marcello! Er kann gar nichts dafür», sage ich trocken. «Ich bin mir ganz und gar nicht sicher, ob es für mich danach ausgesehen hat.»

«Na ja, ich glaube, er war einfach nur überrascht. Es ist nur so, dass ich es wenigstens versuchen wollte. Ich hätte es mein ganzes Leben lang bereut, wenn ich ihm nicht gesagt hätte, dass ich ihn immer noch liebe. Aber er hat es mir ins Gesicht gesagt, dass er sich für dich entschieden hat ... Und jetzt will ich einfach nur noch, dass er glücklich ist, auch wenn es natürlich hart für mich ist. Und wenn ihr jetzt deswegen Stress miteinander habt, tut es mir echt leid.»

«Weißt du, Mariella», sage ich, «eigentlich geht dich das alles gar nichts an. Das ist eine Sache ganz allein zwischen Marcello und mir. Dass er dich bei meiner Freundin vorbeischickt, damit du ein gutes Wort für ihn einlegst, ist allerdings eine äußerst schwache Leistung von ihm.»

Mariella hebt abwehrend die Hände. «O nein, das war ganz allein meine Idee.»

«Aber wie hast du mich dann gefunden? Irgendjemand muss dir ja Connys Adresse gegeben haben.» Ich weiß es, noch bevor Mariella antwortet. Marcello hat damit tatsächlich nichts zu tun.

«Nonna Lucia hat mir gesagt, wo ich dich finde», sagt Mariella prompt. «Ich wollte mit dir über alles reden, *da donna a donna* – von Frau zu Frau.»

Ich will gar nicht wissen, wie Nonna Lucia Connys Adresse

rausgefunden hat. Bestimmt hat sie das ganze Arbeitszimmer auf den Kopf gestellt, bis sie irgendwo auf einen alten Brief oder mein Adressbuch gestoßen ist.

«Und was genau wolltest du mit mir besprechen, Mariella?»

«Ich wollte nur, dass du weißt, dass ich eurem Glück nicht mehr im Weg stehe. Es ist nur ... als ich Marcello so plötzlich wiedergesehen habe und er mir von seiner bevorstehenden Hochzeit erzählt hat, da sind die ganzen alten Gefühle wieder aufgebrochen. Ich habe monatelang nichts von ihm gehört, und dann steht er auf einmal leibhaftig vor mir in meinem Atelier ...»

Er hat sie also doch getroffen, ohne mir davon erzählt zu haben.

«Und was willst du jetzt noch hier? Ich meine, du kreuzt spät am Abend einfach so bei meiner Freundin auf ...»

«Ich will dir sagen, dass du dich glücklich schätzen kannst – und mich bei dir entschuldigen.»

«Wir kennen uns nicht, Mariella, und wir werden uns wahrscheinlich auch nie näher kennenlernen. Es ist zwar nett, dass du dich entschuldigen willst, aber Marcello hat mir bereits alles erzählt.»

«Ja, dann ...» Mariella erhebt sich langsam aus ihrem Sessel. Ich habe das Gefühl, dass sie noch irgendwas sagen möchte, aber sie überlegt es sich anders und geht zur Tür. Und das ist auch gut so, denn ich habe genug von ihrem Auftritt – und dem Gespenst mutig in die Augen gesehen, wie mein Opa das immer gesagt hat. Jedenfalls kommt mir die ikonenhafte Exfreundin jetzt weitaus weniger bedrohlich vor.

«Stark!», sagt Conny anerkennend, als die Tür ins Schloss fällt und wir uns wieder auf die Couch fallen lassen.

«Finde ich allerdings auch. Die hat echt Courage, einfach hier so in der Höhle des Löwen aufzutauchen.»

Conny rollt mit den Augen. «Ich meinte nicht sie, sondern dich, Dummerchen!»

«Findest du? Ich hab eindeutig zu viel getrunken. Ich weiß schon gar nicht mehr, was ich alles gesagt habe.»

«Dass sie das alles gar nichts angeht und es eine Sache zwischen dir und Marcello ist, zum Beispiel. Das hast du ihr ziemlich eindrucksvoll gesteckt.»

«Stimmt doch auch. Aber soll ich dir was sagen? Ich weiß, das ist jetzt total bescheuert, aber ich fand sie eigentlich ganz nett. Immerhin hat sie eingestanden, aus reinem Egoismus gehandelt zu haben. Mir hat sie fast sogar ein bisschen leidgetan.»

«Julia, du bist wirklich zu nett für diese Welt. Du würdest ja sogar mit den Mücken dein Blut teilen, wenn die Stiche nicht so blöd jucken würden. Nicht, dass du ihr deinen Marcello am Ende doch noch überlässt, weil sie dir so sympathisch war ...»

«Das sagt die Richtige! Du findest Sebastians Frau doch auch nicht unsympathisch, oder?»

«Das ist was ganz anderes.»

«Wieso?»

«Ich bin bei der ganzen Sache die Geliebte, also die Böse, die Spielverderberin! Immerhin wollte ich ihr den Mann wegnehmen. Und Mariella hat das schließlich auch versucht. Sie wollte dir deinen Marcello abspenstig machen. Und zwar eine Woche vor der Hochzeit, vergiss das nicht!»

«Du hast ja recht. Aber das Problem hier ist Marcello. Allen Verteidigungsreden zum Trotz verhält er sich so, als würde er doch noch etwas für sie empfinden. Und mein Bauchgefühl sagt mir, dass ich mit der Vermutung richtigliege, auch wenn sich das Ganze scheinbar aufgeklärt hat und ich gerade gehörig einen sitzen habe.» Ich lasse meinen Kopf nach hinten sinken.

«So wie ich das sehe, hast du zwei Möglichkeiten: Schieß

ihn in den Wind und blas alles ab – oder sorg dafür, dass sie für immer aus seinem Kopf verschwindet.»

«Sie soll für immer verschwinden!»

«Gut. Darauf trinken wir!» Conny geht in die Küche und kommt kurz darauf mit einer gekühlten Flasche Sekt zurück. Eigentlich ist mein Pegel schon erreicht, aber das ist mir egal. Ich habe das Recht, heute einen über den Durst zu trinken.

Conny lässt den Korken knallen. «Auf ...» Sie überlegt einen Moment, dann schmunzelt sie. «Auf die wahrhaftigen Frauen dieser Welt.»

Als wir anstoßen, piept mein Handy. Ich trinke das Glas in einem Zug aus, dann lese ich: *Umgekehrt ist gut. Was hältst du von dunkler Schokolade? Die ist immer eine Versuchung wert.*

Ich habe immer noch keine Ahnung, wer mir da dauernd schreibt, und so tippe ich: *Wann willst du mich in Versuchung bringen?*

Die Antwort kommt postwendend. *Morgen, um 17 Uhr.*

«Wem schreibst du da?», fragt Conny.

«Mr. Unbekannt will sich mit mir treffen.»

«Wow, zeig mal!» Conny nimmt mir das Handy aus der Hand. Sie ruft die letzte Nachricht auf, dann schreibt sie eine Antwort.

«He!» Ich will ihr das Telefon abnehmen, aber sie dreht sich weg und tippt weiter. Und dann kann ich nur noch die abgeschickte SMS lesen: *Ich bin auch immer eine Versuchung wert!*

Conny kichert übermütig. «Sollen wir nicht mal anrufen? Dann wissen wir, wer es ist.»

Ich schüttele den Kopf. «Nein, lieber nicht, vielleicht kennen wir uns ja doch.»

«Komm schon, wir schalten die Rufnummernübertragung aus, dann gibst du dich nicht zu erkennen.»

«Na gut ...» Ich gebe ihr das Handy.

Conny hält sich mein Telefon ans Ohr und lauscht gespannt. Ich kann ganz das Freizeichen und kurz darauf eine Stimme hören, die Conny jedoch ganz schnell wieder wegdrückt.

«Was ist? Wer war das?»

Conny zieht die Nase kraus. «Esposito», sagt sie. «Ich schätze mal, das war einer von Marcellos Brüdern.»

Die Backaktion ... Antonio! Wir hatten uns für morgen verabredet. Wie konnte ich das nur vergessen?

«Scheiße!», entfährt es mir. «Er muss eine neue Handynummer haben. Was hast du vorhin gerade geschrieben?» Ich lese ihre Nachricht noch einmal. «*Ich eine Versuchung*? O nein ...»

Schnell tippe ich: *Das vorhin hat Conny geschrieben. Sie ist betrunken!*

Antonio schickt mir ein schlichtes Smiley zurück. Und nur ein paar Sekunden später noch eine Nachricht.

Also morgen um 17 Uhr, bei den Eltern!

Ja, freu mich. Erleichtert atme ich auf. Er ist zum Glück nicht weiter auf Connys Spruch eingegangen.

«Sieht Antonio gut aus?», fragt Conny.

«Er ist Marcellos Bruder!», empöre ich mich.

«Ich mein doch nicht für dich, Dummerchen. Für mich!»

«Ach so, ja. Um es mit Nonna Lucias Worten zu sagen: Er ist ein Esposito, die sehen alle gut aus.»

15.

Tutto chiarito?

ALLES GEKLÄRT?

Ich bin mutig, stark und schön. Ich bin mutig, stark und schön ... die absolute Traumfrau. Ich versuche, meditativ auf mich einzureden, denn ich bin hellwach, obwohl es erst fünf Uhr morgens ist und wir gestern Abend ziemlich über die Stränge geschlagen haben. Conny liegt in ihre Decke eingemümmelt neben mir, während Marcello sich das Wasserbett zu Hause mit Nonna Lucia teilt. Um halb acht macht er sich normalerweise auf den Weg zur Arbeit ... Anstatt in der Wohnung meiner Freundin tatenlos vor mich hin zu leiden, sollte ich nun wirklich dafür sorgen, dass er sich seine blöde Ex aus dem Kopf schlägt.

Meine Freundin hört mich nicht, als ich leise aufstehe und über Perücken und Klamotten steige.

Auf Connys antikem Sekretär im Wohnzimmer liegt neben einem Notizblock das heimlich geschossene Beweisbild, das ihren Professors eng umschlungen mit seiner anderen Geliebten zeigt. Ich finde noch eine Porträtaufnahme von ihm, in Schwarzweiß, die bestimmt Conny gemacht hat. Sie hat eine richtig gute Kamera und einen Blick für schöne Aufnahmen. Deswegen wird sie auch unsere Hochzeitsfotos schießen. Wenn sie hinter der Linse steht, fühle ich mich wenigstens wohl. Dann kann ich einfach nur ich selbst sein und muss mich nicht großartig verstellen. Eingehend betrachte ich das Foto von Sebastian. Er sieht auf dem Foto definitiv besser aus als in der Realität. Hier wirkt er wenigstens interessant, wie er durch seine Hornbrille gedankenverloren in die Ferne schaut, das Kinn dabei auf einer seiner faltigen Hände abgelegt. Mann, der Typ ist echt alt. Und er erinnert mich ein wenig an Woody Allen. Was die Frauen nur an ihm finden? Ich suche nach einem Stift und greife nach dem erstbesten. Es ist ein Edding.

Bin ganz früh nach Hause gefahren, um mir meinen Zukünftigen zurückzuholen. Meld dich, wenn du wach bist. Hoffe, deine Kopfschmerzen halten sich in Grenzen. Kuss – Julia, schreibe ich mit großen Buchstaben auf die erste Seite des Blocks und male ein schönes Herz dazu. Ich reiße die Seite ab und verziere den Herrn Professor mit einer großen, fetten Schweinenase. Dann lege ich Papier und Foto vor Connys Schlafzimmertür, damit sie gleich darüberstolpert, wenn sie aufsteht.

Das Haus, in dem wir wohnen, ist alt und hat seinen Charme, aber dafür knarzt und quietscht es an allen Ecken. Ich versuche, den Schlüssel möglichst geräuschlos im Schloss umzudrehen, damit niemand wach wird, da ich Marcello gerne überraschen will. Die Tür knarrt normalerweise höllisch, wenn man sie einfach so aufdrückt, aber es funktioniert ganz gut, wenn man sie beim Öffnen etwas anhebt. Die Schuhe habe ich bereits im Hausflur ausgezogen. Ich schleiche auf Zehenspitzen in Richtung Arbeitszimmer, um mir einen Zettel vom Schreibtisch zu holen. Ich will Marcello eine Nachricht schreiben, dass ich heimgekehrt bin und er mich im Gästebett vorfindet, und sie dann unter der Schlafzimmertür hindurchschieben. Als ich die Türklinke nach unten drücke, höre ich im Inneren ein leises Husten, das eindeutig männlicher Natur zu sein scheint, wie man auch dem nachfolgendem Räuspern entnehmen kann. Marcello ist also vor Nonna Lucia geflüchtet und liegt schon auf der Gästecouch. Wie praktisch! Die alte Dame kann demnach doch alleine schlafen, genauso wie sie auch ohne Stock sehr gut gehen kann. Wusste ich es doch!

Ich gehe ins Bad, putze mir die Zähne und übe noch einmal den heißen Blick im Spiegel. Dann entkleide ich mich vollständig. Ich bin eine unwiderstehliche Traumfrau mit langen Beinen, sage ich mir. Meine Haut ist weich wie die eines Babys, meint Marcello immer voller Bewunderung, wenn er meinen Körper streichelt. Und genau das hat er schon viel zu lange nicht mehr getan. Ich vermisse seine Streicheleinheiten, aber das wird sich ja ab heute zum Glück wieder ändern.

Vorsichtshalber wickle ich mir ein Handtuch um. Ich habe keine Lust, plötzlich splitterfasernackt vor Nonna Lucia zu stehen, die mal wieder viel zu früh durch die Wohnung geistert. Ich würde ihr zutrauen, dass sie schon vor der Badezimmertür steht und auf mich wartet.

Aber meine Befürchtung ist unbegründet. Unbemerkt komme ich ins Gästezimmer. Es ist stockdunkel, Marcello schläft immer mit heruntergezogenen Rollos. Ich lasse das Handtuch an mir heruntergleiten und krieche zu ihm unter die Bettdecke. Oh, da hat auch jemand Alkohol getrunken, denke ich.

Marcello liegt mit dem Rücken zu mir und schnarcht ahnungslos vor sich hin. Hier auf der Couch haben wir noch nie Liebe gemacht. Wir haben ja auch unser Schaukelbett. Meine Hand wandert unter sein Shirt vor bis zu seiner Brust. Als meine Finger durch lockiges Brusthaar gleiten, dämmert mir langsam, dass hier irgendwas nicht stimmen kann. Normalerweise rasiert sich Marcello dort nämlich regelmäßig.

Aber erst als jemand verschlafen nuschelt: «Das fühlt sich verdammt gut an!», wird mir klar, dass der Mann, an den ich mich da eben nackt herangepirscht habe, ganz sicher nicht Marcello ist. Wie von der Tarantel gestochen springe ich auf. Dabei stoße ich mit meiner Hüfte gegen den Schreibtisch, sodass die Stiftbox auf den Boden knallt. Ich schaffe es trotz einem Riesensatz nicht bis zur Tür, bevor das Licht angeht.

«Julia ...» Antonio hält den Schalter in der Hand und sieht mich verschlafen an. «Und ich dachte, es sei nur ein schöner Traum.»

«Verdammt, Antonio! Ich konnte doch nicht wissen, dass du das bist. Sonst hätte ich nie ...»

Antonio mustert mich ungeniert von oben bis unten. «Marcello kuschelt mit Nonna Lucia.»

Ich bücke mich, um nach dem Handtuch zu greifen, und genau in dem Moment geht die Tür auf.

«Alles in Ordnung?», fragt Marcello, dann sieht er mich und stutzt. «Julia!»

«Guten Morgen ...» Provisorisch halte ich mir das Handtuch vor. Ich straffe die Schultern und trete an Marcello vorbei. Auf dem Weg zum Badezimmer kann ich noch Antonios Kommentar hören: «Beneidenswert, Bruderherz!»

Nonna Lucia verzieht keine Miene, als sie mich halb nackt an der Badezimmertür antrifft.

«*Vuoi caffè?* – Möchtest du Kaffee?», fragt sie.

«Ja, das ist eine gute Idee», sage ich und verschwinde im Bad.

Die beiden Brüder sitzen bereits am Küchentisch, als ich geduscht und angezogen dazukomme. Sie senken die Köpfe und bemühen sich sichtlich, nicht zu grinsen, aber es gelingt ihnen nicht wirklich. Eine große Tasse Kaffee steht schon an meinem Platz. Nonna Lucia werkelt im Hintergrund herum.

Ich greife nach einem *biscotto* und tauche es genüsslich einen Moment ein, und zwar nur so lange, bis es ein wenig weich wird, sich aber nicht in seine Bestandteile auflöst, die dann krümelig in der Tasse herumschwimmen. Als der Keks verzehrt ist, hebe ich den Kopf. Angriff ist die beste Verteidigung. «Dein

Pelz hat sich gut angefühlt», sage ich zu Antonio und grinse ihn frech an. «Marcello mag es am liebsten frisch rasiert. Wie glatte Babyhaut.»

Damit hat Antonio nicht gerechnet. Und Marcello auch nicht. Sie sehen aus, als seien sie davon ausgegangen, dass es mir hochnotpeinlich ist und ich mich ausgiebig entschuldige oder nach Rechtfertigungen suche. Sie wissen nicht, was sie darauf sagen sollen. «Nur wenn die Haare nachwachsen, pikst es ganz fürchterlich», setze ich noch obendrauf.

Antonio fängt sich zuerst wieder. «Muriel stand auf meine Brustbehaarung. Sie war sogar ganz verrückt danach und hat ständig darin rumgewühlt.» Er grinst mich an. «Sie konnte der Versuchung einfach nicht widerstehen.»

Wusste ich's doch! Es hätte mich auch gewundert, wenn Antonio nicht wenigstens eine Bemerkung über unseren SMS-Wechsel gemacht hätte. Ich gehe nicht darauf ein. «Ist das die, die jetzt dein Notebook hat?»

«Ja, und auch mein altes Handy ist in ihren Besitz übergegangen, sozusagen als Andenken an mich. So stand es jedenfalls auf einem Zettel, den sie mir zum Abschied hinterlassen hat. Ich konnte meine Sachen nicht mehr zurückholen, weil ich nur ein paar Stunden später nach Düsseldorf geflogen bin.»

«Oh, mit Französinnen scheint ja nicht gut Kirschen essen zu sein», sage ich. «Du hast ja noch kaum erzählt, wie es dir in Paris ergangen ist ...» Die ganze Sache ist mir wirklich peinlich: Erst unsere Plänkelei mit der Versuchung, und dann setze ich noch einen drauf und wanze mich irrtümlich an meinen zukünftigen Schwager ran. Es wäre mir ganz recht, wenn das Gespräch sich jetzt in eine andere Richtung entwickeln würde, aber Antonio geht nicht darauf ein.

«Das erzähl ich dir irgendwann mal in Ruhe. Ich hab übrigens vorhin für einen kurzen Moment gedacht, Muriel sei es, die da zu mir kommt. Und dann haben sich die Nebel gelichtet, und mir ist klargeworden, wo ich bin. Nicht in Paris, sondern bei meinem Bruder auf der Gästecouch. Als Nonna mich gestern angerufen und herzitiert hat, wusste ich noch nicht, dass der Abend so feuchtfröhlich wird, dass ich nicht mehr fahren kann.»

Nonna hatte also auch hier ihre Finger im Spiel. Ob die beiden wissen, dass sie mir im Gegenzug dazu Marcellos Exfreundin auf den Hals gehetzt hat?

Ich will Mariellas Überraschungsbesuch gerade ansprechen, da sagt Antonio augenzwinkernd zu Marcello: «Du hast Glück, dass ich nach Paris gegangen bin, sonst hätte ich mir Julia geschnappt. Du solltest gut auf sie aufpassen ...»

Marcello boxt Antonio freundschaftlich in die Seite und legt seinen Arm um mich. «He, du wirst deinem Bruder doch nicht die Braut stehlen wollen!»

«Wer hat denn was von Stehlen gesagt?»

Ich schaue von einem zum anderen. Ist das nun Spaß, will er seinen Bruder eifersüchtig machen, oder steckt da sogar ein Funke Wahrheit dahinter? Als wir uns damals kennengelernt haben, hat Antonio heftig mit mir geflirtet. Aber dann ist er nach Paris gegangen, und erst danach hat sich das mit Marcello entwickelt.

«Vielleicht solltest du dich besser um sie kümmern, damit sie sich nicht doch noch in fremde Arme flüchtet», sagt Antonio und zwinkert mir zu.

«Soll ich mein Brusthaar für dich wachsen lassen?», fragt Marcello. Er scheint den Ernst hinter der ganzen Sache also nicht zu sehen.

«Das wäre vielleicht schon mal ein Anfang», antworte ich und trinke meinen Kaffee aus. Marcello hat sich getäuscht, wenn er denkt, dass er unbeschadet aus der Nummer mit Mariella rauskommt. Meine Hand ist versehentlich auf Antonios Brust gelandet, Marcellos Lippen hingegen in voller Absicht auf Mariellas Mund. Und so sage ich zu ihm: «Rote Rosen kannst du dir in Zukunft sparen, und Fremdküsse auch.»

Marcello greift nach meiner Hand. «Versprochen, *amore.*»

Nonna Lucia schenkt uns Kaffee aus der Bialettikanne nach und setzt sich zu uns. Sie hat die ganze Zeit geschwiegen und sich rausgehalten. Ich bin mir aber sicher, dass sie jedes Wort unserer Unterhaltung verstanden hat. Dann sagt sie zu mir: «Giulietta, du haste Glück gehabt. Ich wollte in die Gastezimma schlafen. Wenn Antonio nichte gekomme wäre, hättest du dische zu mir gelegte ...»

Antonio und Marcello gucken sich an. Dann fangen sie beide an zu lachen – und ich falle lauthals in das Gelächter ein.

Die Stimmung ist gut, als die Jungs sich auf den Weg machen. Die Sache mit Mariella rumort zwar in mir, aber das lasse ich mir momentan nicht anmerken. Antonio fährt zum Großmarkt, um noch einige Zutaten für unser Probebacken heute Abend zu besorgen: Pistazien, getrocknete Aprikosen – und dunkle Schokolade. Und Marcello macht sich auf den Weg zur Arbeit. Die beiden sind schon fast zur Tür raus, da sagt Marcello: «Es kann heute ein bisschen später werden, *tesoro.* Ich will mir nachher noch die Agentur in Köln anschauen.»

Damit habe ich nicht gerechnet. Normalerweise macht Marcello freitags etwas früher Schluss. Ich hatte gehofft, dass wir beide ganz in Ruhe noch einmal über den unglücklichen Vorfall mit Mariella reden können, bevor ich zu Antonio fahre. Und außerdem ... «Warum willst du dir die Agentur denn überhaupt ansehen? Ich dachte, das Thema hätten wir schon geklärt. Köln kommt für mich im Moment nicht in Frage, und daher verstehe ich nicht ...»

Marcello drückt mir einen Kuss auf die Lippen. Der für Mariella war zärtlicher, schießt es mir durch den Kopf. «Ach, ich guck doch nur. Mach doch nicht schon wieder so ein Gesicht. Alles wird gut!»

Alles wird gut?

«Du kannst gerne früher kommen.» Antonio nimmt mich in die Arme und drückt mich an sich. Auf die zwei Wangenküsse verzichtet er diesmal. Wieder habe ich wie vorhin seinen Geruch in der Nase. «Ich freu mich aufs Backen mit dir.»

«Wie lange braucht ihr denn?», fragt Marcello. «Ich kann ja nachkommen.»

«Ich muss um halb elf zum Flughafen, um die Eltern abzuholen. Bis dahin werden wir wohl beschäftigt sein.» Marcello und Antonio gehen die Treppe hinunter. Ich bleibe stehen, bis ich unten das Türschloss schnappen höre. Und auf einmal weiß ich, was mich an diesem vermeintlich erzwungenen Kuss von Mariella am meisten gestört hat. Es war gar nicht mal die Tatsache, dass Marcello sie geküsst hat, sondern wie er es getan hat. Mit so viel Zärtlichkeit hat er mich schon lange nicht mehr geküsst, und wenn ich ganz ehrlich zu mir bin, noch nie. Aber ich habe mich ja auch noch nie für immer von ihm verabschiedet. Nachdenklich ziehe ich die Wohnungstür hinter mir zu.

«*Tutto chiarito?* – Alles geklärt?», fragt Nonna Lucia plötzlich hinter mir.

«*Tutto chiarito!*», flunkere ich. Ich werde das Gefühl nicht los, dass Nonna bei der ganzen Sache irgendwie ihre Finger im Spiel hat. Ich muss mir das alles noch mal durch den Kopf gehen lassen.

«Gute! Noch eine *caffè*?»

In der Küche hält mir Nonna Lucia ihr Handy hin. «*Fammi vedere come si scattono le foto?* – Zeigst du mir, wie man Fotos macht?»

«Ja, komm, setz dich zu mir.»

Die alte Dame zeigt sich erstaunlich fit im Umgang mit dem Handy. Meine Mutter hat sich da bedeutend schwerer getan, als sie sich ihr erstes zugelegt hat. Und die ist bedeutend jünger. «Du bist gut in Sachen Technik», lobe ich sie.

Nonna Lucia freut sich. Dann erzählt sie mir, dass sie diejenige war, die sich in Casamarciano um all diese Dinge gekümmert hat. Angefangen von der Waschmaschine bis zum Toaster könne sie alles reparieren. Das müsse man als Frau können, wenn man einen Mann mit zwei linken Händen habe, der zwar gut mit Blumen, aber nicht mit Technik umgehen könne.

«Guckste du ...» Nonna steht auf, geht zum Kühlschrank, holt Milch heraus und macht sich an unserem Kaffeevollautomaten zu schaffen. Ich staune nicht schlecht, als sie mir einen perfekten Cappuccino serviert.

«Wann hast du das denn gelernt?», frage ich.

«Marcello und Antonio waren ausse. Da habe ich versuchte.»

Was? Ich war davon ausgegangen, dass sie gestern bei uns zu Hause versackt sind. Warum haben sie das nicht erzählt? Ob sie vielleicht in Gesellschaft waren?

«War Mariella dabei?», frage ich ganz direkt.

«Mariella? *Quella che era con te, giusto?* – Die war doch bei dir, oder?»

«Ja, weil du ihr Connys Adresse gegeben hast. Wo hattest du die überhaupt her?»

Nonna Lucia zuckt mit den Schultern. «*Non capisco* – Ich verstehe nicht.»

Ich trinke etwas Milchschaum ab und beobachte Nonna Lucia über die Tasse hinweg. Sie beginnt, die Teller auf dem Tisch zusammenzustellen. Aber so leicht lasse ich sie nicht davonkommen. Mein Italienisch ist zwar nicht perfekt, aber den

Satz bekomme ich hin: «*Dove hai preso l'indirizzo?* – Wo hast du die Adresse her?»

Nonna erhebt sich schwerfällig von ihrem Stuhl und stellt die Teller in die Spüle. Ich bleibe sitzen und warte, bis sie wieder zum Tisch kommt. «Nonna, ich habe dich was gefragt!»

«Ausse deine Notizenbuche.» Nonna zeigt mir ihr Goldzahnlächeln. Wenn sie verlegen sein sollte, kann sie das sehr gut überspielen. Mein Adressbuch liegt nicht einfach offen irgendwo rum, ich verwahre es in der obersten Schublade meiner Kommode neben dem Schreibtisch. Sie hat also meine Sachen durchwühlt. War ja irgendwie klar ...

«Ische wollte nur helfe. Habte ihr eusche gesprochen?»

Ich seufze auf. «Ja, aber ehrlich gesagt wäre es mir lieber, wenn du mir in Zukunft nicht mehr helfen würdest. Das ist eine Sache zwischen Marcello und mir.»

«Wenne du meinste.» Nonna zeigt mit dem Finger auf meine Tasse. «*È buono il cappuccino?* – Ist der Cappuccino gut?» Für sie ist das Thema also erledigt. Da ich keine Lust auf Stress habe, gehe ich nicht weiter darauf ein.

«*Molto buono.*»

Marcello und ich haben stundenlang die Gebrauchsanweisung durchgearbeitet, bis wir einen leckeren Cappuccino hinbekommen haben. Der von Nonna Lucia ist perfekt. Er schmeckt irgendwie anders als sonst, intensiver und aromatischer.

Nonna lächelt zufrieden. Dann zieht sie aus dem Küchenschrank ein Paket Kaffee hervor. *Kimbo Espresso-Bar* steht in leuchtend roten Buchstaben auf der dunkelbraunen Verpackung. «Die beste *caffè*!» Nonna hält mir die geöffnete Tüte hin, und ein unheimlich intensiver Kaffeeduft erfüllt den Raum.

«Hast du den aus Italien mitgebracht?», frage ich.

Sie zuckt mit den Schultern.

Aha, also stammt er nicht aus ihrem Koffer. «Ist er von Ernesto?»

Nonna steckt ihre Nase tief in die Tüte hinein. «Ernste», sagt sie und verstaut das Päckchen wieder im Küchenschrank. Dann dreht sie sich um und fragt: «Und jetzte zeigst du mir, wie verschicke die Foto.»

Ich hole mein Handy und entdecke eine Nachricht von *Unbekannt: Freu mich auf heute Abend!*

Ich muss zugeben, dass ich mich auch freue. Und das schreibe ich ihm auch.

«Wanne müsse wir los?», fragt Nonna Lucia.

Ich verstehe im ersten Moment nicht, was sie meint, aber dann dämmert es mir. «Du kommst mit nach Düsseldorf?»

«*Sì, sì*», antwortet Nonna Lucia. «Ich musse zu Rebecca.»

16.

Sono i suoi capelli rossi?

SIND SEINE HAARE ROT?

«Nonna, das ist Conny. Sie fährt mit uns nach Düsseldorf.»

Nonna Lucia zieht meine Freundin an sich heran und beglückt sie mit zwei feuchten Wangenküsschen. «*Una bella donna. E capelli rossi!* – Eine schöne Frau. Und rote Haare!»

«*Grazie*», flötet Conny geschmeichelt. «Und Sie sind die Frau, die meine Freundin so sehr bewundert. Julia hat schon ganz viel von Ihnen erzählt.» Conny hat es schon immer verstanden, Menschen innerhalb von Sekunden für sich einzunehmen.

«Hatte sie das?» Nonna wirft mir einen forschen Blick zu, als ich ihr die Tür aufhalte und beim Einsteigen helfe. Conny hat recht. Ich bewundere die alte Dame, die nun energisch ihren Weg als Witwe geht und vor Tatendrang nur so strotzt, auch wenn sie ihre Nase gerne mal in private Angelegenheiten steckt.

«*Sì*, das hatte sie», sage ich und lächle Nonna von der Seite aus an. Dann frage ich meine Freundin, die hinten Platz genommen hat, und suche ihren Blick über den Rückspiegel: «Warst du tapfer, oder bist du doch schwach geworden?»

«Ich bin definitiv geheilt», sagt sie und grinst. «Von verheirateten Männern will ich nichts mehr wissen.»

«Warste du kranke?», fragt Nonna Lucia.

«Liebeskrank», sagt Conny.

«*Ah, malata d'amore, capisco*. In Italia die Männer liegen dir zu Füße, wirste sehen. So eine schöne Frau. Komm nach Neapel, ische habe viel Platz in die Haus.»

«Da ist was dran», sage ich. «Die Männer würden garantiert bei dir Schlange stehen.»

Nonna tätschelt mein Knie. «*Con te pure,* Giulietta – Bei dir auch.»

Ich muss daran denken, wie wir früher immer mal wieder rumphantasiert haben, irgendwann einfach alle Zelte abzubrechen und in Italien eine kleine Pension oder ein charmantes Café zu eröffnen. Allerdings irgendwo in der Toskana, und nicht in Neapel.

«Tut mir leid, aber momentan habe ich keine Lust auf Männer!», sagt Conny. «Aber vielen lieben Dank für das Angebot.»

Nonna Lucia dreht sich interessiert zu meiner Freundin um. «*Ah, una lesbica.* Du magste Frauen?»

Als ich Connys verdutztes Gesicht sehe, muss ich lachen.

«Nein, so war das nicht gemeint.» Sie hat sich schnell wieder gefangen. «Ich mag Männer, aber ich brauche eine Pause.»

«*Una pausa dagli uomini* – Eine Männerpause, ich verstehe. Das ist gute. Ische brauche das auch!»

«Die ist ja voll cool, deine italienische Oma, so eine hätte ich auch gerne», flüstert Conny, als wir zum Haus meiner Schwiegereltern gehen.

Antonio öffnet die Tür, und Nonna Lucia begrüßt ihren Enkel. Ich schiebe Conny vor und mache die beiden miteinander bekannt. «Antonio, das ist Conny, meine beste Freundin. Und diejenige, die dir einfach eine Nachricht von meinem Handy aus geschickt hat.»

«Hi!» Antonio begrüßt sie mit zwei Wangenküsschen. «Dann bist du also die Versuchung?»

«Vielleicht», sagt Conny.

«*Lei è malata d'amore* – Sie ist liebeskrank», erklärt Nonna Lucia.

«Ah, willkommen im Club.»

Wir gehen in die Küche, und Antonio zeigt auf die Zutaten, die wir gleich verarbeiten werden. Überall stehen Lebensmittel herum, verschiedene Mehlsorten, Trockenfrüchte, Ricotta, Mascarpone, Eier, Zitronen ... «Gegen Liebeskummer gibt es nur ein Mittel – *dolci!*»

Da kommt Rebecca, die jüngste Schwester der Esposito-Geschwister durch die Küchentür. Die Kugel, die sie vor sich herschiebt, ist gewaltig. Sie begrüßt ihre Nonna, die sofort ihre Hand auf Rebeccas Bauch legt.

«*Grazie per esserci, Nonna* – Danke, dass du hier bist.»

«*Te lo avevo promesso* – Ich habe es dir versprochen.»

Er kommt früher ... Auf einmal fällt mir Nonnas Prophezeiung wieder ein.

«Darf ich mal fühlen?», frage ich, nachdem sie auch Conny und mich begrüßt hat.

«Klar, aber der Kleine schläft. Er wird immer erst nachts wach, wenn alles ruhig ist und ihm langweilig wird.»

Vorsichtig halte ich meine Hand an Rebeccas Bauch. Als ich einen kleinen Stupser spüre, huscht ein Lächeln über mein Gesicht. Er ist doch wach. «Es ist also wirklich ein Junge?»

«Sie ist schöne wie noch nie.» Nonna tätschelt Rebeccas Wange. «Junge schenken die Schönheit, Mädchen nehmen.»

«Hab ich das richtig verstanden? Mädchen rauben der Mutter die Schönheit?», fragt Conny.

«*Sì, sì!* Die Haare von die Mutter sinte wie Stroh, die Haute rot, die Zähne gehen kaputte.» Sie öffnet ihren Mund und zeigt auf ihren Goldzahn. «Guckste du, zu viele Mädchen!»

«Okay!» Antonio klatscht in seine Hände. «Genug gequatscht. Jetzt wird gearbeitet.»

«Ja, legt mal los», sagt Rebecca. «Ich brauche nämlich unbedingt *dolci!*»

«Du bist nicht liebeskrank, du bist schwanger», neckt Antonio sie.

Aber Rebecca ist um eine Antwort nicht verlegen. «Ich habe als Hochschwangere das Recht, alles in mich reinzufuttern, worauf ich Lust habe. Und außerdem ... das eine schließt das andere ja nicht aus, oder?»

«Sag mir, wer dir das Herz gebrochen hat, und ich mach ihn platt.» Antonio lächelt sie an, als er das sagt. Er weiß, dass Rebecca den Vater ihres Kindes nicht preisgeben wird. Aber ich bin mir ehrlich gesagt nicht sicher, ob er sich den Kerl nicht doch zur Brust nehmen würde, wenn er rausfinden würde, wer es ist. Wahrscheinlich würden die drei Brüder sogar gemeinsam bei ihm aufschlagen. Die kleine Schwester ist für sie heilig. Alle Esposito-Männer, ganz besonders der Papa, haben von Anfang an besonders auf sie aufgepasst. Später haben sie sich dann lautstark in Rebeccas Liebesleben eingemischt. Ihre Freunde hatten es bestimmt nicht leicht. Sie mussten nicht nur Armando von sich überzeugen, sondern auch die drei Brüder. Geschafft hat das bisher keiner. Wahrscheinlich schottet Rebecca sich deswegen jetzt so ab.

«Weißt du denn jetzt schon, wie du den Kleinen nennen willst?», frage ich.

«Wahrscheinlich Paul, und wenn es doch ein Mädchen wird, Paulina.»

«Paul?» Antonio wirkt entsetzt. «Das kannst du nicht bringen.»

«Wieso?» Rebecca tut unschuldig, weiß aber genau, was Antonio meint.

«Das wird Papa dir nie verzeihen.»

«Das ist dann sein Problem, nicht meins. Ich entscheide! Es ist immerhin mein Kind.»

«Dann nenn ihn wenigstens Paolo.»

«Vergiss es!» Rebecca schüttelt entschieden den Kopf. «Und jetzt lasst uns endlich anfangen.»

Antonio seufzt. «Na gut. Conny, mit wem möchtest du arbeiten? Wir teilen uns in zwei Gruppen auf. Rebecca, du bist die Koordinatorin und Qualitätstesterin. Du bleibst schön auf deinem Küchenstuhl sitzen!»

Conny überlegt nicht lange. «Ich backe mit Nonna!» Überrascht schaue ich sie an. Ich bin automatisch davon ausgegangen, dass sie Antonio wählt, nachdem sie so offensichtlich Interesse an ihm angemeldet hat.

«Ist das in Ordnung für dich, Nonna? Bist du bereit?»

Nonna nickt und wäscht sich schon mal die Hände.

«Okay, dann bilden Julia und ich das andere Team. Wir sind für die *biscotti, cantuccini* und *sfogliatelle* verantwortlich, Nonna und du für *tiramisù, panna cotta* und die Limoncello-Creme.»

Während sich Conny mit Nonna unterhält, knete ich Mehl, Schmalz und Wasser für den *sfogliatelle*-Teig zusammen. Da sagt Antonio neben mir: «Marcello hat mir die Sache mit Mariella erzählt.»

Überrascht schaue ich zu ihm auf. «Und was sagt er dazu?»

«Dass alles ganz harmlos war und nur verfänglich aussah ...»

«Na ja, harmlos würde ich es nicht gerade nennen, wenn die Exfreundin mir den zukünftigen Mann ausspannen will», sage ich und knete kräftig den Teig. «Aber immerhin hat sie sich bei mir entschuldigt.»

Jetzt ist es Antonio, der verwundert dreinsieht. «Mariella hat sich entschuldigt?»

«Ja, sie ist gestern Abend bei Conny vorbeigekommen. Um zehn Uhr stand sie auf einmal vor der Tür. Wir haben gerade ein bisschen gefeiert und Cocktails getrunken. Wir waren beide ganz schön angeschickert, aber das weißt du ja schon. Nonna hat Mariella Connys Adresse gegeben.»

«Nonna?» Antonio pfeift leise durch die Zähne. «Dann würde ich an deiner Stelle aufpassen.»

«Ich versteh nicht ganz ... Wie meinst du das?»

«Wenn Mariella Nonna mit ins Boot holt, dann kämpft sie mit allen Mitteln.»

«Marcello hat ihr 'ne Abfuhr erteilt, und sie hat es wohl akzeptiert. Sie möchte keinen Kontakt mehr zu ihm, weil sie das zu sehr verletzen würde.»

«Nie im Leben! Da kennst du Mariella nicht.» Antonio testet meinen Teig auf seine Beschaffenheit, indem er ihn zwischen seinen Händen vorsichtig auseinanderzieht. «Der muss später wie Strudelteig sein, hauchdünn.»

«Und du meinst echt, dass die Sache mit Mariella noch nicht ausgestanden ist?», hake ich nach. So wie sie auf mich gewirkt hat, war ich mir diesbezüglich eigentlich ziemlich sicher. «Ich fand sie ausgesprochen nett gestern, sie war offen und ehrlich. Sie hat mir auch gesagt, dass sie ihn noch liebt, aber unserem Glück nicht im Weg stehen möchte.»

«Ich mag dich, Julia. Du bist eine wundervolle Frau und neben Fiona meine absolute Traumschwägerin. Und ich sag es nur ungern, weil Marcello mein Bruder ist, aber er ist ein Idiot, was Mariella angeht. Er hat sie schon immer unterschätzt. Ich wünsche dir, dass ich mich täusche. Sei einfach wachsam, okay?»

«Ja, mach ich. Danke!»

Antonio lächelt mich an. «So, und nun widmen wir uns den schönen Dingen des Lebens. Der *sfogliatelle*-Teig muss ruhen. Jetzt machen wir *biscotti*. Klassische mit Pinienkernen und Rosinen – und dann die Variationen mit den Zutaten, die wir ja schon per Handy abgeklärt haben.»

«Ich wusste übrigens am Anfang nicht, dass du das warst. Deine Nachrichten kamen unter *unbekannt* bei mir an», sage ich mit schuldbewusster Miene.

«Ach so, und ich dachte schon, du würdest mit mir flirten, so wie früher, bevor du dich für meinen kleinen Bruder entschieden hast.»

Wieso entschieden? Hat damals wirklich der eine den anderen ausgestochen? Habe ich das vielleicht gar nicht mitbekommen? Ich weiß absolut nicht, was ich darauf sagen soll, da schiebt Antonio hinterher: «Ich freu mich jedenfalls für euch beide.» Dann schüttet er, für meine Begriffe etwas zu schwungvoll, Olivenöl und Sherry in einen Messbecher. Dazu gibt er braunen Zucker. «Und jetzt das Mehl und Backpulver auf einen Haufen, am besten gleich hier auf der Arbeitsplatte ...»

Wir kneten den Teig, mischen die Zutaten unter, setzen kleine Häufchen auf Backbleche, backen und bestäuben sie mit Puderzucker. Dabei arbeiten wir Hand in Hand, so als hätten wir das schon häufiger gemacht. Allerdings bin ich mit dem Kopf woanders, denn Antonios Bemerkung geht mir nicht mehr aus dem Sinn. Ich habe ihn damals gleichzeitig mit Marcello kennengelernt, als ich im selben Haus wie er eingezogen bin. Marcello und Antonio haben mir spontan beim Umzug geholfen. Dabei habe ich vielleicht mit Antonio geflirtet, aber es war alles ganz harmlos. Außerdem war ja von vornherein klar, dass er nach Paris gehen würde. Ob ich das noch mal ansprechen soll? Er wird immerhin bald mein Schwager sein. Ich werfe einen Blick auf Conny. Antonio würde wirklich gut zu ihr passen, beide sind sehr leidenschaftliche, emotionale Typen. Als Conny merkt, dass ich sie beobachte, lacht sie. Auf ihrer Oberlippe entdecke ich einen Bartansatz, bestimmt von der weißen Creme, die Nonna gerade in eine große Schüssel füllt. Die beiden scheinen eine Menge Spaß miteinander zu haben. «*Sì*» und «*grazie*» sind meines Wissens so ziemlich die einzigen Wörter, die meine Freundin versteht. Dafür ist Nonna Lucia zu Hochform aufgelaufen. Sie drückt Conny einen Schneebesen in die Hand mit den Worten: «Rührste du!»

Rebecca sitzt weiter auf ihrem Stuhl und stopft ein Plätzchen nach dem anderen in sich rein. Sie beobachtet das Geschehen und scheint sichtlich Spaß daran zu haben.

Es ist zehn Uhr, als Antonio das letzte Blech aus dem Backofen zieht. «Das hätten wir geschafft, jetzt muss ich auch bald los.»

So spät schon? Wo Marcello nur bleibt? Er wollte doch noch nachkommen ...

«Nonna Lucia sollte einen Koch- und Backkurs leiten», sagt Conny. «Ich hatte noch nie in der Küche so viel Spaß wie heute.» Sie kratzt mit einem *cantuccini* eine Spur Limoncello-Creme aus der Schüssel. «Und saulecker ist es auch! Probier doch mal, Julia.»

Die Creme schmeckt wunderbar, nicht zu süß, ein bisschen herb. «Wirklich, ein Gedicht!»

«Nonna, du solltest vielleicht gleich eine Kochschule eröffnen – oder Chefköchin in einem Spitzenrestaurant werden», sagt Conny.

Nonna überlegt einen Moment, dann antwortet sie: «Kochschule? *No!* Cheffeköchin? *Sì! Come* Alfons Schubecke.»

Auf dem Küchentisch stehen eine große Form mit *tiramisù*, eine Schüssel Limoncello-Creme, *panna cotta*, zwei Bleche voll mit *sfogliatelle* – und sechs verschiedene *biscotti*-Variationen. Drum herum sieht es aus wie auf einem Schlachtfeld. Gabriella würde glatt in Ohnmacht fallen, wenn sie das Chaos in ihrer Küche sehen würde. Und Marcello auch. Er ist bestens organisiert und räumt immer gleich Schritt für Schritt auf, wenn er kocht. Ich habe versucht, mir eine Scheibe von ihm abzuschneiden, zumal ich in der Schule ja auch Hauswirtschaft unterrichte. Aber es gelingt mir nicht. Die letzte Viertelstunde meines Unterrichts läuft in der Regel sehr chaotisch ab. Da wird wie der Teufel schnell geräumt und geputzt, und alle rennen durcheinander, damit wir beim Erklingen des Schulgongs fertig sind. Und meistens hänge ich dann noch eine halbe Stunde meiner Freizeit dran, weil wir es wieder mal nicht geschafft haben. Aber wir sind immer satt – es hat geschmeckt und Spaß gemacht.

Nonna Lucia schiebt sich skeptisch ein *biscotto* mit Datteln und Walnüssen in den Mund. Sie hat vorhin genau beobachtet, welche Zutaten Antonio in ihre geliebten Plätzchen hineingeschmuggelt hat. Als sie anerkennend nickt, atme ich erleichtert auf. Mein Favorit sind eindeutig die *biscotti* mit Pistazien und weißer Schokolade. Aber die mit Haselnüssen und Cranberrys sind auch nicht schlecht. Und die mit dunkler Schokolade und Macadamianüssen sind ein Gedicht, oder besser gesagt die pure Versuchung. Ein Teig, dazu zwei weitere Zutaten nach Wahl – ich bin begeistert.

Wir stehen bewundernd vor dem Resultat unserer Backkünste, während Rebecca, die sich zwischendurch mal hingelegt hat, wieder auf dem Küchenstuhl sitzt und ein Plätzchen nach dem anderen nascht.

Plötzlich jedoch entfährt ihr ein kleiner Schrei, und sie steht im Zeitlupentempo auf. «Nonna, *aiuto* – Hilfe ...» Sie schaut an ihren Beinen herunter, an denen eine farblose Flüssigkeit entlangläuft.

Nonna Lucia klatscht in ihre Hände. «*Ci siamo!* – Es geht los!»

Eine halbe Stunde später sitzen wir im Wartezimmer der Entbindungsstation. Rebecca ist sofort in den Kreißsaal gebracht worden, Nonna Lucia wich nicht von ihrer Seite.

Antonio informiert Ottavio, und ich versuche vergeblich, Marcello zu erreichen. So spreche ich ihm schließlich auf die Mailbox: «Marcello, wir sind im Krankenhaus, im Marien-Hospital in Düsseldorf, bei Rebecca ist es so weit. Meld dich doch mal.»

«Wo ist Marcello?», fragt Antonio. «Er wollte doch vorhin noch dazustoßen.»

Ich zucke mit den Schultern. «Anscheinend ist er noch in Köln. Vielleicht mit Nico unterwegs. Das war unser Passagier auf der Fahrt von Italien rauf nach Köln. Er arbeitet in derselben Agentur, die Marcello sich heute ansehen wollte. Marcello hat zwar gesagt, dass es später wird, aber wir haben jetzt schon halb elf ... Wolltest du nicht deine Eltern abholen?»

«Halb elf ist es? Mist!» Antonio springt von seinem Stuhl auf. «Ich muss sofort zum Flughafen. Das hab ich in der ganzen Aufregung total vergessen.»

«Das kann ich doch auch machen», biete ich an.

«Quatsch», sagt Conny, «ich hol sie. Ihr bleibt beide hier. Ihr seid viel zu aufgeregt, um zu fahren. Außerdem bekommt ihr gleich Familiennachwuchs. Da wollt ihr doch jetzt nicht durch die Gegend fahren.» Conny streckt ihre Hand aus. «Dein Autoschlüssel, Julia.»

«Bist du sicher?», frage ich und krame in meiner Tasche.

«Ja, ich weiß, wie deine zukünftigen Schwiegereltern aussehen. Wann genau kommt der Flug aus Neapel an?», fragt sie Antonio.

«Um 23:05 Uhr. Danke, Conny.»

Antonio geht die ganze Zeit schon im Zimmer auf und ab. Das macht mich richtig nervös. Es ist jetzt fast elf, und Marcello hat immer noch nicht zurückgerufen. Da fällt mir Nico ein. Ich habe seine Nummer in meinem Handy eingespeichert.

Nico, schreibe ich, *Marcellos Schwester bekommt ihr Baby. Wir sind im Krankenhaus. Ist Marcello noch bei dir?*

Nico antwortet sofort: *Oh, wie schön! Marcello ist gegen neun Uhr weg. Der müsste eigentlich längst da sein. Liebe Grüße und viel Kraft für die werdende Mutter! Nico*

Danke!, tippe ich, da trifft eine neue Nachricht ein. Sie ist von Marcello. Endlich. *Bin unterwegs!!!*

Wenn er um neun losgefahren ist, dann hätte er um halb zehn Uhr bei seinen Eltern sein müssen. Da waren wir aber noch da. Und wenn wir uns tatsächlich verpasst haben sollten, hätte er sofort angerufen und nachgefragt, wo wir alle stecken. Ein komisches Gefühl macht sich in mir breit.

«Drei bis vier Wochen zu früh», sagt Antonio, «hoffentlich geht alles gut.»

Ich stecke mein Handy weg. «Ja, das wird es ganz sicher. Ich glaube, Nonna hat gewusst, dass das Baby heute kommt. Sie hat schon auf der Fahrt nach Deutschland solche Andeutungen gemacht. Deswegen ist sie auch heute mit nach Düsseldorf gekommen. Sie hat gesagt, sie wolle zu Rebecca. Bestimmt ist sie aus diesem Grund überhaupt aus Italien mitgekommen.»

«Das glaube ich nicht», sagt Antonio. «Dann hätte sie nicht den ganzen Zauber mit der Motte veranstaltet. Und dann die Sache mit dem weißen Hund. Nonna kann die Dinge ganz gut so biegen, wie sie es braucht.»

Wie hieß der Hund noch? *Cucciolo?* Bei dem Gedanken, dass der riesige Wolfshund Welpe heißt, muss ich lachen.

«Was hast du?»

«Ach, nichts.» Ich möchte Nonna nicht die schöne Geschichte verderben und versuche, Antonio etwas abzulenken. «Aber sag mal, was machen eigentlich deine Pläne für das eigene Restaurant?»

«Mir fehlt momentan einfach das Eigenkapital. Ich habe

schon überlegt, ob ich auf Eisdiele umschwenke. Dann könnte ich mich mit meinem Vater zusammentun. Er könnte dann mit dem Eiswagen durch die Gegend fahren und unser Eis verkaufen.» Antonio lächelt mich an. «Wie gut, dass ihr den Wagen heil nach Deutschland gebracht habt.»

«Ja, warum nicht? Aber dann musst du unbedingt auch *dolci* anbieten. Die Leute werden dir die Bude einrennen.»

«Eine *pasticceria,* auch keine schlechte Idee. Ein schönes Café irgendwo in Düsseldorf oder Köln, mit leckeren Kaffeespezialitäten und selbst gemachten *dolci.* Du musst mal meinen *tartufo cioccolato* probieren ... oder meine *amaretti.*»

«Sehr gerne. Ich wär jedenfalls Stammgast bei dir. Und den Eiswagen könnte man ja wirklich auch als mobile *pasticceria* nutzen.»

Plötzlich schweigt Antonio und lächelt vor sich hin. Ich beobachte ihn von der Seite. Zum ersten Mal fallen mir die kleinen Lachfältchen um seine Augen auf.

«Was ist los?», frage ich.

Antonio steht auf, nimmt mein Gesicht zwischen seine Hände und drückt mir einen Kuss auf die Stirn.

«Womit habe ich das denn verdient?», frage ich lachend.

«Weil du mein Engel bist! Die Sache mit der mobilen *pasticceria,* dass ich da nicht selbst draufgekommen bin ... Das ist eine geniale Idee!»

«Du denkst also ernsthaft darüber nach, ob du das machst?»

«Nein, Julia, ich weiß es! Mir hat die ganze Zeit irgendwas gefehlt, der zündende Funke ... Und jetzt sehe ich es auf einmal klar vor mir. Ich eröffne eine kleine, aber feine *pasticceria.* Und mein Vater kann mit dem Wagen rumfahren und ist dann auch beschäftigt. Aber vorher gehe ich eine Zeitlang nach Neapel und schaue einem richtig guten Konditor über die Schulter. Ich weiß auch schon, wo! Ganz in der Nähe von

Casamarciano, da gibt es das *La Gardenia*, eine *pasticceria* und *gelateria* in einem. Die lassen mich da bestimmt mal mitarbeiten.»

Von dem Laden hat Marcello auch schon mal irgendwann gesprochen. Angeblich gibt es dort die leckersten Gebäckspezialitäten weit und breit. Bei unserem nächsten Aufenthalt in Casamarciano müssen wir da unbedingt mal hin und ordentlich was probieren.

Antonios Geschäftsidee gefällt mir. Ich kenne niemanden, der wie er mit einer solchen Hingabe einen Teig knetet und neue Kreationen ausprobiert. Er wird seine *biscotti, tartufi, mandorle* und *cannoli* mit Liebe zubereiten. Und das wird der Kunde schmecken.

Und ich weiß auch, wem die Idee auf jeden Fall noch gefallen wird. «Da wird sich Nonna Lucia aber freuen.»

Antonio grinst mich an. «Und mein Vater erst. *Pasticceria Esposito* ... Ihm werden die Augen übergehen!»

«Und, wie schaut's aus?» Ottavio steht plötzlich im Warteraum. Er trägt eine dunkelgraue, schlabberige Jogginghose und dazu einen gleichfarbigen Kapuzenpulli. So leger gekleidet kenne ich ihn gar nicht. Er erinnert fast ein bisschen an Rocky Balboa, nur in der kleineren, etwas breiteren Gewichtsklasse.

Antonio schaut auf seine Uhr. «Sie sind vor einer Dreiviertelstunde rein.»

«Ist Nonna bei ihr?»

«Ja, sie hatte es wohl im Gefühl. Julia hatte sie zum Probekochen mitgebracht.»

«Gut!» Ottavio lässt sich auf den Stuhl neben Antonio fallen. «Und jetzt?»

«Warten!», sagt Antonio. «Wenn wir Pech haben, kann das die halbe Nacht dauern. Wie wäre es mit einem Kaffee?»

Ich bin zwar überhaupt nicht müde, aber das kann ja noch kommen. «Hat jemand Geld dabei? Ich habe mein Portemonnaie im Auto liegen lassen. Im Flur gibt es sicher Automaten, hier wartet ja öfter mal einer ...»

Antonio drückt mir seine Geldbörse in die Hand. «Hier. Schwarz bitte, mit drei Löffeln Zucker.»

«Für mich auch», sagt Ottavio.

Ich komme genau bis zur Tür, da sehe ich Nonna mit energischen Schritten auf mich zukommen.

«Der Kaffee muss wohl warten», sage ich über meine Schulter hinweg zu den Jungs, die sofort aufspringen. Nur ein paar Sekunden später steht Nonna im Raum.

«*Il piccolo Esposito è nato* – Der kleine Esposito ist geboren.»

«Und, alles gutgegangen?», fragt Antonio. «Wie geht es Becca?»

Die Antwort sieht man Nonna Lucia an. Sie sieht glücklich und zufrieden aus. Was für eine Frau, denke ich. Erst steht sie stundenlang in der Küche, um mit uns zu backen, dann leistet sie mal eben Geburtshilfe bei ihrer Enkelin.

«Alles *perfetto*», sagt Nonna. «Kommte ihr?»

Als wir mit Nonna Lucia den Gang entlanggehen, kommt Marcello durch die Stationstür gestürmt. «Und?», ruft er uns entgegen.

«Paul ist da», sage ich lächelnd. Das ist die erste Geburt, bei der ich dabei beziehungsweise in unmittelbarer Nähe war.

«Wer ist da?» Marcello schaut mich verwirrt an.

«Paul ist Beccas Sohn», sagt Antonio grinsend.

Rebecca sieht wahnsinnig glücklich aus. Mir schießen fast die Tränen in die Augen, als ich sie einträchtig mit ihrem kleinen Sohn im Arm aufrecht im Bett sitzen sehe.

Auch die drei Brüder bekommen kein Wort heraus. Der Kleine ist aber auch wirklich bildhübsch. Er hat volles schwarzes Haar und ganz rosige Haut. Und er sieht gar nicht verknittert aus wie andere Babys, wenn sie gerade frisch auf die Welt gekommen sind.

Antonio räuspert sich, dann sagt er: «Gut gemacht, kleine Schwester!»

Ottavio tätschelt unbeholfen Rebeccas Hand. «Wahnsinn, jetzt bin ich Onkel. Wir alle sind Onkel, wie cool ist das denn?»

«Wir sind auf jeden Fall sehr stolz auf dich, Becca. Und auf dich natürlich auch.» Marcello drückt seinem Neffen einen zarten Kuss auf die Stirn.

«Willst du ihn mal halten, Onkel Marcello?» Rebeccas Stimme hört sich ganz weich an.

«O ja, sehr gerne.» Marcello nimmt den Kleinen ganz sachte in seine Arme. «Er wirkt so zerbrechlich», sagt er leise und geht ein paar Schritte mit ihm.

Ich trete an Rebeccas Bett, und wir halten uns einen kurzen Moment in den Armen. «Jetzt bist du eine Mama», sage ich ergriffen, «herzlichen Glückwunsch.»

Dabei fällt mir auch Gabriella ein. Sie ist gerade Oma geworden und sollte schließlich wissen, dass es ihrer Tochter und ihrem Enkelsohn gutgeht. Wahrscheinlich sind sie gerade zu Hause angekommen.

Ich ziehe mein Handy aus der Tasche und schicke eine Nachricht an Conny: *Er ist da, Mutter und Kind wohlauf!*

Marcello geht an mir vorbei. Der Kleine auf dem Arm steht ihm unheimlich gut, finde ich. Und seine Krankenhausphobie scheint er auch gerade vergessen zu haben. Ich bin im richtigen Alter für Nachwuchs, denke ich, obwohl ich taktisch klug am besten noch damit warten sollte, bis ich eine feste Stelle habe ...

«Und jetzt lernst du Onkel Antonio kennen.» Marcello übergibt den Kleinen vorsichtig seinem Bruder. In Antonios Armen wirkt Rebeccas Sohn noch zarter.

«Wie viel wiegt er denn?», frage ich Rebecca.

«3889 Gramm – neun Monate lang habe ich den kleinen Kerl mit mir rumgeschleppt.»

Carlotta war, soviel ich weiß, hundert Gramm leichter, als sie auf die Welt kam. Dafür, dass Paul fast vier Wochen zu früh geboren wurde, ist er ordentlich schwer. Oder tut sich da in den letzten Wochen gewichtsmäßig nicht mehr viel? Außerdem ... Neun Monate? Eigentlich müssten es doch acht sein, er kam doch vier Wochen zu früh ... Ob Rebecca den errechneten Geburtstermin absichtlich nach hinten geschoben hat, damit alle denken, ihr Baby kommt später auf die Welt? Aber warum sollte sie das gemacht haben? Damit Nonna nicht mehr da ist? Nein! Die steht an Rebeccas Bett und hält einträchtig ihre Hand. Komischerweise wusste sie ja, dass der Kleine früher kommen wird. Ob sie das wirklich ausgependelt hat? Oder hatte sie es doch einfach nur im Gefühl?

«Und jetzt zu Tante Julia.» Der kleine Kerl wird in den ersten Minuten seines Lebens ganz schön rumgereicht. Antonio hat ihn Ottavio gegeben, und der legt ihn mir nun in den Arm. Das Gefühl ist unbeschreiblich. Ich neige mich seinem kleinen Köpfchen entgegen. «Willkommen auf der Welt, kleiner Esposito», flüstere ich. Genau in dem Moment wird die Tür aufgerissen. Armando und Gabriella stürmen herein, gefolgt von Conny.

«*Ha i capelli rossi?* – Sind seine Haare rot?» Armando schaut erst zu Rebecca, dann zu mir. Dann senkt sich sein Blick und bleibt bei seinem Enkelsohn hängen.

«Schwarz», sage ich und gebe den Kleinen an seinen Großvater weiter.

Gabriella stößt einen Schrei des Entzückens aus.

«Wie heißt er?», fragt Armando.

Es wird mucksmäuschenstill im Zimmer, alle Augen sind auf Rebecca gerichtet.

«Patrizio», sagt Rebecca lächelnd. «Patrizio Armando Esposito.»

17.

Medicina per il mal d'amore

MEDIZIN GEGEN LIEBESKUMMER

«*Dormo in camera per gli ospiti* – Ich schlafe im Gästezimmer», sagt Nonna Lucia zu Marcello und holt ihr Federbett aus unserem Schlafzimmer.

Mit meiner Decke hat gestern Nacht Antonio geschlafen. Sie liegt noch zerknäult auf der Schlafcouch. Typisch Männer, die sind noch nicht mal auf die Idee gekommen, die Bettwäsche zu wechseln. Aber das ist mir jetzt auch egal. Es ist schon zwei Uhr. Wir sind noch ein Weilchen bei Rebecca und dem kleinen Patrizio geblieben, dann haben wir die beiden alleine gelassen, damit sie sich endlich ausruhen können. Natürlich mussten wir dann noch mal auf einen Sprung mit zu Armando und Gabriella, um die Geburt des kleinen Stammhalters zu feiern. Es gab Prosecco, zu dem unsere Koch- und Backkreationen gereicht wurden.

Mein Auto habe ich in Düsseldorf stehen lassen, wir sind alle mit Marcello gefahren. Conny bringt mich dann morgen nach Düsseldorf, wenn wir ausgeschlafen haben, um den Polo zu holen.

«Bist du dir sicher, dass du hier schlafen willst?», frage ich, als Nonna Lucia in ihrem skurrilen Schlafoutfit ins Arbeitszimmer kommt.

«Ja, danke, Giulietta. Heute Nacht kann ich gute schlafen. Ein kleiner Patrizio iste geboren.»

«Ja, das ist wirklich wunderbar. Eine gute Namenswahl, finde ich.» Ich überlege kurz, ob ich Nonna auf das Geburtsgewicht anspreche, wie so etwas möglich ist, lasse es aber letztendlich bleiben. In dieser Familie hat anscheinend jeder so seine Geheimnisse ...

Marcello liegt schon im Bett, als ich ins Schlafzimmer komme. Er hat sein Handy in der Hand und tippt gerade eine Nachricht ein.

«Wem schreibst du denn da noch so spät in der Nacht?», frage ich.

«Mariella, ihr geht es nicht so gut.»

Hätte ich geahnt, dass dies seine Antwort ist, hätte ich mir die Frage gespart. Denn dann hätte ich wenigstens Aussicht auf einen guten Schlaf gehabt.

«Ich dachte, sie wollte sich von dir fernhalten?» Ich versuche, meine Stimme freundlich und interessiert klingen zu lassen. Aber dummerweise spuken mir Antonios Worte im Kopf rum: *Sei einfach wachsam ...*

«Ja schon, aber es sind da ein paar Dinge passiert ...» Marcello gähnt demonstrativ. «Aber das erzähle ich dir in Ruhe morgen, okay? Ich bin so was von hundemüde. Außerdem muss ich ganz früh in die Agentur. Wir sind mit dem Projekt nicht fertig geworden.»

«An einem Samstag?»

«Ja, tut mir leid, aber es geht nicht anders. Wir sind alle dazu verdonnert worden. Da konnte ich schlecht nein sagen ...» Marcello dreht mir seinen Rücken zu, in der Erwartung, dass ich mich an ihn schmiege, doch ich kämpfe gegen das Gefühl an, ihm in den Hintern treten zu wollen. Er greift nach meiner Hand und zieht sie unter sein Shirt, legt sie auf seine glattrasierte Brust.

Heute Morgen hatte ich wenigstens was zu kraulen, denke ich missmutig. Und als Marcello nur kurz darauf anfängt zu schnarchen, drehe ich mich auf den Rücken. Ob er morgen wirklich arbeiten muss? Ich sehe Mariella vor mir, wie sie in Connys Wohnzimmer auf der Sesselkante sitzt, leicht verunsichert, aber nicht unsympathisch. Und dann kommt das andere Bild wieder in mir hoch, das Marcello zeigt, wie er sich zu Mariella hinunterbeugt und zart ihre Lippen küsst. Hat sie wirklich vor, mir so kurz vor der Hochzeit den Mann zu klauen?

Obwohl die Nacht kurz war, bin ich wach, bevor der Wecker klingelt. Marcello schläft noch, mir zugewandt, das Kissen in seinen Armen zusammengeknäult. Sein linkes Bein hat er zwischen meine geschoben. Da wir gestern Nacht vergessen haben, die Rollos nach unten zu ziehen, kann ich sein Gesicht genau betrachten. Seine Oberlippe vibriert beim Ausatmen, und seine Augenlider zucken leicht.

Das ist der Mann, den ich in einer Woche heiraten werde. Und ich sollte es gut finden, dass er sich um andere kümmert, wenn es ihnen schlechtgeht. Auch wenn es sich dabei um seine Exfreundin handelt. Was würde ich machen, wenn sich das Ganze umgekehrt abgespielt hätte? Wenn mein Exfreund Jens plötzlich aufgetaucht wäre, mir seine Liebe gestanden hätte – und dann in ein tiefes Loch gefallen wäre, weil ich ihm eine Abfuhr erteilt hätte?

Ich würde ihn auch nicht einfach so zum Teufel schicken, sondern würde versuchen, ihm zu helfen. Immerhin hatte ich ja auch mal Gefühle für ihn. Marcello ist nicht herzlos. Und ich weiß aus eigener Erfahrung, wie es sich anfühlt, wenn man der Grund ist für das Leid eines Abgewiesenen.

Ich rutsche an ihn heran, lege meinen Arm um seinen Körper und streichle über seinen Rücken.

«Hm», macht Marcello, öffnet träge seine Augen und zieht mich mit einem Ruck eng an seinen Körper. «Das fühlt sich gut an», flüstert er. «So darfst du mich gerne jeden Morgen wecken.» Marcello seufzt zufrieden auf. Er mag es, wenn ich mit meinen Fingernägeln sanft über seinen Rücken fahre.

«Zieh dein Shirt aus», flüstere ich, aber da klingelt schon unsanft der Wecker.

«Schade», nuschelt Marcello in mein Ohr, küsst mich ausgiebig, bevor er sich auf die Seite rollt.

«Das hat mir gefehlt.» Ich lege meine Hand auf Marcellos Wange. Sie fühlt sich kratzig an. Er rasiert sich normalerweise jeden Tag, da sein Bartwuchs relativ stark ist. Nur am Wochenende lässt er die Stoppeln stehen. So mag ich Marcello am liebsten, mit Dreitagebart und im *Flodderlook*, wenn wir stundenlang einfach nur auf der Couch rumlümmeln und ein oder zwei schöne Filme miteinander ansehen. Aber dafür hatten wir leider schon lange keine Zeit mehr.

Marcello greift nach meiner Hand. «Mir fehlt es auch, aber ich muss pünktlich los, das Projekt ist wichtig.»

«Ich bleib noch ein bisschen liegen, vielleicht schlaf ich ja noch mal ein. Ich bin noch total müde.» Das liegt daran, dass wir zum einen verdammt spät ins Bett gegangen sind, aber auch daran, dass ich mir dauernd Gedanken um Mariella mache, anstatt mich einfach darüber zu freuen, dass ich bald mit Marcello verheiratet sein werde.

Mein zukünftiger Ehemann ist schon fast zur Tür raus, da dreht er sich noch einmal zu mir um. «Sag mal, was hältst du davon, wenn wir morgen in die Claudiustherme nach Köln fahren? Da wollten wir doch schon immer mal hin. Nico hat davon geschwärmt. Es soll wirklich sehr schön sein, ideal. Das tut uns bestimmt gut, und wir können in Ruhe über alles reden.»

«Hört sich richtig gut an.» Ich ziehe Marcellos Kissen an mich ran und kuschele mich in meine Decke. Noch ein bis zwei Stündchen schlafen, das wäre ...

«Julia!», ruft Marcello im Flur, dann steht er auch schon vor unserem Bett.

«Nonna ist weg!»

Das Gästezimmer ist leer, Nonna Lucias Nachthemd liegt ordentlich zusammengefaltet auf dem Bett. Wir gehen beide noch mal durch die Wohnung, aber sie ist wirklich verschwunden.

«Das darf doch wohl nicht wahr sein!», ruft Marcello. «Hat sie dir vielleicht irgendwas gesagt? Hatte sie was vor?»

«Nein, nichts. Sie hat ja selbst kaum geschlafen ...» Wir haben gerade mal Viertel vor sieben. Die Geschäfte haben alle noch zu, außer vielleicht der Bäcker ... «Meinst du, sie könnte zum Brotholen gegangen sein? Ich habe letztens ein Ciabatta bei unserem Bäcker gekauft, das ihr sehr gut geschmeckt hat. Sie hat mich gefragt, wo es das gibt.»

Marcello fährt sich über den Kopf. «Das könnte natürlich sein. Hoffentlich ist es so. Ich geh jetzt. Ruf mich an, wenn sie wieder auftaucht.»

«Warte mal, das ist die Idee, lass es uns auf ihrem Handy versuchen. Vielleicht hat sie es dabei.»

«Sie hat ein Handy? Das wusste ich ja gar nicht.»

Ich zucke nur mit den Schultern und rufe Nonna Lucia an. Ihr Telefon liegt in der Küche, wie uns das schrille Klingeln eindeutig zeigt, als ich ihre Nummer anwähle.

«Vielleicht hat sie ja einen Anruf bekommen oder heute Morgen schon selbst jemanden angerufen.» Marcello hat ihr Handy vom Tisch genommen und stöbert nun ungeniert in Nonnas Protokollliste. Ich muss ihr unbedingt sagen, dass sie eine Zugangssperre einrichten soll. «Mein Vater, Rebecca, Concetta ... und ein Name, von dem ich noch nie gehört habe. Sie telefoniert jeden Tag mit ihm. Irgendein Ernst. Weißt du, wer das ist?»

Oje, wie komme ich aus der Nummer nun wieder raus? Ich habe Nonna versprochen, ihr Geheimnis für mich zu behalten.

«Ähm ... Kann es nicht sein, dass es ein Freund deines Großvaters ist, aus alten Zeiten? Ich glaube, sie hat mal so was erwähnt ... Hat sie denn heute Morgen schon mit ihm telefoniert?»

«Nein. Und einen anderen Anrufer gibt es auch nicht.» Marcello bringt das Handy wieder in die Küche. «Ich gehe jetzt zum Bäcker. Wenn sie da nicht ist, müssen wir meine Eltern anrufen.»

Nonna Lucia hütet das Handy normalerweise wie ihren Augapfel. Wenn sie irgendwo weiter weg unterwegs wäre, hätte sie es ganz bestimmt mitgenommen. Deswegen bin ich mir eigentlich sicher, dass sie ganz hier in der Nähe steckt. Ich gehe ins Arbeitszimmer, um nachzuschauen, ob ich irgendetwas Ungewöhnliches entdecke, kann aber nichts finden. Allerdings höre ich durch das gekippte Fenster, dass jemand im Hinterhof ziemlich viel Krach macht. Wer brüllt denn da so früh am Morgen schon durch die Gegend, dass spätestens jetzt alle anderen auch wach werden, die ihre Schlafzimmer nach hinten raus haben? Neugierig trete ich ans Fenster und schaue hinaus. Auf dem Balkon des Nachbarhauses steht ein alter Mann mit wirren grauen Haaren, bekleidet mit einem weißen Rippenshirt. Ich habe ihn noch nie gesehen. Er hat seine Arme auf der Balkonbrüstung abgestützt und brüllt nach unten: «Ich komm gleich zu dir runter, du alte Hexe. Weg von meinen Rosen!»

Ich folge seinem Blick und sehe im Nachbargarten – Nonna Lucia. Neben ihr auf dem Boden steht unser weißer Wäschekorb, der, wie es aussieht, bis oben hin mit verschiedenfarbigen Blüten gefüllt ist. Den zeternden Mann ignoriert Nonna einfach. Sie schneidet weiter eine Blüte nach der anderen ab.

«Ach du Scheiße», sage ich, schnappe mir mein Handy und renne, so wie ich bin, im Schlafanzug und Hausschuhen, aus der Wohnung. Noch im Treppenhaus rufe ich Marcello an. «Sie ist im Nachbargarten hinter dem Haus. Es gibt Probleme.»

«Um Himmels willen ... Was macht sie denn?»

«Sie schneidet sämtliche Rosen ab!»

Die Gärten sind nur über die Keller zugänglich und durch hohe, blickdichte Lattenzäune voneinander getrennt. Normalerweise kommt man da nicht so leicht rein. Aber trotzdem hat Nonna es irgendwie geschafft, in den Nachbargarten zu gelangen.

Ich sprinte durch unseren Keller und komme gerade rechtzeitig, um zu sehen, wie Nonna auf unserer Gartenseite drei lose Lattenzaunbretter wieder in die Reihe schiebt. Der alte Mann ist verstummt. Er steht fassungslos auf seinem Balkon und starrt uns an. Aber da dreht Nonna sich um und ruft ihm zu: «*Idiota! Tanto rumore per quei pochi fiori!* – Idiot! So viel Lärm wegen ein paar Blumen!»

Ein paar Blumen ist leicht untertrieben. Der Wäschekorb ist voll bis oben hin. Neben den Rosen hat sie auch Lavendel, Ringelblumen, Rosmarin und Basilikum abgeschnitten. Anscheinend hat Nonna einen richtiggehenden Raubzug durch die Gärten gemacht.

Mittlerweile zeigen sich ringsum ein paar Nachbarn. Frau Conrad, die alte Dame, die mit ihrem Pudel neben uns wohnt, steht hinter dem Fenster, die Gardine zur Seite geschoben. Und jetzt geht die Balkontür der Wohnung über dem alten Mann auf, und ein Typ im weißen Bademantel erscheint. Er beugt sich über das Geländer nach unten.

«Was ist denn los, Manni?», ruft er.

«Du glaubst es nicht, die Olle hat sich an unseren Rosen vergriffen ...»

Ich nehme Nonna Lucia den Wäschekorb ab und schiebe sie vor mir her. «Komm, schnell weg hier.»

Marcello kommt uns im Keller entgegen. Als er Nonnas Beute im Wäschekorb sieht, schüttelt er den Kopf. «Nonna, was machst du denn für Sachen?»

Nonna Lucia schenkt uns ihr wunderschönes Goldzahnlächeln, dann sagt sie: «Medizine.»

«Na super», mault Marcello, «und deswegen komme ich jetzt zu spät zur Besprechung. Und außerdem bringst du sämtliche Nachbarn gegen uns auf ...»

Nonna Lucia hat auf dem Küchentisch die Blüten und Blätter in verschiedene Haufen sortiert. Ich sitze im Schneidersitz im Bademantel auf einem Stuhl und lasse mir den Cappuccino schmecken, den Nonna mir eben gemacht hat. Ich muss immer noch schmunzeln. Conny wird sich köstlich amüsieren, wenn ich ihr die Story erzähle. Meine Freundin ist gestern bei der Backaktion zum absoluten Nonna-Lucia-Fan geworden. Schade, dass ich kein Foto von Marcellos Gesicht gemacht habe, als er in unseren Wäschekorb geschaut hat. Aber jetzt kann ich eins von dem Blütenmeer machen, das die Küche mit zarten Düften erfüllt.

Ich drücke ab, als Nonna Lucia sich gerade über das Buschbasilikum beugt, um daran zu schnuppern.

Nonna hat in aller Frühe die Nachbargärten geplündert und macht daraus jetzt Medizin, schreibe ich und schicke die Nachricht samt Fotobeweis an Conny.

«Ist nicht die Qualitäte wie bei unse in Casamarciano, aber es wirte gehen», sagt Nonna. Dann zerreibt sie eins der Blätter zwischen den Fingern und fragt: «Haste du genug Zucker, Giulietta? Und Alkohol und Olio, aber nicht vonne die Olive, besser neutrale.»

«Wie viel brauchst du denn? Und was meinst du für Alkohol?»

«Warte!» Nonna holt Zettel und Stift, dann schreibt sie die Zutaten auf und schiebt mir die Liste zu.

5 Kilo Zucker

3 Liter Alkohol, 96%

2 Liter Olio

«Das Öl habe ich da.» Wir haben letztens erst welches auf Vorrat gekauft, weil Marcello mal wieder selbst gemachte Pommes nach italienischer Art in der Pfanne zubereiten will. «So viel Zucker habe ich allerdings nicht. Und den hochprozentigen Alkohol auch nicht. Aber ich kann dir die Sachen gerne besorgen. Wann brauchst du sie denn?»

«Jetzte.» Nonna zeigt auf die Blüten. «Sie sind noch frische.»

Da mein Auto in Düsseldorf steht, fahre ich kurzerhand mit dem Fahrrad zum Supermarkt, der gerade erst geöffnet hat. Die fünf Kilo Zucker passen genau in das Drahtkörbchen, das ich mir extra für Einkäufe zugelegt habe. Allerdings steht das Fahrrad schon seit über einem Jahr unbenutzt im Keller. Das muss sich ändern, nehme ich mir fest vor, genau wie einige andere Dinge auch. Aber erst einmal soll Nonna Lucia ihre Zutaten für die Medizin bekommen, die sie zubereiten möchte. Für wen die Medizin sein soll, habe ich sie allerdings noch nicht gefragt.

Als ich jedoch den Alkohol in der Apotheke erwerben will, trifft mich gleich mal ein kleiner Schlag.

«Sind Sie sicher?», fragt mich der Apotheker.

«Ja, keine Angst, ich will ihn nicht trinken, er ist für Medizin», sage ich ahnungslos.

«Na dann, ich mein ja nur, weil er nicht ganz billig ist.»

Ich erwerbe den Alkohol zum Sonderpreis von fünfunddreißig Euro pro Literflasche und bekomme dazu noch gratis einen Vortrag über das Branntweinsteuergesetz, ein Paket Papiertaschentücher und ein Pröbchen mit Handcreme. Alles geschenkt. Als ich die Einkäufe verstaut habe und das Schloss meines Fahrrads öffne, klingelt mein Handy.

Conny. «Wie cool ist das denn! Kann ich kommen?», fragt sie. «Ich kann mich momentan sowieso nicht so recht auf meine Abschlussarbeit konzentrieren. Außerdem hab ich noch genügend Zeit, fast vier Wochen.»

«Klar, komm vorbei.» Wahrscheinlich schreibt Conny in den letzten beiden Wochen ihre gesamte Arbeit in einem Rutsch, vernichtet dabei Unmengen an Koffein und wird kurz vorm Durchdrehen sein – wie immer. «Das nennt man übrigens Prokrastination.»

«Was?»

«Du kannst auch Aufschieberitis dazu sagen.»

Conny kichert. «Du hast recht. Aber wir müssen ja heute sowieso noch dein Auto aus Düsseldorf holen. Dann kann ich auch jetzt gleich kommen. Ich fahr sofort los.»

Als ich die Wohnungstür öffne, steigt mir der Duft von Rosenblüten und Lavendel in die Nase. Nonna hat das Öl erwärmt und jeweils einen Teil der Blüten damit übergossen. Jetzt gibt sie noch eine Handvoll Ringelblumenblüten hinzu.

«Das iste für die Pflege», sagt Nonna, als ich neugierig meine Nase über die Töpfe halte. «Haste du alles?»

«Ja, alles da.» Ich baue einen Turm aus den Zuckerpaketen und stelle den Alkohol daneben. «Der ist ganz schön teuer, fünfunddreißig Euro pro Liter.»

Nonna reißt die Augen auf. «*Sono criminali!* – Das sind Verbrecher! In Italia zwölfe Euro.»

«Und was machen wir jetzt mit dem Luxusalkohol?»

«*Medicina contro il mal d'amore* – Medizin gegen Liebeskummer.»

«Oh, das klingt spannend. Können wir warten, bis Conny da ist? Sie würde gerne mithelfen.»

«*Sì*, kein *problema*. Sie bekommte eine extragroße Flasche!»

Conny ist mittlerweile angekommen, und auf dem Herd stehen vier Töpfe, in denen eine Mischung aus Wasser und Zucker leise vor sich hin blubbert. Nonna Lucia hält das Ende eines Holzkochlöffels in eine der Flüssigkeiten und lässt ein paar Tropfen davon auf einen Teller tropfen. «Sehte ihr, die Tropfen laufen nichte mehr, jetzt iste gute!»

Nonna stellt die Töpfe auf die vorbereiteten Holzbretter und nickt uns zu. «Jetzte die Blüten. Jede Sorte musse in eine Topfe.»

Basilikum, Rose, Lavendel – und Nonna Lucia hat übrigens noch das Rosmarinbäumchen auf unserem Balkon abgeerntet. Die Ringelblumenblätter waren nur für den äußerlichen Gebrauch gedacht.

«Das war's?», fragt Conny.

Nonna erklärt uns, dass jetzt die Töpfe mit den Blüten für ein paar Stunden ruhen müssen, damit sie ihr Aroma und die Wirkstoffe abgeben. Dann werde der gewonnene Sirup mit Alkohol vermischt, und daraus entstehe dann ein sehr leckerer Likör.

«Und der hilft dann gegen Liebeskummer?», fragt Conny neugierig. Der Alkohol riecht fürchterlich, wie ich feststelle, als ich an einer Flasche rieche. Aber er wird ja noch mit den verschiedenen Sirupsorten vermischt.

Nonna Lucia nickt. «Das hilfte nicht nur, das schmeckte auch. Von jede Sorte eine Glas, und du haste keine Sorge mehr!»

«Dann sollten wir erst meinen Wagen holen», sage ich

grinsend zu meiner Freundin. «Danach ist wahrscheinlich niemand mehr fahrtüchtig.»

«Ihr fahrte nach Düsseldorf? Ich komme mitte.»

«Willst du Rebecca besuchen?»

«Ja, könne wir mache, aber ich musse noch nach Neusse. Und Antonio auche.»

«Antonio?»

«*Sì,* iste wegen die *pasticceria*. Wir müssen zumme *Cappuccino*.»

18.

Io voglio!

ICH WILL!

«*Antonio? Ciao, tesoro, sono la nonna! Ci troviamo alle quattro al* Cappuccino. *Ma Armando non deve sapere niente!*»

Nonna hat die Angewohnheit, in ihr Handy reinzuschreien, denn sie hat Angst, man könne sie nicht verstehen. So ganz geheuer ist ihr die Technik also noch nicht. Deswegen können Conny und ich jedes ihrer Worte hören, obwohl sie in der Küche ist und wir auf dem Balkon stehen.

«Was ist, was sagt sie?», fragt meine Freundin neugierig.

«Sie spricht mit Antonio. Er soll um vier ins Cappuccino kommen, darf aber seinem Vater davon nichts sagen.»

«Boah! Schade, dass ich da nicht dabei sein kann, da würde ich zu gerne Mäuschen spielen. Was meinst du, was hat sie vor?»

«Es hat irgendwas damit zu tun, dass Antonio eine *pasticceria* eröffnen will, mehr weiß ich auch nicht. Aber sag mal, du bringst uns doch nach Düsseldorf, oder?»

«Ja klar, aber ich muss um drei zurück sein. Ich bin noch verabredet.»

Ich runzle die Stirne. Normalerweise würde Conny kein Geheimnis daraus machen, mit wem sie sich noch treffen wird. «Du hast doch nicht etwa ein Date mit dem Professor, oder?»

«Quatsch, der ist Vergangenheit. Ich hab halt was vor ...»

«Und warum rückst du dann nicht mit der Sprache raus?»

«Weil ich eine Freundin habe, die in einer Woche ihren ganz

großen Tag hat. Darum. Und jetzt frag nicht weiter, sonst verrate ich noch was.»

«Ach so.» Ich strahle Conny an. «Das ist natürlich was anderes ... Aber weißt du, was komisch ist? Mir kommt es irgendwie überhaupt nicht so vor, als würde ich bald heiraten. Ich weiß auch nicht, warum, aber es fühlt sich so unwirklich an.» Am Schlafzimmerschrank hängt das geänderte Hochzeitskleid. Steffi hat es mir vorbeigebracht, und es sitzt jetzt wie angegossen. Aber ich habe das eigenartige Gefühl, dass das Kleid überhaupt nichts mit mir zu tun hat, so als würde es nach Italien gehören, zu den Zitronenbäumen und dem schönen alten Castello.

«Vielleicht bekommst du einfach kalte Füße? Das sollen ja viele haben, so ein paar Tage vor der Hochzeit», mutmaßt Conny. «Hast du das mit Mariella wenigstens klären können?»

«Nein, das will ich morgen machen. Wir fahren in die Therme. Aber das ist es nicht ... Mir fehlt einfach ein Schuss Romantik ...»

Conny hat uns an meinem Auto abgesetzt, und beim Verabschieden sah sie richtig enttäuscht aus. Ich musste ihr versprechen, ihr später alles ganz genau zu berichten. Da Gabriella und Armando gerade im Krankenhaus bei Rebecca und Patrizio waren, machten wir uns auch gleich auf den Weg dorthin.

Rebecca hat sich dazu entschieden, das Wochenende über noch im Krankenhaus zu bleiben. Da bei der Geburt alles glattgelaufen ist, könnte sie theoretisch schon entlassen werden, aber sie meint, ein bisschen Ruhe könne sie noch brauchen, bevor sie sich dem Esposito-Familienleben stelle. Immerhin ziehe sie mit ihrem Sohn wieder zu Hause bei Mama und Papa ein, wo auch Antonio momentan noch wohne. Da sei schließlich ständig was los. Ich habe meinen zukünftigen Schwiegervater noch nie so zärtlich und liebevoll gesehen wie in dem Moment, als er seinen Enkelsohn auf dem Arm hielt. Armandos Gesichtszüge wirkten ganz weich. Und dann hat er seine Frau angesehen, mit einem ähnlich intensiven Blick. Ich bin mir ganz sicher, dass er ein wundervoller Opa sein wird – und dass Armando und Gabriella sich noch immer lieben. Die beiden haben Nonna und mich noch zum *caffè* eingeladen, was Nonna aber rigoros abgelehnt hat. Wir müssten unbedingt wieder nach Hause, die Medizin fertig machen, sagte sie. Aber stattdessen sind wir nach Neuss gefahren.

Jetzt bin ich schon das zweite Mal innerhalb einer Woche hier im Neusser Stadtzentrum. Aber diesmal gehe ich mit Nonna Lucia gemeinsam die kleine Anhöhe hinauf. Heute allerdings hat Nonna ihren Stock dabei.

«Warum brauchst du ihn heute wieder?», frage ich.

Nonna Lucia seufzt und bleibt stehen. «Die Rheuma, Giulietta, die kommte und gehte.»

«Das wusste ich nicht.» Sofort macht sich ein schlechtes Gewissen in mir breit, weil ich ihr Schauspielerei unterstellt habe. «Hast du denn schlimme Schmerzen?»

«Es gehte. Es musse. Außerdem habe ich ja bald Medizine. Ringelblume hilfte mir.»

Nonna Lucia überrascht mich immer wieder. Wahrscheinlich ist sie deswegen so früh morgens durch die Gärten geschlichen und hat sich bedient, weil sie Schmerzen hatte und etwas dagegen unternehmen wollte.

«Warst du denn schon beim Arzt?», frage ich.

«Giulietta, der Arzte, der mich das nächste Mal siehte, der stellte nur noch meine Tote feste. Wie bei Patrizio.»

«Das wird hoffentlich noch eine Weile dauern», sage ich, da pustet mir plötzlich jemand von hinten warme Luft gegen meinen Nacken. Eine Gänsehaut zieht sich langsam über meinen ganzen Körper.

«Hallo, meine Engel», sagt Antonio fröhlich. «Hab ich euch!» Er schiebt sich zwischen Nonna und mich und hakt sich bei uns unter. «Und jetzt erzählt ihr mir, was die ganze Geheimnistuerei zu bedeuten hat.»

«Antonio!», sagt Nonna Lucia streng. «*Vuoi aprire un negozio di pasticceria o no?* – Möchest du eine Konditorei eröffnen oder nicht?»

Antonio zwinkert mir zu. «*Io voglio* – Ich will.»

«Dann kommste du!»

Wieder sitzen die drei Männer draußen an demselben Tisch und spielen Karten. Aber diesmal springen sie auf, als sie uns zusammen mit Nonna kommen sehen, und begrüßen uns gebührend mit Wangenküsschen.

«Antonio, *questo è Ernste.*» Nonna zeigt auf den Mann mit der Napolimütze. «*È alla ricerca di un successore per la caffetteria ...*»

Das soll Ernst sein? Genau der Mann hat mir doch vor ein paar Tagen erzählt, Ernst sei nicht mehr da, er sei gerade erst mit Nonna Lucia weggegangen. Warum hat er mir denn nicht gesagt, dass er es selbst ist? Und warum haben die anderen ihn Ernesto genannt? Ist er jetzt ein Deutscher, der Ernst heißt und von seinen Freunden nur Ernesto genannt wird, weil er aussieht wie ein Italiener? Oder ist er ein Italiener, der von seinen Eltern dummerweise Ernst getauft wurde? Irgendwas ist hier verdreht. Oder bin ich es, die einen Knoten im Gehirn hat? Antonio bekommt jedenfalls anscheinend gerade die Möglichkeit angeboten, das Café zu übernehmen, um eine kleine Konditorei daraus zu machen. Ist doch egal, ob von Ernst oder Ernste oder Ernesto.

Ernst bittet Antonio ins Cappuccino. Nonna geht wie selbstverständlich hinterher, aber ich bleibe unschlüssig draußen stehen. Da dreht Nonna sich zu mir um. «Giulietta, willste du eine *caffè*? Solle ische dir bringe?»

Den Hinweis habe ich verstanden. Ich habe also richtig daran getan, nicht einfach hinter den beiden herzulaufen. Ich frage mich, was ich überhaupt hier mache. «Nein, danke», sage ich. «Ich geh ein bisschen spazieren, bleibe aber in der Nähe. Ruft ihr mich an, wenn ihr fertig seid?»

Nonna nickt, dann ist sie verschwunden.

«Eine Kugel Pistazie, eine Schokolade und eine Vanille, im Becher bitte.» Gleich in der Nähe habe ich eine Eisdiele entdeckt. Bei dem sonnigen Wetter genau das Richtige!

Ich setze mich mit dem Becher auf eine Bank ganz in die Nähe von ein paar kleineren Springbrunnen, die in regelmäßigem Takt aus dem Boden sprudeln. Kleine Kinder springen zwischen den Fontänen herum. Manche sind schon pitschnass, andere haben ihre Kleidung gleich ganz ausgezogen. Auf den Bänken sitzen Väter, Mütter, Omas, Opas und beaufsichtigen die Kleinen, die sich lachend am plätschernden Wasser amüsieren.

Das Pistazieneis, auf das ich mich so gefreut habe, ist leider eine Enttäuschung. Das hätte ich mir bei der giftgrünen Farbe eigentlich denken können. Es schmeckt künstlich und fettig. Schokolade und Vanille sind ganz in Ordnung, aber ich habe definitiv schon besseres Eis gegessen. Aber vielleicht wird es hier ja bald mehr Qualität geben, wenn denn Antonio und der ominöse Ernst sich einig werden. Ich schließe die Augen und drehe meinen Kopf in Richtung Sonne. Wenn nur das Wetter nächste Woche auch so mitspielt, denke ich.

Als ich meine Augen wieder öffne, sehe ich einen kleinen weißen Hund übermütig durch die Wasserpfützen rennen, die sich rund um die Fontänen angesammelt haben. Den kenne ich doch! Natürlich, er gehört zu dem netten Herrn, den ich letztes Mal auch schon hier getroffen habe. Ich erkenne das rote Lederhalsband, an dem ein grünes Herzchen baumelt. Nur die Leine fehlt diesmal. Ob er wieder ausgebüxt ist? Ich sehe mich um, kann aber sein Herrchen weit und breit nicht entdecken. Also werfe ich meinen Becher in den Abfallkorb und gehe zu dem Hund in die Knie. «Komm her, Kleiner.» Auf dem Herzchen, das sich als kleines Täschchen entpuppt, steht *Benito*. Wusste ich es doch! Ich löse den Druckknopf und ziehe einen Zettel hervor, auf dem ein Name und eine Handynummer stehen: *Ernst Naumann, Tel. ...*

Doch der kleine Racker ist geschickt. Als ich eine Sekunde nicht aufpasse, weil ich mein Handy aus der Tasche hole, reißt er sich los und geht wieder flitzen.

«He, warte!» Aber Benito wartet nicht. Er läuft schnurstracks auf die kleine Passage zu, die zum *Cappuccino* führt. Ohne weiter darüber nachzudenken, springe ich auf und laufe ihm hinterher. Der kleine weiße Hund läuft in das Café hinein. Und dann dämmert es mir. Benito ist Ernsts Hund! Als ich ihn das letzte Mal getroffen habe, hat ihn nur ein anderer ausgeführt, vielleicht ein Freund?

Nonna, Armando und Ernst kommen gerade zur Tür heraus, als ich außer Atem bei ihnen ankomme. Benito kommt schwanzwedelnd aus dem Café gelaufen.

«Er ist eben unten bei den Wasserfontänen gewesen», sage ich zu Ernst, der mich lächelnd ansieht.

«Ja, das macht er bei heißem Wetter immer mal wieder gerne. Da tut ihm eine Abkühlung ganz gut.»

«Wie schade», scherze ich, «ich dachte schon, er sei vielleicht herrchenlos und ich könne ihn mitnehmen. Er ist echt süß.»

«Da wäre aber jemand sehr unglücklich. Er gehört einem meiner besten Freunde.»

«Dann ist es gar nicht Ihr Hund?»

Ernst schüttelt den Kopf.

«Quatsch», sage ich ins Telefon, «das kann ich doch nicht bringen. Wenn Nonna mich beim Rumschnüffeln in ihrem Handy erwischt, dann habe ich wahrscheinlich gleich drei *malocchios* auf einmal am Hals.» Ich habe sofort Conny angerufen, als wir wieder zu Hause waren.

«Aber anders wirst du es wahrscheinlich nie erfahren. Wenn dieser Napolifan nicht der echte Ernst ist, dann haben sie Gründe dafür, seine Identität geheim zu halten. Julia, überleg doch mal ... Du hast gesagt, der Typ mit dem Hund hat ausgesehen wie Marcello, nur eben zwei Generationen älter ... Und Nonna hängt dort im Café rum? Hallo?»

«Ich weiß nicht, meinst du echt? Das kann ich mir überhaupt nicht vorstellen.»

«Also wenn du mich fragst, dann hat eure gute Nonna ihrem Patrizio ein Kuckucksei ins Nest gelegt. Du hast doch erzählt, sie sei bei der Hochzeit schon schwanger gewesen, und deswegen wurden auch die Fotos im Nachhinein gemacht. Du müsstest nur auf dem Zettel im Hundehalsband nachgucken und mit der Nummer auf ihrem Handy vergleichen, dann weißt du es.»

«Und dann?»

«Wie meinst du das, und dann?»

«Was habe ich dann davon? Warum soll ich sie fragen, wenn sie es doch das ganze Leben lang geheim gehalten hat? Ich mein ... überleg doch mal, was das bedeutet. Wenn das wirklich stimmt, dann hat Armando einen deutschen Vater.»

Conny kichert am anderen Ende der Leitung. «Der ist durch und durch Vollblutitaliener. Das wird ihm aber gar nicht gefallen.»

«Eben! Und ich möchte als Angeheiratete ganz bestimmt nicht diejenige sein, die da reinen Tisch macht.»

«Na gut, du hast ja recht. Aber interessieren würde es mich schon.»

«Ja, mich auch, aber glaub mir, es ist besser so, wenn ich es gar nicht weiß. Am Ende kommt es raus, und dann ist Marcello sauer, weil ich es ihm nicht gesagt habe. Bei meinem Glück bin ich dann sogar noch die Böse.»

«Das könnte allerdings wirklich sein. Du hast recht, lass es auf sich beruhen. Vielleicht findet Antonio es selbst irgendwann heraus, wenn er das Ding tatsächlich übernimmt. Der ist übrigens echt schnuckelig, wollte ich dir letztens schon sagen. Nicht so verkopft wie dein Marcello.»

«He!» Ich tue empört, aber Conny lacht nur darüber. Außerdem höre ich im Hintergrund noch jemanden kichern und dann flüstern.

«Wer ist denn da bei dir?»

«Niemand, wieso? Ich hab das Fernsehgerät laufen.» Das Fernsehgerät ist von einer Sekunde auf die andere still. «Und jetzt hast du es abgeschaltet?»

«Ja», sagt Conny, aber das Gekicher geht schon wieder los. Und es kommt mir irgendwie bekannt vor.

«Lisa ist bei dir!», sage ich. «Gib es zu.»

«Boah, Lisa, du hast zu laut rumgekichert», moppert Conny. Und dann höre ich noch eine Stimme.

«Hallo, Julia», ruft Steffi im Hintergrund.

Meine beiden Schwestern – bei Conny! Wer hätte das gedacht. «Was macht ihr denn da so alle zusammen?», frage ich scheinheilig.

«Lass dich überraschen», antwortet Conny, und Steffi sagt: «Du bist still, Lisa, sonst verplapperst du dich wieder.»

«Ich sag schon nix, gib sie mir mal ...» Es dauert ein Weilchen, bis Lisa sich durchgesetzt hat, aber dann habe ich sie doch am Ohr.

«Sag mal, Marcellos Bruder, ist der echt anders? Dann wär er ja vielleicht was für mich.»

«Was meinst du damit?»

«Na ja, Conny hat doch eben gesagt, dass er nicht so kopflastig wie Marcello ist. Ich steh eher auf Romantiker, das weißt du doch.»

«Und ich weiß gar nicht, was ihr alle habt.» Irgendwie habe ich auf einmal das Gefühl, ich müsse Marcello verteidigen. Er ist doch gar nicht so ... «Ach was, ihr habt ja recht, Marcello denkt manchmal schon sehr geradlinig, deswegen ist er ja auch Programmierer. Aber gerade deswegen funktioniert es ja so gut, weil er mir Struktur gibt – und Halt. Apropos ... wartet mal kurz, ja? Ich glaube, da ist jemand in der Leitung.»

Es ist tatsächlich Marcello. «*Amore*, wärst du sehr böse, wenn ich mich nach der Arbeit gleich mit Mariella treffe? Ich würde gerne noch mal in aller Ruhe mit ihr reden. Außerdem habe ich ja auch schon mit ihrer Homepage angefangen.»

Was habe ich heute Morgen noch gedacht? Dass Hilfsbereitschaft unter Exfreunden total normal ist?

«Marcello ... ganz ehrlich, erst sehe ich, wie du deine Ex küsst. Dann erzählst du mir, sie habe dir ihre Liebe gestanden, würde aber keinen Kontakt mehr zu dir wollen. Gestern schreibst du ihr mitten in der Nacht. Und jetzt willst du dich wieder mit ihr treffen. Was erwartest du denn von mir?»

«Dass du mir vertraust.» Die Antwort kommt spontan, ohne dass Marcello groß darüber nachgedacht hat. Damit nimmt er mir den Wind aus den Segeln.

«Okay, mach das. Klär es mit ihr. Aber sag ihr bitte auch, dass ich keine Lust habe, dass das nach unserer Hochzeit so weitergeht. So hart es ist, sie muss sich damit abfinden.»

«Das wird sie ...»

«Lisa? Bist du noch da?»

«Nein, ich bin's wieder, Conny. Lisa und Steffi müssen gerade was machen, aber ich darf dir nicht sagen, was. War's Marcello?»

«Ja, er hat mir gerade gesagt, dass er sich nach der Arbeit noch mit Mariella trifft. Habt ihr nicht Lust, nachher noch vorbeizukommen? Ich glaub, ich muss die Liebeskummermedizin von Nonna Lucia heute zum ersten Mal selbst testen.»

«Hey, Mädels», ruft Conny laut, «Marcello trifft sich mit Mariella. Wir müssen zu Julia.»

«Was? So ein Arsch!», ruft Lisa. Nur kurz darauf habe ich sie wieder am Telefon.

«Weißt du, wo sie sich treffen? Dann fahren wir da hin», sagt sie empört. «Der spinnt doch wohl.»

«Nein, weiß ich nicht.» Mariella arbeitet in Düsseldorf. Ob sie auch dort wohnt? Könnte durchaus möglich sein. Der Gedanke gefällt mir ganz und gar nicht.

«Wir könnten sein Handy orten», schlägt Lisa vor.

«Kommt erst einmal her, okay?»

«Na gut. Willst du Conny noch mal?»

«Ja ...»

«Wir sind eh fast fertig», sagt meine Freundin. «Ist die Wundermedizin denn schon trinkbereit? Sonst bringe ich etwas von meiner mit. Ich hab noch alles für leckere Cocktails da.»

«Ich frag mal, bleib dran.»

«Nonna?» Eben war sie noch in der Küche ... Ich gehe durch die ganze Wohnung, aber Nonna Lucia ist nicht da. Schließlich schaue ich im Arbeitszimmer aus dem Fenster. Nicht dass sie noch mal in den Nachbargärten unterwegs ist. Aber auch dort kann ich sie nirgends entdecken. «Mist!»

«Was ist los?», fragt Conny.

«Unsere italienische Omi ist schon wieder verschwunden. Das darf doch wohl nicht wahr sein! Ich muss auflegen, wir sehen uns ja eh gleich.»

Wer weiß, was Nonna jetzt wieder anstellt. Warum kann die alte Dame nicht wenigstens kurz Bescheid sagen, wenn sie irgendwo hingeht? Ich laufe noch einmal durch die ganze Wohnung, obwohl ich weiß, dass es Blödsinn ist, weil ich eben schon alles abgesucht habe. Nonna Lucia ist nirgends zu finden. Aber so wie es aussieht, hat sie diesmal wenigstens ihr Handy mitgenommen. Ich wähle ihre Nummer und warte mit Herzklopfen ab.

«*Pronto?*»

Erleichtert atme ich auf. «Nonna, wo bist du?»

«Giulietta, guckste du vom Balkon.»

Also ist sie doch unten im Garten! Ich gehe mit dem Handy am Ohr durch unser Schlafzimmer auf den Balkon und schaue nach unten, doch ich kann sie nicht sehen.

Aber dann höre ich sie rufen, synchron an meinem Ohr und im Hof. «Giulietta, hier bin ische!» Genau gesagt kommt ihre Stimme von rechts unter uns. Ich recke den Hals und traue meinen Augen kaum. Sie sitzt gemeinsam mit dem grauhaarigen Nachbarn, den sie heute Morgen noch beschimpft hat, auf seinem Balkon und winkt mir zu. Der komische Typ aus der Wohnung darüber hängt auch wieder über der Brüstung. Er ruft nach unten: «Und, Manni, wie schmeckt der Fusel?»

19.

Con questo non ho niente a che fare

DAMIT HABE ICH NICHTS ZU TUN

Der *Fusel* schmeckt gut. Ein bisschen zu stark nach Alkohol für meinen Geschmack, aber Nonna meint, das würde sich mit der Zeit verflüchtigen. Je älter die Flaschen, desto süffiger wäre der Inhalt.

«Der Rosenlikör ist nicht so mein Geschmack», sagt Conny. «Aber der mit Basilikum ist echt lecker.»

Ich sehe das ähnlich. Ich hätte nie gedacht, dass Basilikumlikör so lecker schmecken könnte. Aber auch der mit Rosmarin ist wirklich gut, etwas ungewohnt anfangs, aber ein tolles Geschmackserlebnis. Die Mädels haben auf Anweisung einen Beutel gecrushtes Eis von der Tankstelle besorgt. Davon werden zwei gehäufte Esslöffel ins Glas gegeben, dazu kommt noch ein Scheibchen Zitrone, die im Eis etwas ausgedrückt wird. Dann wird mit Liebeskummermedizin aufgefüllt. Dass man nach vier Gläsern keine Probleme mehr hat, glaube ich gerne. Mir geht es nach dem dritten schon sehr gut. Das liegt aber wahrscheinlich auch daran, dass meine Schwestern und meine beste Freundin bei mir sind. Und natürlich Nonna Lucia. Sie hat sozusagen den Balkon gewechselt.

Manni und Horst, so heißt der einst ungehobelte Nachbar, prosten uns hin und wieder zu. Die beiden haben sich zusammengetan, um Nonnas *Fusel* eingehend zu testen. Danach haben sie Nonna nicht nur erlaubt, sich im Garten nach Lust und Laune jederzeit zu bedienen, sie haben ihr sogar angeboten, für sie noch andere Gärten *abzuernten*. Jetzt planen sie, groß in die Herstellung von Nonnas Wunderwässerchen einzusteigen. Nonna fand die Idee natürlich ganz wunderbar. Das einzige Problem sei allerdings der teure Alkohol hier in *Germania*, aber den könne man ja aus Italien organisieren. Die Unterhaltung zwischen Nonna und den beiden zukünftigen Likörherstellern fand von Balkon zu Balkon statt. Jetzt wissen alle Nachbarn, dass die drei vorhaben, mit einem Eiswagen zentnerweise Alkohol über die Grenze zu schmuggeln.

Während Lisa eifrig probiert, nippt Steffi nur an den Gläsern. Eine müsse schließlich fahren, sagt sie, und außerdem habe sie Kind und Mann zu Hause. Auch Nonna Lucia hält sich vornehm zurück. Sie nippt schon die ganze Zeit an einem einzigen Glas, einer Mischung aus Lavendel und Rose, dabei erzählt sie aus ihrem Leben in Casamarciano, aber auch von ihrer Zeit in Deutschland. Wie schwer es damals für sie gewesen war, ihre Kinder einfach im Dorf zurückzulassen. Und dass die Mädchen, ganz besonders Donatella, ihr das nie verziehen haben. Sie habe Fehler gemacht, erzählt Nonna, die sie nie wieder machen würde, auch in der Liebe, aber unverzeihbar wären nur die, die sie gegenüber ihren Kindern gemacht habe. Aber die Mutterliebe sei eine ganz besondere Liebe ... Wie auf Kommando ruft prompt Mutti auf Steffis Handy an.

«Ich geh mal eben ran», sagt sie.

«Ja ... nein ... aber ja, wir sind alle hier, bei Julia ... natürlich kannst du kommen, was sollten wir denn dagegen haben?» Steffi guckt Lisa und mich auffordernd an. Wir schütteln beide vehement die Köpfe, aber Steffi sagt: «Ja, Mutti, bis gleich.»

«Was ist passiert?», fragt Lisa. «Hat er sie versetzt?»

«Keine Ahnung, hat sich fast so angehört. Aber Mutti klang gar nicht geknickt deswegen. Sie will mal wieder irgendwas mit uns besprechen. Bestimmt hat Hardy unser Treffen abgesagt.

Ich schätze, das war's dann von wegen Vater kennenlernen ... Ich hab eh nicht dran geglaubt.» Steffi schüttet sich das Glas voll mit Rosmarin-Liebeskummer-Likör und nimmt einen großen Schluck. «Christian und Carlotta können mich nachher abholen. Oder ich fahre mit dem Taxi, je nachdem, wie spät es heute wird ...»

«Hallo, Mädchen!» Mutti stolziert herein, und wieder bleibt mir der Mund offen stehen. Ich habe sie erst einmal in ihrem neuen Look gesehen, deswegen kommt sie mir immer noch total fremd vor. Steffi hat sich anscheinend schon daran gewöhnt, sie hat ja durch Carlotta öfter mal Kontakt zu ihr. Aber Lisa geht es genau wie mir. Sie starrt auf die Frau, die in der offenen Balkontür steht, und sagt nur: «Krass!»

Unsere Mutter sieht echt gut aus. Sie hat anscheinend abgenommen. Das ist mir beim letzten Mal gar nicht so aufgefallen wegen des langen Ledermantels, den sie anhatte. Heute trägt sie ein schlichtes, sehr kurzes Hemdblusenkleid, in dem ihre langen Beine super zur Geltung kommen. Durch die hochhackigen Sandalen wirken ihre Beine endlos.

«*Bella come le figlie* – Schön wie die Töchter», sagt Nonna und hat damit sogleich Muttis Herz gewonnen.

«*Grazie*», flötet Mutti und lässt sich zu einem Rosenlikörchen überreden. Dann tut sie ganz vertraulich und erzählt Nonna von ihrem letzten Italienurlaub vor drei Jahren ...

Wir warten eine Weile schweigend und hören ihr zu, aber nach ein paar Minuten platzt Lisa der Kragen. «Mensch, Mutti, jetzt erzähl schon. Was ist los?»

Unsere Mutter schweigt bedeutungsvoll, bis sie endlich zu erzählen anfängt: «Also, Hardy ist nicht gekommen. Er schafft es leider nicht.» Sie schaut Steffi an. «Tut mir wirklich leid, Schatz, aber das holen wir nach, versprochen.»

«Ganz ehrlich, Mutti, ich weiß momentan gar nicht, ob ich das noch will», sagt Steffi. «Das war nicht das erste Mal, dass er ein Treffen hat platzen lassen. Damals war ich zwölf, dann sechzehn ... Ich denke, es reicht jetzt.»

Ich streiche meiner großen Schwester mitfühlend über den Arm, da ich mich nur zu gut daran erinnern kann, wie unglücklich sie damals gewesen war.

Mutti nestelt an ihrer Halskette herum. Die Situation scheint ihr sichtlich unangenehm zu sein. «Es ist nur so, dass er mir ein Flugticket nach L. A. geschickt hat. Natürlich für einen Flug nach deiner Hochzeit, Julia. Die verpasse ich auf gar keinen Fall.»

«Nach L. A.?», fragt Lisa.

Steffi und ich schauen uns an. Wir ahnen beide, was jetzt kommt.

Mutti seufzt und hat jetzt tatsächlich Tränen in den Augen. «Wir haben nämlich vereinbart, dass ich erst einmal komme, um mir alles anzuschauen. Und wenn es mir gefällt, dann bleibe ich.»

«Was?» Lisa springt von ihrem Stuhl auf. «Du kannst uns doch nicht einfach so alleine lassen!»

Dass unsere kleine Schwester so emotional reagiert, wundert mich, denn normalerweise ist sie diejenige, die immer gegen Mutti schießt und sich an ihr reibt. Aber auf der anderen Seite ist sie auch erst vierundzwanzig. Steffi hat ihre eigene Familie, und ich bin bald mit Marcello verheiratet ...

«Frag mal Nonna Lucia, was die davon hält», trumpft Lisa jetzt auf. «Die hat nämlich auch ihre Töchter alleine gelassen – und es bitter bereut. Stimmt doch, Nonna, oder?»

Nonna greift nach Lisas Hand und sieht sie mit ihrem besonderen Blick an, streng, aber sanft. «Lisa, meine Töchter waren Mädchen, ihr drei, ihr seite Frauen, starke Frauen. Jetzt musste du deine Mutter unterstutzen. Sie hatte auch die Liebe verdient. Und jetzt, sie ist noch jung genuge. Guckst du misch an. Isch bin jetzt zu alte. Isch habe einst die Liebe verloren. Mein Leben danach war nicht schlechte, aber isch hatte immer große Sehnsucht nach der *eine* Liebe ...»

Sie hat Ernst geliebt, aber Nonno geheiratet, schießt es mir durch den Kopf.

Nonna erhebt sich und schaut mich eindringlich an. «Und Giulietta?»

Überrascht schaue ich sie an.

«Du weißte, dass ich disch sehr, sehr gerne habe. Isch es sehr schätze, dass ische hier willkommen. Unte isch weiß, du willste das nichte hören. Aber du solltest dische fragen, ob Marcello die *eine* Liebe für disch iste.»

Fassungslos sehe ich Nonna Lucia hinterher, wie sie langsam in der Wohnung verschwindet.

Es ist mucksmäuschenstill auf dem Balkon. Conny, die die ganze Zeit über geschwiegen hat, findet zuerst ihre Sprache wieder. «Und? Ist er es?», fragt sie. «Die eine Liebe?»

«Natürlich! Was denkt ihr denn?», fahre ich auf. «Ich heirate doch nicht einfach nur so, aus Spaß. Ich weiß gar nicht, was Nonna auf einmal hat.» Und dann auf einmal dämmert es mir. «Ich wette, da steckt Mariella dahinter. Bestimmt haben die beiden von Anfang an gemeinsame Sache gemacht! Das können sie vergessen. Sie werden es nicht schaffen, mich und Marcello auseinanderzubringen!» Damit ist das Thema für mich erledigt. Nonna hat genau das Gegenteil von dem erreicht, was sie wollte.

Wir haben halb elf, als Marcello plötzlich in der Tür steht. Als er unsere leeren Likörgläser sieht, grinst er schelmisch. «Hat Nonna euch abgefüllt?» Dann kommt er zu mir, beugt sich von hinten über mich und küsst zärtlich meine Halsbeuge. «Ciao, *tesoro.*»

«Keine roten Rosen heute?» Die Frage ist mir einfach so rausgerutscht. Eben noch habe ich mich über Nonna aufgeregt, und jetzt würde ich Marcello liebend gerne vom Balkon schubsen. Nicht dass er sich ernsthaft verletzt, ich würde ihn einfach gerne fliegen sehen. Dass er hier nach seinem Rendezvous auftaucht und so tut, als wäre alles in Ordnung, nervt mich plötzlich.

«An Versprechen halte ich mich, *amore.*» Er lässt sich nicht auf einen Streit ein. Das hat er noch nie gemacht, wenn andere Personen anwesend waren, was ja eigentlich auch richtig ist.

«Willst du was trinken?», frage ich also anstandshalber.

Marcello lehnt dankend ab. «So wie es aussieht, brauchen die Damen heute noch einen Fahrer. Oder schlaft ihr alle hier? Wie wäre es mit einem Matratzenlager im Wohnzimmer?»

«Was, bloß nicht!» Mutti springt sofort auf. «Es ist jetzt auch spät genug, und daher wäre es wirklich nett ...»

Nach dem allgemeinen Aufbruch bleibe ich noch ein Weilchen alleine auf dem Balkon sitzen. Am Freitag kommen unsere Gäste aus Italien an. Und einen Tag später werde ich Marcellos Frau sein. Und zum ersten Mal kommen mir wirklich Zweifel, ob das richtig ist. Mir ist zum Heulen zumute. Ich hatte mich so auf meine Hochzeit gefreut, dann zieht erst Nonna hier ein, und schließlich taucht Mariella plötzlich aus der Versenkung auf. Es würde mich nicht wundern, wenn Nonna dabei auch ihre Finger im Spiel hatte. Plötzlich taucht das Bild einer schwarz gekleideten alten Frau vor meinen Augen auf, die in der Hand zwei Marionetten hält. Eine der beiden Puppen trägt einen schwarzen Hochzeitsanzug, die andere das weiße Brautkleid. Aber ihr Haar ist nicht blond, sondern dunkel und gelockt. Ich schüttele mich, um die Bilder in meinem Kopf loszuwerden, und sage laut: «Na super, jetzt bekomme ich auch noch Halluzinationen von dem Fusel.» Und dann fange ich hemmungslos an zu weinen.

Als ich mich wieder einigermaßen gefasst habe, räume ich die Gläser in die Küche, verschwinde kurz im Bad und schließe die Schlafzimmertür hinter mir. Nonna Lucia ist mir zum Glück nicht noch einmal über den Weg gelaufen. Sie hat sich in ihrem Zimmer verbarrikadiert. «Ist auch besser so, alte Hexe!», sage ich, dann lasse ich mich auf das Bett fallen und schaukle ein wenig hin und her.

Der Likör hat es ordentlich in sich. Ich will gar nicht wissen, wie viel Alkoholgehalt er noch hat. Obwohl ich es mir fest vornehme, wach zu bleiben, bis Marcello zurück ist, gelingt es mir nicht. Ich schlafe sofort ein. Im Unterbewusstsein spüre ich irgendwann, wie Marcello sich an mich kuschelt. «Geh weg!», nuschele ich. «Mir ist schlecht ...»

Als ich morgens aufwache, ist mir immer noch übel. Es ist Ewigkeiten her, dass ich mich nach Alkohol übergeben musste, mindestens zehn Jahre. Aber heute scheint es wieder so weit zu sein. Ich drehe mich zur Seite und werfe einen Blick auf den schlafenden Marcello. Ein dünner Speichelfaden läuft ihm aus seinem Mundwinkel. Ich stehe leise auf und schleiche mich ins Bad. Kurz darauf umarme ich die Toilette anstatt meinen zukünftigen Ehemann. Aber die erhoffte Erleichterung bleibt aus. Ich kann mich nicht übergeben. Also stehe ich wieder auf und gehe zum Waschbecken, um mir etwas kaltes Wasser ins Gesicht zu spritzen. Dabei fällt mein Blick in den Spiegel.

«Das ist doch ... wie gemein!» Mein Gesicht ist voller kleiner roter Pusteln. Sie ziehen sich bis über meinen Hals, überdecken mein Dekolleté und sogar meinen Busen, wie ich feststelle, als ich mein T-Shirt anhebe.

Unglücklich gehe ich zurück ins Schlafzimmer, krieche

wieder ins Bett und ziehe mein Kopfkissen über meinen Kopf. Und dann schießen wieder die Tränen aus meinen Augen, und ich fange an, lauthals zu schluchzen.

«Was ist los, *amore?*», fragt Marcello und versucht mir, das Kissen wegzuziehen.

«Geh weg!», jammere ich.

«Julia, es ist wirklich nichts zwischen Mariella und mir gelaufen, wir haben nur geredet, ehrlich.»

Meine Verzweiflung schlägt plötzlich in Wut um. «Du glaubst doch nicht ernsthaft, dass ich wegen deiner blöden Ex heule?» Ich ziehe mein Kissen weg.

«Ach du Scheiße», entfährt es Marcello. Und dann sagt er: «*Tesoro,* das ist doch gar nicht so schlimm. Das geht bestimmt bald wieder weg, spätestens zur Hochzeit ist deine Haut wieder makellos.»

«Das sagst du jetzt nur so», sage ich. «So kann ich unmöglich heiraten, ich bin knallrot im Gesicht! Und dann die vielen kleinen Pickel.» In dem Moment, in dem ich es ausgesprochen habe, wird mir klar, wem ich das zu verdanken habe. Nonna! Oder Mariella. Oder vielleicht beiden zusammen. Sie haben mir einen ganz fiesen *malocchio* angehängt.

«Das ist bestimmt eine allergische Reaktion auf die Kräuterliköre gestern. Vielleicht hast du irgendwas nicht vertragen», versucht Marcello mich zu trösten, aber ich höre ihm gar nicht mehr zu. Ich stürme in die Küche, wo ich Nonna vermute – und auch finde. Die kann was erleben!

«Hab ich dir das zu verdanken oder Mariella?» Ich zeige auf mein Gesicht, das sich glühend heiß anfühlt.

Nonna Lucia sieht überrascht aus. «*Giulietta! Con questo non ho niente a che fare* – Damit habe ich nichts zu tun.» Und dann schiebt sie nach: «*Questo è un insulto* – Das ist eine Beleidigung.»

Ich muss zugeben, Nonnas Bestürzung klingt echt.

Dann war es also Mariella, denke ich, als ich mich noch einmal eingehend im Badezimmerspiegel betrachte. Der kalte Waschlappen, den ich mir kurz darauf auf das Gesicht halte, lindert etwas die Hitze, aber die Röte und die Pickelchen bleiben.

Dann heirate ich eben als Streuselkuchen, denke ich trotzig, aber da fällt mir plötzlich Concetta mit ihren Kopfschmerzen ein – und Donatella. Wollten Flora und Donatella nicht heute schon anreisen? Wenn mir jemand helfen kann, dann sie. Ich hole schnell mein Handy und gehe wieder ins Bad. «Ich komme gleich», rufe ich, als Marcello seinen Kopf durch die Tür steckt. Es wird wirklich Zeit, dass wir einen Riegel an der Tür anbringen. «Gib mir nur ein paar Minuten, ja?» Dann wähle ich Concettas Nummer.

«Concetta? Was für ein Glück, dass du rangehst. Ist Zia Donatella schon da? Ich brauche dringend ihre Hilfe!»

Stella reicht mir ein Glas Wasser. «Hier, trink das, dann geht es dir gleich viel besser», sagt sie und lächelt mich aufmunternd an. Dass sie augenscheinlich auf meiner Seite ist, freut mich. Und deswegen fühle ich mich auch wirklich etwas besser. Aber dann sagt sie: «Ich glaube nicht, dass das Mariella war. Hast du vielleicht noch andere Feindinnen?»

«Und wieso glaubst du das nicht?»

«Weil Mariella so etwas nicht machen würde. Ich meine, nicht weil sie zu nett dafür ist oder so. Aber sie weiß, dass man so etwas immer zurückbekommt. Deswegen würde sie es nicht machen. Sie ist zu clever für so was.»

«Hm ...» Stella ist wirklich verdammt weit für ihr Alter. Es klingt fast logisch, was sie da sagt. Nur habe ich keine anderen Feindinnen ...

Ich habe zur Verstärkung meine beiden Schwestern und Conny mitgebracht. Wir sitzen alle um den großen Esstisch in Concettas Wohnzimmer herum und schauen gebannt zu, wie Donatella in eine große mit Wasser gefüllte Schüssel ein paar Tropfen fallen lässt. Dann schaut sie konzentriert auf die Oberfläche und beobachtet, ob und wie sich der Tropfen ausbreitet. Als sie schließlich mit dem Finger einmal quer durchs Wasser fährt und danach wortlos in ihrer Tasche rumkramt, werde ich leicht nervös. Doch dann stellt Donatella mir ein kleine Dose vor die Nase, gefüllt mit weißen Tabletten.

«*Due subito, due stasera e domani sarai guarita* – Zwei sofort, zwei heute Abend, morgen bist du geheilt», sagt sie.

«Was ist das?», frage ich. Einfach so irgendwelche Tabletten zu schlucken, kommt mir merkwürdig vor. Lieber wäre mir eine schöne Knotenkette. Die hätte keine Nebenwirkungen, und ich hätte sie demonstrativ auf der Hochzeit tragen können.

«*Un antiallergico* – Ein Antiallergikum», antwortet Donatella trocken.

«*Ma non ho allergie* – Aber ich habe keine Allergien.»

Donatella schüttelt den Kopf, dann erklärt sie Concetta etwas, das sie mir übersetzen soll. Concetta hört aufmerksam zu, dann grinst sie.

«Was? Was sagt sie?»

«Dass du keine Allergie gegen irgendwelche Kräuter hast und dir auch niemand einen *malocchio* angehängt hat. Donatella meint, dass das eine ganz normale Reaktion von vielen Bräuten sei, die entweder Angst vor der Hochzeit haben oder tief innen doch unsicher seien. Dein Körper will dir etwas mitteilen, und du sollst auf ihn hören.»

Als Donatella auf die beiden Tabletten deutet und mir aufmunternd zunickt, nehme ich sie ohne weitere Widerworte ein.

«Weißt du, was?», sagt Steffi, als wir wieder draußen vor

der Tür stehen. «Wir holen jetzt dein Hochzeitskleid und was du sonst noch brauchst, und dann nisten wir uns alle bis zur Hochzeit bei Mutti ein. Die hat am meisten Platz. Eine von uns bleibt immer bei dir, damit dir von den Hexen niemand was antun kann. Es sei denn, du überlegst es dir anders und willst doch nicht heiraten.»

«Ehrlich gesagt ... ich weiß es nicht.» Es zieht mir fast den Boden unter den Füßen weg, als ich das sage. Aber im Moment möchte ich einfach nur meine Ruhe haben.

«Dann solltest du erst recht zu Mutti ziehen und dir darüber klarwerden.»

«Du kannst auch zu mir kommen», schlägt Conny vor.

«Nein, ein paar Tage in meinem alten Zimmer werden mir guttun.»

Im Auto werfe ich einen Blick in den Rückspiegel. Ich sehe aus wie eine überreife Tomate. Oder vielleicht eher wie eine widerborstige Litschi? Die haben eine ähnlich raue Oberfläche wie mein Gesicht.

«Ich kann nicht glauben, dass ich in meinem Alter kurz vor der Hochzeit tatsächlich zu Mutti ziehe», sage ich.

20.

Ciò che il cuore conosce oggi …

DAS, WAS DAS HERZ HEUTE SCHON WEISS …

«Ich brauche einfach ein bisschen Zeit für mich, Marcello. Die letzten Tage waren echt zu viel. Und jetzt auch noch der Ausschlag, das hat mir den Rest gegeben.»

Marcello greift nach meiner Hand. «Du denkst aber nicht wirklich, dass Mariella etwas damit zu tun haben könnte, oder?»

«Siehst du, genau das ist das Problem. Sogar jetzt kreisen deine Gedanken noch um sie.»

«Nein, so war das doch gar nicht gemeint …»

«Wie denn sonst?», frage ich.

«Ich wollte damit nur sagen, dass es sich um eine ganz normale allergische Hautreaktion handelt.»

Auf die bevorstehende Hochzeit, denke ich.

«Gib mir zwei Tage, ja?» Heute ist Sonntag. Bis Dienstag wird Marcello warten müssen. «Einfach nur für mich.»

«Es tut mir leid, Julia, wirklich. Das mit Mariella ist ein Missverständnis. Glaub mir, ich will dich, nicht sie.» Er fährt über meine glühende Wange. «Geh bitte nicht.»

Sag *Ich liebe dich,* und ich bleibe, denke ich und schweige.

«Darf ich dich wenigstens anrufen?»

«Ich meld mich bei dir.»

«Versprochen?»

Ich nicke ihm zu und greife nach meiner Tasche.

Im Flur kommt mir Nonna Lucia entgegen. Sie greift nach meiner Hand, aber ich ziehe sie weg.

«Giulietta, was ...»

«Nicht jetzt, Nonna.» Ich gehe an ihr vorbei. Unten am Auto wartet Conny auf mich. Meine Schwestern sind bereits zu Mutti gefahren, um sie auf meinen Einzug vorzubereiten.

Als wir dort ankommen, erwartet sie uns bereits vor dem Haus. «Hallo, mein Mädchen.» Sie schließt mich in ihre Arme, und ich fühle mich wieder wie vierzehn, als ich das erste Mal todunglücklich verliebt war. Meine Mutter mag egoistisch sein und sich oft nur um sich selbst drehen, aber wenn es uns gesundheitlich oder seelisch schlechtging, hat sie sich immer von ihrer besten Seite gezeigt. Dann hat sie sich zu einer wahren Expertin im Trösten und Pflegen entwickelt, hat Hühnersuppe gekocht, regelmäßig Wadenwickel gewechselt oder bei Liebeskummer Unmengen an Schokolade, Eis und Chips besorgt.

«Du siehst schlimm aus», sagt meine Mutter, als sie mich von sich wegschiebt und mit zusammengekniffenen Augen betrachtet. «Aber das kriegen wir schon wieder hin.»

Im Wohnzimmer haben Lisa und Steffi alles für einen gemütlichen Fernsehtag vorbereitet. Hauptsache nicht groß reden müssen, denke ich. Auf dem Couchtisch liegen verschiedene Packungen mit Gummibärchen, Nüssen, Schokolade und anderem Knabberzeugs.

«Keine Ahnung, ob das Zeug jetzt wirklich gut ist für dich, aber ich hab eben auch noch Mäusespeck an der Tankstelle besorgt.» Steffi wedelt mit einer spitzen Tüte in der Luft herum.

«Schlimmer wird es bestimmt nicht.» Ich bedecke meine Wangen mit den Händen und lasse mich in Muttis schweren Ohrensessel fallen. Dann ziehe ich meine Beine an und lege meinen Kopf auf meinen Knien ab. Conny setzt sich im Schneidersitz neben mich auf den Boden und streicht mir über das Haar. Lisa und Steffi machen es sich auf der Couch bequem, so wie früher. Der Sessel war schon immer mein

Lieblingsplatz in diesem Zimmer. Als meine Mutter hereinkommt, frage ich sie: «Mama, weißt du, ob ich als Kind irgendwann mal auf etwas allergisch reagiert habe?»

«Ich weiß nicht ... doch, Moment mal, ja.» Meine Mutter setzt sich auf den Rand des Sessels. «Du warst mal überall voller Pickel, als du während unseres Urlaubs am Stocksee unermüdlich diese kleinen Schnecken gesammelt hast. Weißt du das nicht mehr? Du hast sie in einen Eimer gepackt, und ab und an bist du mit den Armen rein, um eine rauszuholen. Erst waren die Arme rot, und dann dein ganzer Körper.»

«Das war Lisa», sagen Steffi und ich gleichzeitig.

«Genau, ich war das. Das weiß ich sicher, weil ihr mich tagelang damit geärgert habt. Ihr habt mir erzählt, ich hätte üble Schneckenpisspocken, die irgendwann anfangen würden Schleim abzusondern – Schneckenschleim!»

Die Erinnerung ruft ein Lächeln auf meinem Gesicht hervor. «Wir waren ganz schön gemein damals», sage ich.

«Es könnte also unbewusst auch eine späte Rache sein», sagt Steffi.

Lisa schüttelt den Kopf. «So schlimm bin ich auch wieder nicht. Ich habe übrigens eine Allergie gegen Brombeeren und Birkenpollen. Und wer weiß, vielleicht hast du ja auch irgendeine Allergie abbekommen.»

«Das findest du nur raus, wenn du es testen lässt», sagt Steffi. «Wir sollten was von Nonnas Likörproduktion abzwacken und damit zum Allergologen gehen. Wer weiß, was die alte Dame noch in das Stöffchen hineingeschmuggelt hat.»

«Meinst du, der Ausschlag hat was mit Nonna Lucia zu tun?», fragt Conny. «Ihr wisst ja, ich bin der absolute Nonna-Fan. Aber zutrauen würde ich es ihr schon. Obwohl ich eigentlich das Gefühl hatte, dass sie dich sehr gern hat.»

Ich sehe Nonna Lucia bildlich vor mir. Sie verzieht ihr Gesicht zu einem breiten Goldzahnlächeln, ihre Augen blitzen mich an. «Ich denke auch, dass sie mich mag, und kann mir nicht vorstellen, dass sie was mit dem Ausschlag zu tun hat. Sie hat sich zwar ordentlich in meine Belange eingemischt, aber so etwas Hinterhältiges traue ich ihr echt nicht zu. Ich denke eher, dass Zia Donatella mit ihrer Vermutung recht hat.»

«So, und was vermutet sie denn?», hakt Mutti nach.

«Dass eine Stresssituation die Hautreaktion ausgelöst hat, weil ich tief in mir unsicher bin. Ich weiß auch nicht ... Nach unserer Rückkehr aus Italien war ich unsicher, ob Marcello mich überhaupt wirklich will. Und jetzt weiß ich nicht, ob ich ihn noch will.»

«Ja, Schätzchen, aber das ist vielleicht nur eine Reaktion darauf, weil du denkst, Marcello will dich eigentlich nicht», sagt Mutti. «Sozusagen eine Form von Schutz. So nach dem Motto, wenn er dich nicht will, willst du ihn auch nicht. Das kenn ich nur zu gut.» Sie seufzt. «So habe ich damals Hardy vertrieben. Ich war einfach nicht zufrieden mit dem, was er mir geben konnte. Und dann war er weg, und ich habe es bitter bereut. Aber das wisst ihr ja alles. Überleg dir also gut, was du tust, Julia. Ich mag Marcello ...»

Steffi zieht überrascht eine Augenbraue nach oben. Sie fixiert meine Mutter mit einem strengen Blick, von dem sich sogar Nonna eine Scheibe abschneiden könnte. «Mutti, bisher hast du nie gesagt, dass du ihn aus dem Haus getrieben hast. Ich dachte immer, er hat dich einfach so verlassen.»

«Na ja, er wollte mich nicht heiraten, nur so ohne Trauschein mit mir zusammenleben, aber das hat mir nicht gereicht ...» Meine Mutter sieht mich an. «Aber Marcello will dir sein Jawort geben. Er hat sich für dich und eine Zukunft mit dir entschieden.»

«Ja, ich weiß», sage ich schniefend.

«Jetzt lass sie doch erst mal zur Ruhe kommen», sagt Lisa, dann wendet sie sich an Steffi, die ungläubig ihren Kopf schüttelt. «Schade, dass es wieder nicht geklappt hat mit deinem Vater.»

«Vielleicht klappt es ja, wenn er Mutti endlich heiratet», sagt Steffi mit strengem Blick. «Oder gibst du dich diesmal mit weniger zufrieden, Mutti?»

Meine Mutter schüttelt vehement den Kopf. «Natürlich nicht!»

«Dann wärst du zum dritten Mal verheiratet. Ich hoffe, das ist nicht vererbbar», sagt Lisa.

Mutti winkt ab. «Ach was, ihr Mädchen seid clever. Ihr habt aus meinen Fehlern gelernt. Schaut euch Steffi an, sie ist genau das Gegenteil von mir, bodenständig und treu ... Und Julia hat sich auch sehr positiv verändert, seitdem sie und Marcello ein Paar sind. Und Lisa wird euch da ganz sicher auch noch nacheifern.»

Lisa rollt mit den Augen. «Das hättest du wohl gerne. Aber ganz ehrlich, ich fühl mich momentan wohl so. Ich möchte mich nicht wegen eines Typen verändern müssen.»

Conny hält ihren Daumen nach oben. «Genau, bleib so, wie du bist! Meistens sind es die Typen gar nicht wert.»

Lisa grinst. «Okay, versprochen.»

Habe ich mich wirklich positiv verändert, wie meine Mutter gerade gesagt hat? Mein Blick bleibt an ihr hängen. Sie sprüht geradezu vor Leben und Energie. Ich hingegen bin ein rot glühendes Häufchen Elend, dem momentan alles zu viel wird. «Wenn es euch nichts ausmacht, würde ich jetzt gerne einen Film schauen. Irgendwas Schönes, Aufbauendes.»

Steffi greift nach dem Stapel DVDs. «Womit fangen wir an, *Mamma Mia*?»

«Nein, den habe ich erst mit Conny gesehen.» Außerdem

heiratet Sophie am Ende des Films nicht, dafür aber die Mutter. Das muss ich mir jetzt nicht antun.

Steffi hält die nächste DVD in die Höhe. «*Stadt der Engel*?»

«Nee, der geht gar nicht», ruft Conny empört. «Da wird eindeutig zu viel gestorben. Ich hasse diesen Film.»

«Okay, was ist mit *Pretty Woman*?»

«Der ist gut!», sage ich. «Den nehmen wir.»

Es ist kurz nach elf, als Steffi und Conny sich verabschieden. Nach *Pretty Woman* haben wir noch *Liebe braucht keine Ferien, Die Familie Stone* und *Dirty Dancing* gesehen. Zwischendurch haben wir Pizza bestellt. Auf Alkohol haben wir verzichtet. Ich möchte die nächsten Tage einen klaren Kopf behalten. Meine Haut ist immer noch gerötet, aber die Hitze ist zurückgegangen, und die Pickelchen bilden sich langsam zurück. Donatellas Antiallergikum scheint zu wirken.

«Ich habe euch die Betten gemacht», sagt meine Mutter, als wir uns gähnend strecken. «In euren alten Kinderzimmern.»

Lisa lächelt mich an. Sie hat beschlossen, eine Woche lang die Vorlesungen zu schwänzen, um gemeinsam mit mir bei Mutti zu bleiben. «Wie in alten Zeiten.»

Lisas Zimmer ist noch genau wie früher. Sie ist die letzte von uns Schwestern, die ausgezogen ist. Außerdem ist sie am Wochenende und während der Semesterferien noch oft hier. Mein Zimmer hingegen hat sich total verändert. Die Couch hatte ich mitgenommen, mein alter Schrank ist auf dem Sperrmüll gelandet. Mutti hat mein Zimmer als Gästezimmer hergerichtet. Unter dem Fenster steht ein gemütliches Eisenbett, an der einen Wand ein taubenblau gestrichener Bauernschrank und gegenüber ein kleiner Holztisch mit zwei Stühlen.

«Du hast dich also auch verändert», sage ich in den Raum

hinein und lasse mich auf das Bett fallen. Als ich das Licht ausknipse, blitzen an der Decke viele kleine fluoreszierende Leuchtsterne auf. Die Aufkleber hat Conny mir damals zum Geburtstag geschenkt. War das zum sechzehnten? Mutti war jedenfalls gar nicht begeistert davon, als ich sie an die Decke geklebt habe. Sie befürchtete, dass sich beim Entfernen die Farbe ablöst. Dass die kleinen Leuchtpunkte noch immer da sind, tröstet mich irgendwie. Ich greife nach meinem Handy und schreibe eine Nachricht an Conny.

Der Sternenhimmel ist noch da!

Es juckt mir in den Fingern, auch eine Nachricht an Marcello zu schreiben. Ich könnte ihm wenigstens eine gute Nacht wünschen. Aber ich bleibe stark. Er hat sich wie vereinbart nicht bei mir gemeldet. Trotzdem würde ich mich natürlich freuen, wenn er mir ein paar liebe Worte schreiben würde. Doch das kapiert er natürlich nicht. Dafür antwortet Conny.

Die Sterne passen auf dich auf, Süße.

Als nur kurz darauf das Handy noch einmal vibriert, rechne ich wieder mit meiner Freundin, doch ich täusche mich. Die Nachricht ist von *Unbekannt*. Ich habe Antonios Nummer immer noch nicht unter seinem Namen abgespeichert.

Ist es sehr schlimm? Sag mir, welche der Hexen dafür verantwortlich ist, und ich belege sie mit einem wirksamen Gegenzauber!!!

Ich sehe aus wie ein Streuselkuchen, antworte ich. *Aber es wird langsam besser. Donatellas Medizin scheint zu helfen ...*

Als ich nur kurz darauf Antonios Antwort lese, muss ich lachen.

Hat sie dir eine Kette aus Hühnerkrallen oder Haizähnen aufgeschwatzt?

Nein, ein Antiallergikum ☺

Gegen was?

Antonio ist Marcellos Bruder. Da kann ich ja schlecht antworten, dass ich angeblich auf die bevorstehende Hochzeit mit Pickeln reagiert habe. Auf der anderen Seite macht die Theorie wahrscheinlich sowieso schon die Runde. Donatella, Flora und Concetta wissen es bereits. Und natürlich Stella ... Ich schreibe trotzdem: *Wahrscheinlich eine der Likörzutaten.*

Hoffentlich nicht der Alkohol ☺ Dann ruh dich gut aus, damit du am Hochzeitstag die Streusel los bist. Schlaf gut!

Danke ... Gute Nacht.

Die Sterne leuchten immer noch, und mir fallen fast die Augen zu. Ich stelle das Handy auf Lautlos und nehme mir fest vor, dass am nächsten Morgen mein erster Gedanke die Hochzeit sein wird – und ich dann ganz genau weiß, ob ich wirklich heiraten will.

Ein lauter Knall reißt mich aus dem Schlaf, und kurz darauf ein schriller Aufschrei. Ich springe aus dem Bett und sprinte in Lisas Zimmer, das gleich neben meinem liegt.

«Was ist passiert?» Lisas Zimmer ist stockdunkel. Ich schalte das Licht an und sehe meine kleine Schwester in ihren pinkfarbenen Snoopy-Hotpants auf dem Bett stehen. Sie hantiert fluchend am Fenster herum.

«Das Rollladengurtband, oder wie das olle Ding heißt, ist gerissen. Ich hab hochgezogen, und plötzlich – rumms! – ist das doofe Ding voll Karacho wieder runtergeknallt.» Lisa lässt sich aufs Bett plumpsen. «Hab ich dich geweckt? Was macht denn dein Ausschlag?»

Bevor ich etwas dazu sagen kann, taucht Mutti auf. «Was macht ihr denn für einen Lärm?»

«Das Rollo ist fratze», sagt Lisa – und grinst. «Du siehst gut aus, Mutti.»

Unsere Mutter trägt einen rosafarbenen Bademantel, ihr

Gesicht ist mit irgendeiner weißen Masse eingepinselt, auf der dünne Gurkenscheiben kleben. Auf ihrem Haar sitzt eine Plastiktüte von Aldi. Wahrscheinlich versteckt sie darunter eine Haarkur oder eine neue Farbe.

Mutti geht nicht auf Lisas Kommentar ein und wendet sich an mich: «Steffi hat angerufen, im Kindergarten gibt es Scharlach. Carlotta hat nichts. Aber Steffi meint, du solltest das wissen.»

Scharlach? Ich stürme sofort ins Badezimmer. «Guck nach, ob du eine rote Himbeerzunge hast. Und am Kinn einen Milchbart», ruft Mutti mir hinterher.

«Und?» Lisa steht hinter mir.

Ich drehe mich zu ihr um und strecke ihr meine Zunge entgegen.

«Hm, sieht ganz normal aus. Und was soll das für ein Milchbart sein?»

«Bei Scharlach sind die Rötungen überall im Gesicht, aber ein Mund-Kinn-Dreieck bleibt frei», sagt Mutti, die nun auch einen Blick auf meine Zunge wirft. «Sieht aber nicht danach aus. Außerdem ist dein Ausschlag schon ziemlich zurückgegangen.»

Ich werfe einen kritischen Blick in den Spiegel. Meine Mutter hat recht. Die Wangen sind noch leicht gerötet, aber ansonsten sehe ich schon fast wieder normal aus. Erleichtert atme ich auf. Eine fiese Kinderkrankheit hätte mir gerade noch gefehlt.

«Meinst du, ich sollte vorsichtshalber zum Arzt gehen?», frage ich.

Mutti schüttelt den Kopf. «Solange du kein Fieber oder eine Mandelentzündung hast, nicht. Aber das mit der Allergie würde ich beizeiten abklären lassen.»

«Okay. Wie spät haben wir eigentlich?»

«Gleich halb zehn.»

«So lange habe ich schon Ewigkeiten nicht mehr geschlafen», sage ich zu meiner Mutter. «Mein Zimmer ist gemütlich geworden.»

Lisa grinst mich an. «So wie du.»

Ich stupse meine kleine Schwester in die Seite. «Sei nicht so frech. Mach lieber mal Frühstück.»

«Okay.» Lisa geht lachend nach unten.

Meine Mutter stellt sich vor den Badezimmerspiegel, zupft die Gurkenscheiben aus ihrem Gesicht und lässt eine nach der anderen in eine Schale fallen. «Ich will gut aussehen, wenn du heiratest. Das tust du doch, oder?»

«Hm ...» Das war wohl nix mit dem ersten Gedanken nach dem Aufwachen. Lisas Rollladen hat mir einen Strich durch die Rechnung gemacht.

«Du solltest nicht mehr allzu lang überlegen, Julia. Am Freitag landet ein Flugzeug voll mit deiner italienischen Familie in Düsseldorf. Noch kann man die Tickets stornieren. Das Buffet müsste abgesagt werden, die Lieferung der bestellten Tische und Bänke für den Garten, die Gäste müssten ausgeladen werden. Und was ist mit den Flitterwochen? Ihr habt schließlich Urlaub gebucht.»

Mamma Mia! Das Filmende schießt mir auf einmal wieder durch den Kopf. Die beiden heiraten am Ende auch nicht. Stattdessen schippern sie mit einem Boot um die Welt. Der Gedanke gefällt mir ...

«Ich habe Marcello gesagt, dass ich mich morgen bei ihm melde», sage ich.

«Und so lange lässt du den armen Kerl im Ungewissen?»

Das stimmt so nicht ganz. Marcello weiß nicht, was tatsächlich in mir vorgeht. Er denkt, dass ich mich zwei Tage lang im Schoß meiner Familie ausruhen und erholen möchte. Es wird wirklich Zeit, dass ich mit ihm ganz in Ruhe über alles rede – morgen.

Lisa hat das Frühstück vorbereitet. Es ist schön, mit ihr und Mutti am Tisch zu sitzen. Die Sonne scheint durch das Fenster und hüllt den Raum mit den gelb gestrichenen Wänden in warmes Licht. Ich nasche gerade ein paar Erdbeeren, die Lisa frisch aus dem Garten gepflückt hat, da klingelt das Festnetztelefon im Flur.

Mutti steht auf und kommt kurz darauf mit dem Hörer zurück in die Küche.

«Es ist Marcello. Er sagt, es sei wichtig.»

Sofort fängt mein Herz wie wild an zu klopfen. Normalerweise würde Marcello sich an unsere Abmachung halten und warten, bis ich mich melde. Ob er es sich vielleicht mittlerweile anders überlegt hat und deswegen dringend mit mir sprechen muss?

«Hi», sage ich mit piepsiger Stimme.

«Geht's dir besser?», fragt Marcello.

«Ja, ich hab total gut geschlafen.»

Marcello seufzt. «Das ist schön. Ich hätte eigentlich auch nicht angerufen, aber du gehst nicht ans Handy und antwortest nicht auf meine Nachrichten.»

«Oh, das tut mir leid. Es ist noch auf Lautlos gestellt.»

«Ach so, es ist nämlich so ... Nonna Lucia ist schon wieder verschwunden. Und ich hatte gehofft, dass sie vielleicht bei dir steckt.»

«Nein, hier ist sie nicht. Seit wann ist sie denn weg?»

«Tja, wenn ich das so genau wüsste. Ich war gestern ziemlich lange unterwegs, bin erst so gegen eins nach Hause gekommen. Auf dem Küchentisch habe ich eine merkwürdige Nachricht vorgefunden, mir aber nichts dabei gedacht. Ich bin davon ausgegangen, dass Nonna schon schläft. Als sie dann heute Morgen nicht aufgestanden ist, um Frühstück zu machen, habe ich nachgesehen. Sie war nicht da. Entweder ist sie ganz früh weg – oder schon gestern.»

Na super, die alte Dame schafft es aber auch wirklich, alle auf Trab zu halten. «Was denn für eine Nachricht?»

«*Ciò che il cuore conosce oggi, la testa comprenderà domani* – Das was das Herz heute schon weiß, wird der Kopf erst morgen verstehen.»

«Was soll das heißen?», frage ich. «Hat Nonna mit dir über uns geredet?»

«Nein, wieso?»

Das wundert mich. Mir sagt sie, ich solle mir Gedanken machen, ob Marcello die *eine* Liebe für mich ist, und ihm sagt sie dazu gar nichts? «Bist du zu Hause?»

«Nein, in der Agentur. Ich konnte ja nicht schon wieder blaumachen. Ich habe Nonna auf ihren Zettel geschrieben, dass sie sich gleich melden soll, wenn sie zurück ist. Aber bisher habe ich nichts gehört. Und an ihr Handy geht sie auch nicht. Und jetzt wollte ich dich eben fragen ...»

«Kein Problem, ich fahr nach Hause und kümmere mich darum.»

«Was ist los?», fragen meine Mutter und Lisa gleichzeitig.

«Nonna ist stiften gegangen. Ich muss sie suchen.»

Lisa springt sofort auf. «Ich komme mit. Ich lass dich auf keinen Fall mit der Voodoo-Oma alleine!»

21.

Hai una buona famiglia

DU HAST EINE GUTE FAMILIE

In der Wohnung ist sie nicht. Aber das hatte ich mir schon fast gedacht. «Ich glaub, ich weiß, wo sie ist», sage ich.

Lisa hebt den Kopf. Sie hat bestimmt schon zum dritten Mal Nonnas Zettel gelesen. «Wo denn?»

«In Neuss.»

«Was hat sie denn da verloren?»

«Ihre große Liebe», antworte ich. Zwar habe ich Nonna versprochen, nicht über Ernst zu reden, aber zum einen handelt es sich hier um meine Schwester und zum anderen ist jetzt sozusagen ein Notfall eingetreten. «Ich fahr da jetzt hin. Aber du musst hierbleiben, falls sie zurückkommt, okay?»

«Was? Ich soll hier die Wohnung hüten, während du Nonna nachjagst?» Lisa hält mir den Zettel hin. «Du weißt schon, dass sie euch auseinanderbringen will, oder? Den ganzen Schlamassel hast du nur ihr zu verdanken.»

«Ja, das weiß ich. Aber ich muss trotzdem hin.»

«Na gut. Aber ruf mich sofort an, wenn du sie gefunden hast, damit ich hier die Biege machen kann.»

Ich umarme meine Schwester und rufe auf dem Weg zum Auto Marcello an.

«Zu Hause ist sie nicht.»

«Mist! Dann informiere ich jetzt meine Eltern.»

«Willst du nicht lieber noch warten? Lisa ist in der Wohnung. Ich fahre durch die Gegend und such nach ihr.»

«Nein, ich muss ihnen Bescheid sagen. Es kann ja tatsächlich sein, dass sie schon seit gestern Abend weg ist. Hätte ich nur nach ihr gesehen, als ich nach Hause gekommen bin. Aber es war schon so spät.»

«Wo warst du denn?», frage ich, als ich ins Auto steige. Wenn er jetzt Mariellas Namen erwähnt, weiß ich, dass ich ihn nicht heirate ...

«Mit Nico unterwegs. Ich habe es auf einmal nicht mehr ausgehalten zu Hause – ohne dich.»

«Das hört sich gut an.»

«Hat sich aber nicht gut angefühlt.» Marcello seufzt. «Ich ruf jetzt meine Eltern an.»

Ich komme mir vor wie in dem Film *Und täglich grüßt das Murmeltier*. Die drei Italiener sitzen wieder draußen an ihrem Bistrotisch und spielen Karten.

«*Bongiorno*. Ich würde gerne mit Ernst sprechen – mit dem richtigen Ernst.»

«Non capisco.» Der Typ mit der Napolikappe zuckt mit den Schultern.

«Ja, klar.» Ich hole mir einen Stuhl und setze mich zu den Männern an den Tisch. «Wo ist Benito, der Hund?» Wenn ich es nicht besser wüsste, könnte man fast glauben, dass die drei Männer wirklich kein Wort Deutsch verstehen. «*Dove si trova il cane bianco?* – Wo ist der weiße Hund?», frage ich.

Der Napolimann zeigt ins Innere des Cafés.

«Grazie.» Ich nicke der eingeschworenen Truppe zu und gehe hinein. Wie beim letzten Mal ist kein einziger Gast anwesend. Der Laden scheint nicht gut zu laufen. In der Ecke steht ein kleines Körbchen, in dem ein weißes Fellknäuel liegt. Es kommt schwanzwedelnd auf mich zugeschossen, als es mich bemerkt. «Na du? Kannst du mir verraten, wo sich Nonna Lu-

cia versteckt?» Ich gehe in die Hocke und kraule den kleinen Hund hinter den Ohren. Dabei fällt mir das Herzchen-Halsband in die Augen. In dem Ledertäschchen steckt Ernsts Telefonnummer. Vorsichtig ziehe ich den Zettel heraus. Als ich mich erhebe, wird die Tür des Cafés geöffnet.

«Antonio! Was machst du denn hier?»

Marcellos Bruder kommt auf mich zu und drückt mir zwei Küsschen auf die Wangen. «Ist sie hier?»

«Nein, aber ich habe eine Idee. Komm mit ...»

Wir gehen zu den Springbrunnen und setzen uns auf eine Bank. «Weiß deine Familie, dass du hier bist?», frage ich.

«Nein, als wir letztens mit Nonna hier waren, musste ich ihr hoch und heilig versprechen, keinem ein Sterbenswörtchen zu verraten. Ich habe damals schon gedacht, dass mehr hinter der ganzen Sache stecken muss. Dieser Ernesto will mir das Bistro für einen Euro monatlich verpachten. Kannst du dir das vorstellen, für einen Euro? Und wenn ich es wieder zum Laufen bringe, soll es mir ganz gehören.»

«Du meinst den Typen mit der Napolimütze?»

Antonio nickt.

«Ich glaube nicht, dass ihm das Café gehört. Es gibt da noch einen anderen Ernst. Warte mal ...»

Ich wähle die Nummer, die auf dem kleinen Zettel steht, und beschließe spontan, meinen Namen nicht zu nennen.

Eine männliche Stimme meldet sich: «Naumann ...»

«Hallo, ich habe hier einen kleinen weißen Hund gefunden, der sich wohl verlaufen hat. Er hinkt. So wie es aussieht, ist er irgendwo reingetreten. An seinem Halsband habe ich Ihre Nummer gefunden ...»

Da ich weiß, dass der kleine Racker den Weg von hier aus normalerweise alleine zurück ins Bistro findet, musste ich zu dieser kleinen Notlüge greifen.

Als etwa eine Viertelstunde später ein groß gewachsener Mann auf uns zukommt, habe ich plötzlich das Bedürfnis, Antonio vorzubereiten. Er wird mit Sicherheit die Ähnlichkeit zu den Espositos bemerken.

«Ich bin mir nicht ganz sicher, aber ich glaube, das könnte dein Großvater sein», sage ich zu ihm. «Zumindest hat Nonna diesen Mann mal sehr geliebt.»

«Was?» Antonio sieht mich irritiert an.

Da kommt Ernst Naumann schon zu uns, und wir stehen beide gleichzeitig auf.

«Sie schon wieder», sagt er, als er mich erkennt. «Wo ist mein Hund?» Dann fällt sein Blick auf Antonio, und er stutzt.

Ich sehe zu Antonio, der ungläubig den Kopf schüttelt. «Ich fasse es nicht ...», stammelt er.

Der Mann streicht sich in einer verlegenen Geste, die mir sehr bekannt vorkommt, über den Kopf. Aus den Augenwinkeln sehe ich eine schwarz gekleidete rundliche alte Dame aus der Passage kommen.

«Antonio, da ist Nonna!», entfährt es mir. «Bleib du hier, ich schnapp sie mir.»

Winkend laufe ich auf sie zu. Fassungslosigkeit keimt in mir auf, und auch etwas Wut. Marcello stirbt wahrscheinlich gerade vor Sorge, aber das ist ihr egal. Sie spielt munter weiter ihre Spielchen. Doch bevor ich ihr Vorwürfe machen kann, nimmt sie mir den Wind aus den Segeln.

«Giulietta», flötet sie und schenkt mir ihr Goldzahnlächeln, «ische habe gerade mitte Marcello telefonierte. Isch wusste nischte, dass er am Abend noch nach Hause kommte und mische morgens suchte. Er wollte bei die Nico schlafe. Ische war einsam. Du warste auche nichte da. Also habe ich Ernste gerufen.»

Ja, klar, jetzt bin ich an der ganzen Sache schuld. Ich glaube

Nonna kein Wort. Ich bin mir sicher, dass sie das alles ganz geschickt eingefädelt hat. Zu allem Überfluss kneift sie mich jetzt auch noch blitzartig in die Wange. «Unte die böse Ausschlag ist auche weg! Da wirte Marcello sich freue.»

Prompt klingelt mein Telefon. *Amore.*

«Ich muss rangehen, das ist Marcello.»

Nonna nickt, und ich gehe ein paar Schritte weg.

«Nonna hat sich gemeldet», sagt er. «Ihr geht es gut. Sie hat irgendwas vom *Cappuccino* in Neuss gefaselt und gesagt, dass sie spätestens um sechs wieder zu Hause ist.»

«Na, dann ist ja alles gut.»

«Die macht mich noch wahnsinnig! Ich bin echt froh, wenn wir beide endlich wieder unsere Ruhe haben.»

«Na ja, ganz so ruhig wird es ja in den nächsten Tagen nicht werden ...» Ich werfe Nonna einen bösen Blick zu. Am liebsten würde ich Marcello erzählen, dass seine Großmutter im Moment neben mir steht.

Als ich runter zu den Springbrunnen sehe, traue ich meinen Augen kaum. Antonio und Ernst umarmen sich innig. Jetzt ist es nicht mehr meine Angelegenheit, sondern Antonios. Er muss entscheiden, ob und wann die Familie von dem neuen Familienmitglied erfahren soll.

«Ich komme heute Abend nach Hause», sage ich zu Marcello und verabschiede mich von ihm.

Als ich sehe, dass Nonna Lucia Tränen in den Augen hat, löst sich meine Wut in Wohlgefallen auf. Die sonst so gefasst wirkende alte Dame fängt mitten auf der Straße an zu weinen. All das scheint nun auch ein bisschen viel für sie zu sein. «Du bist mir vielleicht eine», sage ich und umarme sie fest. «Wenn Antonio und ich es wissen dürfen, warum dann nicht die anderen auch?»

Ich kann mir die Antwort denken und formuliere sie, bevor

Nonna es sagen kann: «*Perché la falena lo vuole* – Weil die Motte es so will.»

Nonna Lucia schnieft. «Ische wusste, dasse isch misch auf dische verlasse kann.»

«Aber ich versteh nicht alles, Nonna. Das mit deiner großen Liebe und dem Café für Antonio vielleicht schon, aber warum willst du nicht, dass Marcello und ich heiraten?»

Nonna sieht mich mit ihrem sanft-strengen Blick an, bevor sie zu den Springbrunnen hinuntersieht. «Giulietta, *tu devi appartenere alla famiglia* – Du sollst zur Familie gehören. Aber Marcello iste nichte die richtige Wahl.»

Es dauert einen Moment, bis ich verstehe, was Nonna mir damit sagen will. «Du denkst doch nicht ernsthaft, dass Antonio und ich ...»

Nonna Lucia nickt. «Ische denke nichte, ische weiße.»

«Von der Motte? Sie muss ganz schön intensiv mit dir gesprochen haben, dafür, dass sie nur so kurz auf deiner Schulter gesessen hat.»

Nonna Lucia schüttelt den Kopf. «*Il mio cuore me lo dice* – Mein Herz sagt es mir.»

«Dann hast du dich vielleicht verhört, Nonna. Ich liebe Marcello. Und davon mal ganz abgesehen ist Antonio sein Bruder. Das ist absolut tabu!»

«Ja, vielleichte. Aber biste du dir wirklich sicher?»

«Ja», sage ich, «bin ich.»

Bevor Nonna Lucia etwas darauf sagen kann, ruft plötzlich eine schrille Frauenstimme: «Julia! Julia, alles in Ordnung mit dir?»

Überrascht drehe ich mich um. Mutti kommt auf uns zugestürmt, dahinter Conny mit Steffi und Carlotta.

Ich winke ihnen zu. «Ja, alles gut!»

Conny hat bestimmt die Adresse des *Cappuccino* herausgefunden und sich gedacht, dass wir hier sind. Sie war bisher die Einzige, die noch von Ernst wusste. Auf meine Freundin kann ich mich verlassen. Sie würde mich notfalls auch in Sibirien finden, denke ich und grinse sie an.

«*Hai una buona famiglia* – Du hast eine gute Familie», sagt Nonna Lucia. «Sie passen aufe disch aufe.»

«Ja, das machen sie», sage ich.

Als Mutti sich vor Nonna aufbaut, muss ich dann doch noch sehr lachen. «Finger weg von meiner Tochter, sonst bekommst du die Kraft einer liebenden Mutter zu spüren!»

«Was willst du jetzt machen?», frage ich Antonio, als wir alle zusammen in Richtung Parkplatz gehen. Er hat noch eine ganze Weile mit Nonna Lucia gesprochen, während wir ein Eis gegessen haben, und ich bin gespannt darauf, was sie ihm erzählt hat.

«Keine Ahnung! Ich muss das erst mal sacken lassen. Was für 'ne Neuigkeit ... Unsere Nonna, wer hätte das gedacht?»

«Weißt du, warum Ernst und sie kein Paar geworden sind?»

«Ernst war damals den Sommer über in Casamarciano, um einem italienischen Freund beim Hausbau zu helfen. Nonna war mit der Schwester befreundet, und die beiden haben die Männer mit Essen versorgt. Dabei hat Nonna sich in Ernst verliebt. Als er zurück nach Deutschland gefahren ist, hat er Nonna in Neapel das Kleid gekauft und ihr versprochen zurückzukehren, um sie zu heiraten. Da wussten beide noch nichts von der Schwangerschaft. Als Nonna erfuhr, dass sie ein Kind bekam, wollte sie ihm nachreisen, aber eine Tante, die sie eingeweiht hatte, prophezeite ihr, dass sie dann das Kind verlieren würde. Also blieb Nonna in Casamarciano und wartete auf Ernst. Nach drei Monaten war er immer noch nicht wieder da, und Nonnas Mutter bekniete sie, Patrizio zu heiraten, der schon lange ein Auge auf ihre Tochter geworfen hatte.»

«Das ist ja wirklich tragisch. Und warum ist Ernst nicht wie versprochen zurückgekehrt?»

«Er hat damals einen Brief über seinen italienischen Freund bekommen, angeblich von Nonna, in dem sie ihn bittet, nie wiederzukommen, da sie Patrizio heiraten würde. Und er hat ihren Wunsch respektiert.»

«Und auf wessen Konto geht dieser Brief?»

«Auf Nonno Patrizios. Er hat ihn von seiner Schwester schreiben lassen.»

«Was? Das glaub ich nicht!»

«Tja, Nonno hatte es wohl faustdick hinter den Ohren. Er hat Ernst nicht nur die Frau abspenstig gemacht, sondern Nonna auch das Versprechen abgeluchst, er würde sie heiraten und ihr Kind als das seine anerkennen, wenn sie denn das Geheimnis seiner Zeugung für sich behält. Nonna hat sich all die Jahre daran gehalten. Auch Ernst hat nie etwas davon erfahren.»

«Aber nach Nonnos Tod fühlte Nonna sich nicht mehr daran gebunden ...», sage ich.

Antonio schüttelt den Kopf. «Nonno hat ihr im Krankenhaus die Sache mit dem Brief gebeichtet, kurz bevor er starb.»

«Wahnsinn, was für eine tragische Liebesgeschichte.»

Antonio lächelt vor sich hin. «Ja, die Liebe geht manchmal seltsame Wege.»

Den Spruch kenne ich doch! Den hat Nonna auch schon gebracht. Ich betrachte Antonio ganz unauffällig von der Seite. Ob ich ihm sagen soll, dass Nonna denkt, er sei der Richtige für mich? Nein, das kann ich nicht bringen. Er ist immerhin Marcellos Bruder. Ich will weiter völlig ungezwungen mit ihm umgehen können. «Wirst du das Café übernehmen und eine *pasticceria* daraus machen?»

«Ja, ich glaube schon. Aber vorher werde ich wie geplant

für ein paar Monate nach Italien gehen, um das Handwerk zu lernen.»

«Hört sich spannend an. Ich beneide dich darum, ehrlich.»

«Ihr könnt mich ja besuchen, du und Marcello.»

«Weißt du, dass Nonna denkt, dass wir beide füreinander bestimmt sind?», rutscht es plötzlich aus mir heraus, und sogleich beiße ich mir auf die Lippe. Wie konnte ich nur?

Antonio sieht mich nachdenklich an, dann lacht er. «Sie hat behauptet, dass die Motte ihr das zugeflüstert hat, stimmt's?»

Ich nicke. Es war zwar ihr Herz, aber was macht das schon? Antonio scheint sich köstlich darüber zu amüsieren. «Das würde ich an deiner Stelle aber nicht Marcello erzählen, sonst redet er kein Wort mehr mit Nonna.»

«Da hast du wohl recht.»

Ich grinse Antonio an, obwohl es mir schwerfällt. Auf einmal bin ich irgendwie enttäuscht. Was habe ich denn erwartet? Dass er mir prompt seine heiße innige Liebe gesteht? Was ist nur los mit mir? Warum lasse ich mich von Nonna Lucia nur so dermaßen aus dem Gleichgewicht werfen?

«Was wohl Armando dazu sagen wird, wenn er erfährt, dass er einen deutschen Vater hat?», frage ich, um das Gespräch wieder in andere Bahnen zu lenken.

«Er wird erst geschockt sein, dann schlägt er die Hände über dem Kopf zusammen und bedankt sich beim lieben Gott dafür, dass er trotz deutscher Wurzeln keine rothaarigen Kinder gezeugt hat.»

Bei dem Gedanken muss ich laut lachen. Das entspannt die eigenartige Situation, in die ich uns durch meine Offenherzigkeit gebracht habe. «Ich finde, dein Vater hat ein Recht darauf, von seiner Herkunft zu erfahren.»

«Das sehe ich auch so», sagt Antonio. «Aber meinst du nicht, dass Nonna es ihm sagen sollte?»

Die alte Dame steht neben Ernst. Die beiden geben ein ulkiges Paar ab. Ein großer langer Mann und eine kleine rundliche Frau.

«Ja, das finde ich auch.» Dann muss ich schmunzeln. «Jetzt wisst ihr wenigstens, von wem ihr eure Körpergröße habt.»

«Was ist?», ruft Mutti uns zu. «Kommt schon, ihr beiden, oder seid ihr festgewachsen?»

Mutti hat Lisa mitgenommen, Nonna Lucia und Conny fahren mit mir, Antonio hat noch einige Dinge mit Ernst zu besprechen, er bleibt also noch in Neuss.

«Der ist echt ganz süß», flüstert Conny mir zu, als sie ins Auto steigt.

«Ja, aber bald in Neapel, um dort das Konditorhandwerk zu erlernen», sage ich.

«Na und!» Conny macht einen langen Hals, um noch einen Blick auf Antonio zu erhaschen. «Ich war noch nie in Neapel. Hast du nicht letztens noch von den Zitronenbäumen dort geschwärmt?»

«Ja, die sind wirklich schön», sage ich abwesend. Ich beobachte, wie Nonna sich von Ernst verabschiedet. Ob Ernst sein Glück gefunden und Frau, Kinder und vielleicht auch Enkel hat? Nonna legt ihre Hände in seine. Er umfasst sie sanft und schaut ihr zärtlich in die Augen. Ob die beiden sich noch immer lieben, nach so langer Zeit? Zuzugeben, derartig unglücklich eine Chance im Leben verpasst zu haben, muss verdammt schwierig sein, denke ich.

Ich halte Nonna die Beifahrertür auf und will ihr beim Einsteigen helfen, aber sie bleibt stehen und sieht mich mit eindringlichem Blick an.

«Giulietta», sagt sie theatralisch, *«dimentica ciò che ho appena detto. Ero confusa. A causa del mio cuore. Antonio arriverà a Casamarciano. Il tuo posto è con Marcello ...»*

Ich brauche einen Moment, bis ich verstehe, was sie mir da gerade erklären möchte. Als mir jedoch die Bedeutung ihrer Worte klarwird, kann ich es kaum fassen. Erst erzählt Nonna mir, ich heirate den falschen Esposito, und jetzt will sie mir weismachen, sie habe sich geirrt, weil ihr Herz verwirrt war. Und außerdem müsse Antonio nach Casamarciano reisen – und mein Platz sei bei Marcello. Hat sie etwa Angst, ich könnte mir doch Antonio schnappen und ihn davon abhalten, in der *pasticceria* in Casamarciano zu arbeiten? Sie dreht die Dinge wirklich immer so, wie sie für sie am besten sind.

«Keine Angst, Nonna», sage ich und lasse sie alleine einsteigen. «Ich habe mich von Anfang an für den Richtigen entschieden. Du kannst also endlich damit aufhören, Schicksal zu spielen.»

«Was ist, was hat sie gesagt?», fragt Conny. «Habe ich was Wesentliches verpasst?»

«Ja», sage ich spitz. «Die Motte hat sich geirrt.»

Es ist schon halb sechs, als wir wieder in Essen eintreffen. Conny habe ich schon abgesetzt. Als ich meinen Polo an der Straßenseite parke, fällt mir Marcellos Auto ins Auge. Er ist also schon zu Hause. Bevor wir aussteigen, muss ich noch etwas mit Nonna klären.

«Nonna, ich möchte jetzt mit Marcello reden. Unsere Liebe hat nur eine Chance, wenn ich ganz ehrlich zu ihm bin und ihm alles erzähle. Wenn ich ihm etwas verschweige, würde es immer zwischen uns stehen – und das möchte ich nicht.»

«Machste du alles gute, Giulietta. Ehrlich iste wichtig!» Das sagt die Richtige. Mir liegt schon eine passende Antwort auf der Zunge, da sehe ich Marcello aus dem Haus kommen. Anscheinend hat er schon auf uns gewartet. Er kommt schnurstracks auf uns zu und macht die Beifahrertür auf.

«Da seid ihr ja endlich!» Er hilft Nonna Lucia beim Aussteigen. «Ich habe mir solche Sorgen gemacht!»

«Musste du nichte. Giulietta hatte auf miche aufgepasste. Sie iste eine gute Mädchen.»

«Ich weiß.» Marcello nimmt mich in seine Arme. «Bleibst du jetzt hier bei mir?»

«Ja, aber wir müssen reden, ganz in Ruhe.»

Marcello nickt. «Ja, unbedingt.»

«Du zuerst», sage ich, denn ich weiß, wenn ich anfange und Nonnas Geheimnis preisgebe, kommen wir nicht mehr dazu, über unsere Beziehung und Mariella zu sprechen. Und das brennt nun langsam wirklich. Heute ist Montag, am Samstag soll es so weit sein.

Marcello guckt mir in die Augen. «Es tut mir von ganzem Herzen leid. Ich war wohl ein bisschen verwirrt, die letzte Zeit. Erst stirbt Nonno völlig überraschend, dann taucht Mariella plötzlich wieder auf und gesteht mir ihre Liebe. Und dann treffe ich auch noch Nico, der mir einen tollen Job in Köln anbietet. Das war alles zu viel für mich. Und es hat mich abgelenkt von den wesentlichen Dingen, von dir, von unserer Hochzeit. Aber ich habe die Dinge klären können. Mariella hat endlich akzeptiert, dass ich dich heiraten werde. Und den Job in Köln habe ich heute auch abgesagt – um mit dir hier mehr Zeit verbringen zu können.»

«Marcello ... das ist ja alles gut und schön, aber mir ist ehrlich gesagt ziemlich egal, ob Mariella deine Entscheidung akzeptiert hat. Es interessiert mich nicht. Ich möchte vielmehr wissen, ob du dir ganz sicher bist.»

«Ja, das bin ich!» Marcello geht vor mir auf die Knie und greift nach meiner Hand. «Julia, bitte heirate mich! Ich möchte den Rest meines Lebens mit dir verbringen.»

22.

È adesso l'onestà

UND JETZT DIE EHRLICHKEIT

«Du bist eine wunderschöne Braut», sagt meine Mutter und wischt sich eine Träne aus dem Augenwinkel. Ich habe den letzten Tag vor der Hochzeit bei ihr verbracht und die Zeit sehr genossen. Wir haben viel über die Vergangenheit geredet. Ein Blick in den großen Schrankspiegel im Zimmer meiner Mutter zeigt mir, dass sie recht hat. Ich bin eine schöne Braut. Der Ausschlag ist komplett verschwunden – Donatellas Tabletten haben geholfen. Conny hat eine Friseurin organisiert, die mir die Haare kunstvoll hochgesteckt hat. Geschminkt habe ich mich selbst, und zwar sehr dezent. Ich habe nur meine Augen ein wenig betont und etwas Lipgloss aufgetragen.

Nonna Lucias Kleid sieht an mir wirklich traumhaft gut aus. Es ist zwar verdammt kurz, aber ich habe auch entsprechend schöne Beine dafür. Ich hatte noch überlegt, ob ich aus Protest das Etuikleid tragen soll, das ich mir zuerst gekauft hatte, mich dann aber dagegen entschieden. Es wäre wie das Eingeständnis einer Niederlage gewesen. Und außerdem wird es Zeit, dass in diesem schönen Kleid endlich eine Frau heiratet. Und das werde ich sein.

Ich werfe durch das Fenster einen Blick in den Garten meiner Mutter. Sie hat ganze Arbeit geleistet und alles wundervoll geschmückt. Die Getränke sind angeliefert, das Essen wird nach der Trauung von Armandos Lieblingskoch aufgetischt. Alles ist perfekt ...

Meine Schwestern und Conny fahren mit mir zum Standesamt, wo Marcello schon auf mich wartet. Unsere italienischen Gäste sind gestern alle in Düsseldorf angekommen, haben ihr Quartier bezogen und haben sich nun vor dem Standesamt eingefunden. Marcello hat mir erzählt, dass Nonna mit Armando gesprochen hat. Er war, wie wir erwartet hatten, ziemlich geschockt, hat die Sache aber letztlich besser aufgefasst, als wir vermutet haben. Mit Ernst, seinem Vater, hat er sich allerdings noch nicht getroffen. Und der Rest der Familie weiß auch noch nicht Bescheid. Sie darüber aufzuklären, ist nun wirklich Nonnas Sache.

Als ich aus dem Haus meiner Mutter trete, traue ich meinen Augen kaum. Meine Schwestern und Conny haben ein Brautauto für mich organisiert: Es ist Nonno Patrizios Eiswagen. Oben auf dem Dach prangt eine überdimensionale weiße Schleife. Und einen wehenden Tüllschleier trägt der Wagen auch. Er ist hinten an der rückwärtigen Tür befestigt, durch die Conny, Lisa und Steffi jetzt einsteigen. Ich nehme auf dem Beifahrersitz Platz und staune nicht schlecht, dass meine Mutter vorne sitzt und den Part des Fahrers übernehmen wird.

«Ich hatte Unterricht bei deinem Schwiegervater», sagt sie und grinst mich an. «Das ist vielleicht ein Charmeur!»

Mutti lässt den Wagen an und fährt langsam los, aber plötzlich bremst sie ab und lässt einem großen Lieferwagen mit offener Ladefläche die Vorfahrt. Unter den Leuten darauf entdecke ich ein Gesicht, das mir bekannt vorkommt. Es ist Nico mit seinem dunklen Lockenkopf. Er winkt mir zu, dann greift er zum Mikrophon. In dem Moment, in dem er zu singen beginnt, setzen auch die Instrumente ringsum ein. Auf der Ladefläche scheint seine ganze Band versammelt zu sein. Sie gibt ein Potpourri meiner Lieblingslieder zum Besten. Am Straßenrand bleiben die Menschen stehen und winken uns zu, Autos hupen ... Es ist wunderschön, aber mich beschleicht auf einmal das diffuse Gefühl, das alles habe nichts, rein gar nichts mit mir zu tun. Ich kämpfe plötzlich gegen die Tränen an. Jetzt bloß nicht heulen, denke ich, sonst verschmiert die Wimperntusche.

Als wir vor dem Standesamt ankommen, werden wir jubelnd empfangen. Armandos Vater öffnet mir die Tür.

«*Mamma mia*», sagt er. «*Che bella!* Du bist wunderschön. Warum nur hast du deine Beine bisher immer versteckt?»

«*Grazie.*» Ich lächle meinen Schwiegervater an, der seinem herbeieilenden Sohn nun den Vortritt lässt. Niemand scheint Notiz von der Herkunft des Kleides zu nehmen. Marcello trägt den mir schon bekannten Anzug, wie bei Nonnos Beisetzung. Er drückt mir einen flüchtigen Kuss auf den Mund. «Wir müssen noch etwas warten, die Trauung vor uns hat länger gedauert als geplant. Eine Viertelstunde hat der Standesbeamte gesagt. Du sollst so lange hoch in den Warteraum kommen. Nonna und die anderen Frauen warten schon auf dich. Sie wollen dich vor der Trauung mit guten Wünschen segnen. Das ist bei uns so Tradition. Kommst du?»

Ich drehe mich zu meiner Mutter, meinen Schwestern und Conny um und deute ihnen an, mir zu folgen.

Auf dem Weg ins Standesamt kommt mir plötzlich Mariella entgegen. Was macht die denn hier? Kann sie uns nicht mal heute allein lassen? Mariella lächelt mich traurig an. «Mach ihn glücklich.» Dann geht sie davon.

Ich sehe ihr hinterher, bis sie in der Menge verschwindet.

Der Warteraum befindet sich gleich neben dem Trausaal. Als ich eintrete, wenden sich mir alle Gesichter zu. Nonna, Gabriella, Rebecca mit dem Baby auf dem Arm und sämtliche Tanten und Cousinen sitzen um einen großen Tisch herum. Ich bin froh, dass ich nicht ohne Unterstützung gekommen bin, und freue mich nun über ihre bewundernden Ausrufe und ihren Applaus. Meine unterschwellige Befürchtung, jemand wolle mir vielleicht auf den letzten Drücker noch was Böses, löst sich in Luft auf. Sie haben mir den Platz am Kopfende reserviert, genau gegenüber von Nonna Lucia. Es wird Platz gemacht für meine Begleiterinnen, sodass Mutti und Lisa zu meiner Rechten, Conny und Steffi zu meiner Linken Platz nehmen. Jemand schließt die Türe.

Da ergreift Gabriella das Wort. «Jede der Frauen hier hat einen ganz besonderen Wunsch für dich, liebe Julia. Darunter sind auch solche, die die Männer draußen nicht hören sollen. Ich als deine zukünftige Schwiegermutter darf nun den ersten Wunsch äußern.» Sie räuspert sich. «Ich wünsche dir, meine liebe Tochter, ein Leben lang eine gute liebevolle Ehe. Da es sich beim Bräutigam um einen meiner Söhne handelt, gehe ich davon aus, dass du dich bis ins hohe Alter über große Manneskraft freuen kannst.»

Was war das denn? Irritiert gucke ich mich um und warte darauf, dass alle anfangen zu kichern, weil Gabriella sich einen merkwürdigen Scherz erlaubt hat, aber das passiert nicht.

Stattdessen ergreift Nonna das Wort.

«Liebe Giulietta, ische wünsche dir imma gute Freundinne an deine Seite, mit dene du über deine Mann schimpfe kannst, wenn er dich hatte geärgert.» Nonna lächelt mich an. «Ische mag dische wirklich sehr und habe nur die gute Wünsche für dische.»

Ich erwidere ihr Lächeln, weil ich weiß, dass sie das ernst meint. Sie wollte mir ganz sicher nie etwas Böses, hat da nur ein paar Dinge völlig falsch gesehen.

Der Reihe nach geben die Tanten und Cousinen ihre Wünsche zum Besten, Rührendes, aber auch Eigenartiges halten sie für mich parat. Als Ornella, die letzte Cousine, mir jede Woche ein paar erholsame freie Tage ohne Mann wünscht und Conny neben mir kichert, atme ich erleichtert auf. Die Viertelstunde müsste doch nun vorbei sein, denke ich, aber die Damenrunde scheint noch nicht beendet.

«*E adesso l'onestà* – Und jetzt die Ehrlichkeit», sagt Nonna Lucia und schaut der Reihe nach in alle Gesichter.

«Wir sind hier vertraulich zusammengekommen, und nun darf jede ehrlich sagen, was sie denkt oder zu sagen hat», sagt Gabriella. «Und zwar in der Gewissheit, dass ihre Worte niemals diesen Raum verlassen werden.»

Augenblicklich erfüllt Schweigen den Raum.

Plötzlich sagt Rebecca: «Patrizios Vater heißt Michális. Er ist Grieche und produziert Olivenöl. Papa wird mich umbringen, wenn er das erfährt. Deswegen habe ich den Geburtstermin ein bisschen nach hinten geschummelt, damit er nicht selbst nachrechnet und darauf kommt, dass ich vor der Schwangerschaft in Griechenland Urlaub gemacht habe.»

Die Frauen im Raum nicken, sagen aber kein Wort. Auch nicht, als eine der Cousinen erzählt, sie habe sich in ihren Nachbarn verliebt und überlege nun, ob sie ihren Mann verlassen soll. Die Frauen nicken und schweigen.

Dann steht Nonna Lucia auf. *«Il padre di Armando è tedesco»*, sagt sie. *«Mi è piaciuto Patrizio. Ma prima ho amato Ernst.»*

Die Überraschung steht allen Anwesenden ins Gesicht geschrieben. Was Nonna da gerade kundgetan hat, können sie nicht fassen. Nonna soll vor Patrizio einen Deutschen geliebt haben, der Armandos Vater ist?

Doch Nonnas Rede ist noch nicht vorbei, sie spricht nun auf Deutsch weiter, direkt zu mir. «Die Ehe zu Patrizio war gute, isch habe ihn geliebte. Aber ische habe Ernste nie vergesse. Er war für mische bestimmte. Aber ische war nichte mutig genuge gegen die Eltern zu sein. Giulietta, biste du wirklich sicher?»

Ich starre Nonna an und brauche eine Weile, bis ich begreife, dass sie von mir jetzt eine Antwort will. Mein Atem wird schneller, dann auf einmal beruhigt er sich. Es geht hier gerade nicht um mich. Es geht um Marcello, denn er liebt Mariella immer noch, auch wenn er mir gegenüber das Gegenteil behauptet. Ich habe es die ganze Zeit gespürt, wollte es aber nicht wahrhaben. Und seltsamerweise erleichtert mich dieser Gedanke, weil ...

Ich schiebe den Stuhl zurück und stehe auf. Dann atme ich tief durch und sage: «Ich werde Marcello nicht heiraten.» Ich bin ganz ruhig, als ich den Raum durchquere und zur Tür hinausgehe. Hinter mir ertönt wildes Stimmengewirr.

Mit zitternden Beinen gehe ich auf Marcello zu, der bei seinem Vater steht. «Ich kann dich nicht heiraten, Marcello. Ich liebe dich nicht so, wie ich dich lieben sollte. Und du liebst mich auch nicht, wie du es solltest, um heute ja zu sagen. Du liebst Mariella.» Ich schaue zu Armando. «Du hast recht gehabt, sie passt viel besser zu ihm. Ich hoffe, du bist zufrieden.»

Dann drehe ich mich um und laufe weg, durch die Menschenmenge hindurch, auf den Eiswagen zu – und bekomme noch mit, wie hinter mir das Chaos ausbricht. Tanten und Cousinen kommen laut zeternd die Treppe heruntergelaufen. Meine Mutter ruft nach mir, Conny will mich zurückhalten ... aber ich laufe einfach weiter. Als ich am Bus ankomme, atme ich erleichtert auf, denn der Zündschlüssel steckt. Gerade als ich ihn anlassen will, wird die Beifahrertür aufgerissen, und Marcello setzt sich neben mich. Einen kurzen Moment denke ich, er will tatsächlich mit mir durchbrennen, aber an der Art, wie bedächtig er meinen Namen ausspricht, erkenne ich, dass ich mich irre. Es klingt nach Abschied ...

«Julia», sagt er sanft, und es laufen Tränen über mein Gesicht.

«Es tut mir so leid», sage ich schluchzend. «Die Gäste, die Feier … Ich kann nicht …»

Marcello greift nach meiner Hand. «Das ist egal, sie werden es überleben.»

«Ich habe recht, oder? Nonna hat recht, dein Vater … Du liebst Mariella.»

Marcello dreht sich weg und sieht aus dem Fenster. Als er mich wieder ansieht, hat auch er Tränen in den Augen. «Ja. Aber glaub mir, das war mir absolut nicht klar, bis gerade eben.»

Ich versuche Marcello anzulächeln, bekomme aber nur ein schiefes Grinsen zustande. «Du wolltest es nicht wahrhaben, so wie ich.»

«Und jetzt?», fragt Marcello.

Durch die Windschutzscheibe sehen wir, dass die sich auf dem Vorplatz versammelten Gäste wie gebannt zu uns herüberstarren. Bis sich aus der Masse eine kleine rundliche, ganz in Schwarz gekleidete Gestalt löst und geradewegs auf den Eiswagen zusteuert.

«Na, dann lass uns mal hören, was der kleine Nachtfalter deiner Nonna schon wieder geraten hat», murmele ich, und Marcello öffnet die Beifahrertür.

«Steigste du ausse», sagt Nonna Lucia in maßregelndem Tonfall. «Ische musse zu Giulietta.»

Ich greife noch schnell nach Marcellos Hand und drücke sie kurz. «Ich wünsch dir viel Glück!»

Während Nonna Lucia ächzend einsteigt, sehe ich Marcello hinterher und lasse kopfschüttelnd meinen Blick über die Leute schweifen. Eine Hochzeit am Tag selbst abzusagen, passiert doch normalerweise nur im Film, denke ich. Nun müssen wieder alle unverrichteter Dinge nach Hause fahren, weil sich mir die Nebel in letzter Sekunde gelichtet haben.

Als ich sehe, wer da neben Armando steht, stockt mir kurz

der Atem – Mariella. Natürlich, Mrs. Perfect ist auch gleich zur Stelle.

«Bringste du mich nach Hause?», fragt Nonna Lucia neben mir.

«Nach Italien?»

«*Sì*, isch habe Angste vor Flugzeug. Da kanne ische nichte aussteige. Isch binne noch nie gefloge.»

«Aha, deswegen die Sache mit dem Hund!»

Nonna Lucia kichert. «Isch habe ihn nichte gerufe. Er iste von ganze alleine vor die Auto gelaufe.»

So ein glücklicher Zufall aber auch. Ich muss schmunzeln, Nonna Lucia hat also ganz banale Flugangst. «Aber was ist mit Ernst? Willst du nicht lieber hier bei ihm bleiben? Oder hat er Familie?»

«Nein, er ist, wie sagte man, geschiedene Leute – unte keine Kinder. Bis auf Armando ... Giulietta, er weiße, wo er misch findet, wenne er will.»

Aus den Augenwinkeln sehe ich, wie vier festlich gekleidete Damen angelaufen kommen.

«Springt hinten rein», rufe ich Conny, Steffi, Lisa und meiner Mutter zu.

«Wo wollt ihr hin?», fragt Conny, als alle drin sind.

«Casamarciano», sagt Nonna Lucia. «Wollte ihr mitkomme? Isch habe viel Platz imme Hause.»

«Ich bin dabei!», ruft Lisa. Conny will auch mit. Steffi möchte bei ihrer Familie bleiben, Mutti will lieber nach L. A. als nach Italien.

«Meinen Koffer habe ich schon für die Flitterwochen gepackt», sage ich. «Das passt also schon mal. Ich bringe jetzt Mutti und Steffi heim, in der Zeit könnt ihr eure Sachen packen. Lisa, hast du genug Zeug dabei?»

«Ja, ich hab alles bei Mutti.»

«Gut!» Ein plötzlicher Energieschub überkommt mich.

«Nonna, wie ich dich kenne, hast du auch schon gepackt, nicht wahr?»

Nonna Lucia kichert. «*Sì*, Giulietta, dasse habe ische.»

Ich drehe gerade den Zündschlüssel herum, als Nico mit seinem Gitarrenkoffer auf uns zugerannt kommt.

«Was machst du?», fragt er, ganz außer Atem.

«Abhauen», antworte ich und fühle mich dabei plötzlich ganz leicht, wie befreit. «Nach Italien.»

«Nimmst du mich mit?»

Ich lächle Nico an. «Tut mir leid, momentan nur weibliche Begleitung erwünscht.»

«Schade.» Nico zuckt grinsend die Schultern. «Dann komme ich euch wenigstens besuchen!»

«Mache das», sagt Nonna an meiner Stelle. «Casamarciano, Via Santa 10. Lisa wirte sich freue.»

«Was?» Lisa steckt ihren Kopf nach vorne. «Ich?»

Nonna nickt ihr zu. «Ja, du!»

«Ihr gäbt wirklich ein hübsches Paar ab, der süße Lockenkopf und du», stimmt Mutti ein, als Nico ihnen noch einmal zuwinkt. «Und Musiker ist er auch.»

«Boah, Mutti!», rufen Steffi und Lisa gleichzeitig aus.

Wir sind knapp zwei Stunden unterwegs und kurz vor Frankfurt, als wir für eine erste Pause an einer Raststätte abfahren, weil Nonna Lucia es unbedingt möchte.

«Aber nicht wieder auf der Toilette verschwinden», sage ich scherzhaft. «Ich begleite dich lieber.»

Während ich mit Nonna verschwinde, stellen sich Conny und Lisa am Kaffeeautomaten an. Dann setzen wir uns mit unseren Plastikbechern auf eine Bank in die Sonne. Da fällt mir Armando ein, dass er seinen Espresso nur aus einer Porzellantasse trinkt. Es scheint mir ewig her zu sein, dass ich mit Stella in Nonnas Küche stand. Ich nehme einen kleinen Schluck und pruste ihn beinahe wieder aus, als plötzlich zwei Männer auf uns zukommen.

«Sind das nicht ...», sagt Lisa.

«Armando e Ottavio!» Nonna Lucia klopft sich auf den Schenkel. «Das wurde aber auch Zeite!»

«Giulia ...»

Ich schaue Marcellos Vater mit großen Augen an.

«Ich wollte mich bei dir entschuldigen. Und ich möchte, dass du weißt, dass ich dich sehr, sehr gerne zur Schwiegertochter hätte. Du wirst meinen Sohn sehr glücklich machen.»

«Was? Was meinst du damit? Ich verstehe nicht ...»

«Ich soll dir von Marcello ausrichten, dass es absolut okay ist für ihn», sagt Ottavio. Dann grinst er. «Er wartet am Eiswagen.»

Marcello ist da? Mein Blick schießt über den Parkplatz zum Eiswagen hin. Aber es ist nicht er, den ich dort entdecke. Es ist Antonio.

«Gehste du!» Nonna Lucia stupst mich in die Seite.

«Das ist doch verrückt», sage ich, setze mich aber trotzdem in Bewegung. Conny gibt mir noch einen Kuss auf die Wange. In meinem Kopf herrscht das absolute Chaos, mein Herz pocht laut von innen gegen meine Brust. Nonnas Spruch auf dem Zettel fällt mir wieder ein. *Das, was das Herz heute schon weiß, wird der Kopf erst morgen verstehen.*

«Antonio, was machst du ...» Ich komme nicht mehr dazu, den Satz zu vollenden.

«Psst!», macht Antonio, tritt nah an mich heran und umschließt mein Gesicht mit seinen Händen.

Das geht doch nicht, schießt es mir durch den Kopf, als ich seine Lippen auf meinen spüre, aber mein Herz weiß es besser.

Grazie!

Ich danke meiner angeheirateten italienischen Familie, die mich immer wieder zu neuen Geschichten inspiriert. Im echten Leben war natürlich alles ganz anders. Ich habe mich gleich für den richtigen Sohn entschieden und wurde sofort von allen akzeptiert. Die kleine schwarze Motte gibt es allerdings wirklich. Sie sorgt immer mal wieder an besonderen Tagen für Aufregung. Und auch der weiße Hund wird ab und an noch in Casamarciano gesichtet!

Sigrid, meine Schwiegermama und heimliche Familienchefin: Du hast tolle Kinder und bist immer für alle da. Ich danke dir dafür, dass du mir deinen Sohn geschenkt hast.

Pino, mein Schwiegerpapa, ein Vollblutitaliener, wie er im Buche steht: Es ist sehr schön, dass du deiner Frau noch immer heiße Blicke zuwirfst. Danke für die Übersetzung der italienischen Sätze. Sollte etwas nicht richtig übersetzt sein, bitte direkt an Pino Russo wenden! Ich spreche leider kein Wort Italienisch.

Alessandro, mein Schwager: Ich wünsche dir viel Glück für deine Hochzeit mit Mandy. Lasst euch bloß nicht von kleinen Motten verunsichern. Ihr seid ein tolles Paar!

Raffaella, meine Schwägerin: Du hast einen wundervollen Sohn und bist nun auch eine Mama. Elias hat tolles rötliches Haar und wird später bestimmt mal ein Frauenschwarm.

Claudio, mein Schwager: Deine *sfogliatelle* sind ein Gedicht. Du bist ein wundervoller Koch, aber ich finde, du solltest wirklich eine *pasticceria* eröffnen!

Britta und Mandy, meine zukünftigen blonden Schwägerinnen: Willkommen bei den Russos, Mädels!

Salvatore, mein Ehemann: Ich liebe dich, mein Herz. Ohne dich hätte ich nicht mit dem Schreiben begonnen. Du lieferst die besten Vorlagen für meine Geschichten. Und du sollst wissen, dass ich noch immer auf einen romantischen Antrag von dir warte ...

Biscotti di Nonna Lucia

500 g Mehl	man kann die Sorten mischen, z. B. auch mit Vollkornmehl oder geriebenen Nüssen
200 g Rohrzucker	
200 g Nusskerne	anrösten, grob hacken
200 g Trockenfrüchte	können auch durch grob gehackte Schokolade ersetzt werden
150 ml Olivenöl	das habe ich zur Hälfte mit Rapsöl gemischt (aber nicht verraten)
150 ml Sherry	oder Amaretto oder Portwein ...
½ Tütchen Backpulver	
1 Prise Salz	

Das Olivenöl, den Alkohol und den Zucker gut vermengen. Nach und nach das Mehl hinzufügen. Gut kneten, dann restliche Zutaten beifügen, noch mal kneten.

Aus dem Teig kleine Haufen formen und auf das mit Backpapier ausgelegte Blech setzen und die *biscotti* bei ca. 160 Grad Umluft backen. Die *biscotti* gehen nicht großartig auf und zerlaufen auch nicht, man muss also nicht viel Platz zwischen den einzelnen Häufchen lassen.

Nach dem Backen noch heiß mit Puderzucker bestäuben.

Die Backzeit variiert je nach Größe. Unsere *biscotti* werden immer recht groß. Sie sind fertig, wenn sie oben leicht braun werden, etwa nach 15 bis 20 Minuten. Kleinere sind natürlich schneller fertig.

Hier verschiedene Variationen:

Pinienkerne und Rosinen mit Sherry
Aprikosen und Mandelstifte mit Amaretto
Getrocknete Kirschen und Haselnüsse mit Portwein
Zitronat und Cashewkerne mit Limoncello
Pistazien und weiße Schokolade mit Sherry
Macadamianüsse und dunkle Schokolade mit Amaretto ...

Cantuccini

400 g ungeschälte Mandeln	lecker auch mit Pistazien!
500 g Mehl	schmeckt gut, wenn man es mischt, Weizen, Vollkorn
400 g Rohrzucker	
4 Eier	
½ Teelöffel Backpulver	
2 Esslöffel Olivenöl	

Mehl, Zucker und Backpulver auf die Arbeitsfläche häufen. In die Mitte eine Mulde eindrücken, Olivenöl und Eier hineingeben. Dann alle Zutaten zu einem klebrigen Knetteig verarbeiten und am Ende die Mandeln unterkneten.

Das Backblech mit Olivenöl einfetten und mit Mehl bestäuben. Aus dem Teig Rollen von 3 bis 4 cm Durchmesser formen und aufs Blech legen.

40 Minuten bei 160 Grad (Ober-/Unterhitze) backen.

Nach dem Backen die Rollen noch lauwarm schräg in Scheiben schneiden, wieder auf das Blech legen und im bereits ausgeschalteten Ofen etwa 10 Minuten trocknen lassen. Aufpassen, dass sie nicht zu braun werden!

Pizzaiola

500 g Rinderhüfte	in dünne Scheiben geschnitten und platt gehauen
500 g Kirschtomaten	
4 Esslöffel Oregano	
1 Bund glatte Petersilie	klein gehackt
2 Knoblauchzehen	
Salz, Pfeffer, etwas Zucker	

Die Kirschtomaten klein schneiden (achteln, vierteln) und eine Handvoll davon in eine Pfanne geben.

Darauf nebeneinander das flach geklopfte Fleisch legen, etwa handtellergroße Scheiben.

Kräftig salzen, pfeffern, mit Oregano und Petersilie bestreuen, etwas gehackten Knoblauch dazugeben.

Darüber wieder eine Lage Tomaten geben – dann wieder Fleisch ...

½ Teelöffel Zucker auf die letzte Schicht Tomaten streuen.

Kurz aufkochen lassen, dann runterschalten und 10 Minuten garziehen lassen.

Bon appetito!

Pasta con piselli

Zutaten für 4 Personen

500 g Pasta	wir nehmen Spaghetti, in kleine Stücke zerbrochen
500 g tiefgefrorene Erbsen	sofern man keine frischen aus Casamarciano zur Hand hat ...
500 g Tomaten	
1 Zwiebel	
2 Knoblauchzehen	
Olivenöl, Salz, Pfeffer, evtl. Salbei, Basilikum	

Die Pasta *al dente* kochen.

Zwiebeln und Knoblauch klein hacken und in einer großen Pfanne in Olivenöl andünsten. Dann die Erbsen dazugeben und mit einem Glas Wasser auffüllen. Evtl. zwei Blättchen Salbei dazufügen, je nach Geschmack. Salzen und pfeffern und etwa 12 Minuten einkochen lassen.

Tomaten klein würfeln und zu den Erbsen geben, dann die Nudeln und etwa 2 bis 3 Esslöffel Pastawasser hinzufügen.

Man kann auch auf die Tomaten verzichten, die Erbsen etwas matschiger einkochen lassen und noch einen Schluck Olivenöl dazugeben – *delizioso!*

Nonna Lucias Liebeskummermedizin

0,7 Liter Wodka	man kann natürlich auch hochprozentigen Alkohol aus der Apotheke nehmen und ihn entsprechend mit Wasser verdünnen, aber das ist sehr teuer, wenn man ihn denn nicht aus Italien eingeschmuggelt hat
2 Hände voll Rosenblüten	aus Nachbars Garten
2 Esslöffel Lavendelblüten	
500 g Zucker	
700 ml Wasser	

Wasser und Zucker aufkochen und bei kleiner Temperatur sirupartig einkochen lassen. Aufpassen, dass die Mischung nicht zu stark kocht, denn sonst könnte sie karamellisieren.

Vom Herd nehmen und die Blüten hinzufügen.

Über Nacht stehen lassen und am nächsten Tag durch ein Sieb filtern. Dann erst mit dem Wodka mischen.

Basilikumprosecco

700 ml Wasser

500 g Zucker

2 gute Hände voll
Basilikumblätter

Aus Wasser und Zucker einen Sirup kochen, Basilikumblätter über Nacht darin ziehen lassen, dann filtern und in kleine Flaschen füllen.

Eine Scheibe Zitrone in ein Glas geben, etwas Sirup dazu, mit eisgekühltem Prosecco aufgießen und zwei Basilikumblättchen dazugeben.

Riccarelli con finocchio

Süße weiche Mandelkekse

600 g gemahlene Mandeln ohne Haut

2 Esslöffel Mehl

4 Eiweiß

400 g Puderzucker

1 Prise Salz

2 Teelöffel Backpulver

3 Teel. gemahlener Fenchel

Eiweiß mit Salz steif schlagen. Dann den Puderzucker, das Backpulver, die Mandeln und den Fenchel reinkneten. Kleine Kügelchen formen, auf ein Backbleck mit Backpapier setzen und flach drücken.

1 Stunde trocknen lassen, dann für 20 Minuten bei 120 Grad Ober-/Unterhitze in den Ofen.

Die Mandelkekse sind sehr weich. Das soll auch so sein. Sie zergehen auf der Zunge.

Man kann den Fenchel auch weglassen und stattdessen Anis nehmen oder etwas Vanille oder Kakaopulver – oder einfach pur genießen.

Dolce e delizioso!

MIX
Papier aus verantwor-
tungsvollen Quellen
FSC® C083411
FSC
www.fsc.org

Das für dieses Buch verwendete FSC®-zertifizierte Papier
Holmen Book Cream liefert Holmen, Schweden.